La vida es sueño

Clásicos Taurus - 19

Clásicos Taurus

Calderón de la Barca

La vida es sueño

Edición de Enrique Rull

Clásicos Taurus

taurus

Una editorial del grupo
Santillana que edita en:

ESPAÑA
ARGENTINA
COLOMBIA
CHILE
EE. UU.
MÉXICO
PERÚ
PORTUGAL
PUERTO RICO
VENEZUELA

TAURUS EDICIONES

Elfo, 32. 28027 Madrid
ISBN: 84-306-0201-1
Depósito Legal: M. 29.818-1992
Printed in Spain

Diseño de cubierta: Zimmermann Asociados, S. L.

ÍNDICE

D. PEDRO CALDERON DE LA BARCA.
Caballero del orn. de Santiago, Capellan de Honor
de S. M. y de Reyes Nuevos en Toledo. Poeta
Comico en quien compitio la invencion ingeniosa con
la urbanidad, y belleza del Lenguage. Nacio en
Madrid a 1601, y murio alli a los 81 de su edad.

INTRODUCCIÓN

La vida de Calderón

Calderón de la Barca y *La vida es sueño* aparecen hoy tan indisolublemente unidos en la evocación de los respectivos nombre y título que casi nos hacen olvidar otras obras y facetas de la personalidad del autor dramático. Ello sin duda es debido no sólo a la importancia intrínseca que posee la obra, sino a la fama emblemática que le es consustancial. Esta fama se apoya, como veremos, en un sistema de pensamiento que sigue preocupando por su audacia, pero sobre todo porque ese pensamiento está articulado en una construcción dramática que ha permitido que lo que en un principio podría ser un tópico tradicional adquiriese una polivalencia y una riqueza de significados que para los espectadores, los lectores y los críticos siguen constituyendo materia de reflexión, de interés e incluso de abierta polémica.

La vida de Calderón ocupa casi todo el siglo XVII, pues nace en Madrid en el año de 1600 y muere en la misma ciudad en el 1681, lo que significa que el panorama de la vida política, literaria y artística de la que es contemporáneo está ampliado al máximo y le convierte en un espectador privilegiado del acaecer histórico de los tres últimos Austrias. Desde el punto de vista literario y dramático esto es especialmente importante porque le permite construirse un mundo artístico de amplitud estética sin equivalente en su época, dominando con flexibilidad todas las tendencias del Barroco y sintetizando en sí mismo las corrientes más importantes de las artes, sean éstas las puramente literarias, o las más específicamente plásticas, musicales o arquitectónicas. Naturalmente la práctica de Calderón en estos últimos terrenos se circunscribe a la aplicación de teorías y técnicas cuya función teatral pueda tener algún fundamento en ellas. El contacto con pintores, músicos y arquitectos, españoles e italianos principalmente, pudo facilitarle la tarea en este sentido. Que por esto Calderón se erigió en símbolo de su época parece evidente, tanto más cuanto que las polémicas en torno al teatro barroco que tuvieron lugar en la centuria siguiente se centraron fundamentalmente en su figura, y un siglo más tarde de nuevo Calderón será el centro de la polémica cuando Menéndez Pelayo lo erija en bandera del orden antiguo, aunque en esta ocasión la motivación sea fundamentalmente de orden ideológico.

Calderón pertenecía por parte de su madre a una familia hidalga. Su padre, don Diego Calderón de la Barca, era Secretario del Consejo y Contaduría Mayor de Hacienda, y hombre caracterizado por unas maneras autoritarias que alcanzaron a sus hijos más allá de su propia muerte, pues en su testamento prohíbe a su hijo Diego que se case con una persona en particular ni con ninguna prima suya, con la amenaza de desheredarle, a la vez que manda a Pedro y José Calderón que no se traten con él; a otro hijo, natural éste, también le prohíbe que se case con determinada persona, aun después de haberle expulsado de su casa; al propio Pedro le manda que sea capellán. La madre de Calderón, doña María de Henao y Riaño, murió cuando éste tenía tan sólo diez años y don Diego Calderón volvió a casar. En el mencionado testamento también prohibía a sus hijos que pleiteasen con su madrastra, pero ellos hicieron caso omiso a todas sus amenazas y prohibiciones. El propio Pedro no se ordenará sacerdote hasta que por propia iniciativa, ya en edad muy madura, decida hacerlo. Tiene entonces más de cincuenta años.

Respecto a sus estudios sabemos que los comenzó en el Colegio Imperial de la Compañía de Jesús de Madrid. Nada más terminarlos allí fue enviado por su padre a la Universidad de Alcalá de Henares y más tarde a la de Salamanca. En compañía de otros estudiantes alquiló una casa que administraba el Colegio de San Millán, con el que mantendría un pleito por no pagar debidamente dos plazos de dicho alquiler. Por esta razón parece que fue preso y excomulgado junto con un primo suyo. No sabemos cómo acabaría el conflicto, pero evidentemente su situación económica debía de ser mala para no poder costearse su libertad. Se han sacado conclusiones acerca de este episodio que afectan al carácter y personalidad de Calderón en su juventud, pero es difícil determinar en concreto el valor de estos hechos, que pueden ser puramente circunstanciales. Hasta el año 1620 prosiguen sus estudios. Sus primeras manifestaciones literarias tienen lugar muy tempranamente. En 1622 se decreta en Roma la canonización de Isidro Labrador, a la vez se canonizaba a Teresa de Jesús, Ignacio de Loyola, Francisco Javier y al florentino Felipe Neri. Este acontecimiento significó una ocasión memorable en Madrid para la celebración de su tradicional patrón, en donde no podía faltar un certamen poético. Calderón acudió a dicho certamen con la presentación de una canción, unas décimas y la glosa de una redondilla a San Isidro, un romance a Santa Teresa y unos tercetos al rey Felipe IV.

Se ha hablado mucho de su precocidad dramática, pero los testimonios que tenemos de Vera Tassis no parecen muy fiables. Según éste, Calderón habría compuesto *El carro del cielo* a «poco más de trece años»[1], y a los diecinueve años ya tenía «ilustrados los teatros de España con sus ingeniosas comedias»[2]. La primera obra que tenemos fechada es *Amor, honor y poder,* que corresponde al año 1623. Aunque hay moti-

---

[1] *Vid.* «Fama, vida y escritos de D. Pedro Calderón de la Barca», por Juan de Vera Tassis y Villarroel (en *Verdadera Quinta parte de Comedias,* Madrid, 1682).

[2] *Ibid.*

vos para desconfiar de las excesivas palabras de Vera Tassis, también es cierto que muchos textos primerizos de Calderón se han perdido y que posiblemente ni él mismo en su célebre lista al Duque de Veragua, por lo demás incompleta, dio cabal cuenta de todo lo que había realizado, y menos aún en sus años juveniles.

En los comienzos de su juventud, por los años veinte de su siglo y de su edad, va a tener lugar un episodio violento, y al cerrar ese decenio otro, episodios que jalonan un período agitado de su existencia. El primero es la muerte de Nicolás de Velasco, en la que aparecen implicados los hermanos Calderón, quienes se ven obligados a refugiarse en una embajada y a pagar una indemnización a los parientes del fallecido. El segundo episodio, ya en 1629, tiene gran repercusión, puesto que afectó al propio Lope de Vega. El cómico Pedro de Villegas hirió en una reyerta a un hermano de Calderón. La justicia, a quien acompañaba nuestro dramaturgo, persiguió al cómico hasta un convento de Trinitarias tratando de forma desconsiderada a las monjas, entre las cuales se hallaba Marcela, la hija de Lope, quien protestó al Duque de Sessa por el atropello. Pero quien más se lamentó fue el famoso predicador Fray Hortensio Félix Paravicino. Calderón hizo entonces burla de él en su drama *El príncipe constante*, por boca del gracioso Brito, siéndole censurados los versos de referencia y quedando arrestado el autor en su casa por unos días.

Empieza a dar muestras de verdadera madurez dramática en el tercer decenio del siglo, y en 1635 tiene compuestas obras maestras como *La vida es sueño, El príncipe constante, Luis Pérez el Gallego*, y *El purgatorio de San Patricio.* Solicita el hábito de la Orden de Santiago, que se le concede en el año 1637, y entra al servicio del Duque del Infantado, con el que permanece hasta 1640. Por estas fechas, con la sublevación de Cataluña, es movilizado como caballero de Santiago. Entra en combate y es herido en una mano. Hay testimonios de que luchó con gran valor, pero el fracaso de la empresa y la muerte de algunos amigos debieron sembrar en él el desengaño. Regresó a Madrid en 1641 hasta que el gobierno decidió dar un golpe decisivo enviando al Marqués de Leganés. Calderón se alista de nuevo. Una serie de descalabros y la toma de Lérida por los franceses concluyen la expedición. Calderón se retira definitivamente de la milicia en 1642. Algunos críticos han querido ver en estos acontecimientos el desengaño de Calderón por la vida militar, que se reflejaría en su acerba crítica de *El alcalde de Zalamea*. La muerte de la reina en 1644 significó el cierre de los corrales de comedias durante unos meses, y cuando ya se proyectaba su apertura tuvo lugar el fallecimiento del príncipe heredero Baltasar Carlos en 1646, lo que facilitó a los enemigos declarados del teatro el camino para su definitiva supresión. Ésta duró hasta 1649, fecha en que Felipe IV celebró sus segundas nupcias. Ello explica que Calderón no compusiese comedias en el intervalo que va de 1642 a 1647.

Respecto a la composición de autos sacramentales para las fiestas del Corpus es muy posible que, como dice Pérez de Montalbán, tuviese ya muchos escritos en 1632, aunque nos son desconocidos en su mayor parte. Los verdaderamente relevantes datan ya de 1634, como *La cena del Rey Baltasar*. Otros evidentemente son anteriores. En este terreno su actividad es regular, sobre todo en su madurez, cuando en 1651 se ordena sacerdote y abandona la composición de comedias para la representación popular directa.

Calderón, en un episodio de su vida íntima que no conocemos bien, tuvo un hijo al que reconoció como tal cuando se ordenó sacerdote. Nada sabemos de la madre. Cotarelo conjetura que pudo morir al dar a luz. También obtuvo la capellanía de los Reyes Nuevos de Toledo, pero don Alonso de Guzmán, Patriarca de las Indias y enemigo acérrimo del teatro, se la denegó por considerar a Calderón indigno de ocupar ese puesto, dada su condición de autor de comedias. Calderón contestó al patriarca con una epístola dolorida y digna, y, aunque estuvo a punto de dejar el teatro no lo hizo, pues el propio rey le mandó componer una comedia. Ocupó por fin la capellanía de

Toledo no sin que antes se le exigiera una información sobre su limpieza de sangre. También, si bien puede parecer extraño, tuvo problemas con la Inquisición. Esto ocurrió cuando fue a representarse su auto *Las Órdenes Militares*. El Tribunal consideró que se vinculaba excesivamente la pureza original de Cristo a la inmaculada concepción de María. El dramaturgo debía estar tan convencido de lo inocuo de su mensaje que publicó el auto entre los doce que formaron la primera edición de éstos en el año 1677.

La última etapa de la vida de Calderón se desarrolla en lo público en relación con los encargos cortesanos para el teatro palaciego. No sólo el teatro del Buen Retiro, sino el palacio de El Pardo, fueron los teatros a los que destinó sus obras dramáticas no sacramentales. Éstas fueron comedias de carácter mitológico y fiestas, algunas de las cuales iban acompañadas de tanta música y canto que empezaron a constituir un género nuevo. Cuando los reyes volvían de caza en El Pardo y no deseaban regresar pronto a Palacio descansaban en un pabellón al que llamaban La Zarzuela. Para distraerlos se organizaban allí representaciones escénicas con música. Así surgió la que Calderón llamó égloga piscatoria, escrita para ser cantada y en un solo acto. Obras de este tipo musical se empezaron a llamar *zarzuelas,* por el lugar de su representación. En los autos sacramentales que compone por entonces, la música tiene un papel igualmente importante. El rey Felipe IV muere en 1665, con cuyo motivo se vuelven a cerrar los teatros por tiempo indefinido. Aunque los enemigos del teatro tramaban para que éstos no se volviesen a abrir, al cabo de dos años se empiezan a poner de nuevo las comedias en el escenario. En 1680 se representa su última obra dramática de carácter profano titulada *Hado y divisa de Leónido y de Marfisa,* y al año siguiente compone su último auto sacramental completo, *El cordero de Isaías*, y está a punto de acabar otro (*La divina Filotea*), que concluye el dramaturgo Melchor de León. En el año 1681 muere. En su testamento deja dicho que le lleven a enterrar descubierto para escarmiento de vanidades. Su vida no es muy pródiga en datos personales, sobre todo de los que se refieren a su intimidad, esto hace que se juzgue con parcialidad el significado de su obra y que sea difícil hallar el alcance de su verdadera intención[3].

La obra dramática

La obra dramática de Calderón se mueve dentro del arte barroco, es decir, en un mundo de fuertes contrastes, de violentos claroscuros, de estilo revestido y de retórica enfatizante frente a popularismo y llaneza, unidos frecuentemente en una dialéctica idealismo-realismo muy de la época y hoy difícil de entender[4]. No obstante la atracción actual que sigue ejerciendo este teatro, y no sólo el de Calderón, sino el de todo el Siglo de Oro, nos hablan de que la fórmula ideada por Lope tiene una vitalidad que todavía no se ha explicado suficientemente. Porque sin duda el arte de Calderón es el de la comedia nueva lopesca, pero constituido de forma más acabada, elaborada y compleja. La variedad de esta obra no permite fáciles generalizaciones, y cuando éstas se dan lo hacen con un considerable margen de error. Hay un Calderón del drama fi-

[3] Resumo aquí los datos biográficos fundamentales del todavía imprescindible libro de Emilio Cotarelo y Mori, *Ensayo sobre la vida y obra de don Pedro Calderón de la Barca,* Madrid, Tipografía de la Revista de Archivos, Bibliotecas y Museos, 1924. Además tenemos en cuenta las ulteriores aportaciones de Narciso Alonso Cortés, Constancio Eguía Ruiz, José Simón Díaz, Florencio Marcos Rodríguez, Edward M. Wilson, Ángel Valbuena Briones, etc. Para las referencias a todos ellos consúltese el apartado *Bibliografía*.

[4] Es posible que Calderón pasase por una etapa manierista, pero ésta en cualquier caso debió ser breve y sólo referible a un tipo de comedias muy agitadas de época muy temprana, como por ejemplo *La devoción de la cruz,* o a autos como *El pleito matrimonial del cuerpo y el alma*. La cuestión es bastante complicada y nos llevaría a un planteamiento de etapas y estilos en Calderón que hemos abordado en nuestro artículo «Creación y evolución en el auto sacramental de Calderón», en *Epos* (en prensa). En cualquier caso el arte de Calderón creemos que es ya plenamente barroco en *La vida es sueño* (comedia) y *El gran teatro del mundo*.

losófico, otro del drama de honor, de la comedia mitológica, de la de enredo, del entremés, etc., y tan legítimo es uno como otro. Las contradicciones, aparentes o no, se dan como un hecho dramático de muy difícil valoración.

Hay que considerar además un problema de cronología en esa sugestiva escisión múltiple de subgéneros. Tengamos en cuenta que, como ya hemos indicado, la obra de Calderón se concentra en la época final en unos géneros específicos, por necesidades del acaecer de su propia vida. Así, escribirá comedias mitológicas y autos al final de ésta, por la imperiosa orden del rey o compromisos con el Ayuntamiento, y abandonará la comedia popular por recelos de la autoridad eclesiástica. Hay por consiguiente una interrelación de vida y obra dramática que no debe considerarse si no es a la luz de los acontecimientos que dispone la primera. Hay también en Calderón un carácter, una predisposición temperamental a tratar unos problemas específicos y desde unos puntos de vista ciertamente unilaterales, igualmente una conciencia de su situación histórica y de la estética del momento que le impulsan a dirigirse en una dirección concreta. En este sentido creemos oportuno señalar que en el campo de batalla de la obra literaria calderoniana combaten dos fuerzas antagónicas: la pasión irrefrenable y la violencia frente a la coerción y el control más férreos.

Cierto es que en la literatura barroca existen leyes que establecen criterios jerarquizantes y leyes subordinantes, que el pensamiento dogmático católico de la época refrena la disparada pasión y los atrevidos impulsos, y que la sociedad crea inflexibles presiones de carácter moral, religioso, político (en el sentido más amplio de la palabra), y de costumbres, tan peculiares como difíciles de soslayar. De todo esto se desprende una dramaturgia específica que, unida al carácter determinado de su autor, genera un teatro que dentro de esas normas inflexibles, también de carácter estético, posee un sentido personal, con unas marcas tan vivamente contrastadas que en muchos casos sería muy difícil no percibirlas. Todo el teatro del

Barroco posee una estética semejante, la de la comedia nueva, pero esto no fue siempre la férrea coraza que impidiera manifestar un carácter, una visión del mundo o una particular concepción de la vida, y éste es el caso de Vélez de Guevara, de Rojas Zorrilla, de Moreto, de Ruiz de Alarcón, y por supuesto, de Calderón. Quizá este último, por ser el talento más sincretista de todos y tender más hacia las grandes concepciones unitarias del mundo, fue el que mejor supo encontrar el camino de equilibrio entre los dos extremos: la construcción de un mundo dramático con sus propias leyes interiores y de coherencia formal casi escolástica, y a la vez la posibilidad de exponer los conflictos internos de la vida de los hombres y la sociedad del mundo, no sólo los de su tiempo. Mente sintética por encima de todo, Calderón abrió un mundo dramático a todas las posibilidades y agotó las que le ofrecía la estética del tiempo, hasta tal punto que después de él sólo quedaba el camino para un cambio por otros senderos muy diferentes, en los que el teatro posterior se perdió en inútiles disputas.

No obstante lo que llevamos dicho, en Calderón suelen observarse de forma bastante excluyente unos caracteres de racionalismo, logicismo y esquematismo ideológico[5], que ignoran o, cuando menos, ocultan una parte importante de su creación teatral, la que corresponde a la pintura, descripción y ahondamiento en la pasión, lo irracional y fatalista de la vida, de la psique humana y de los comportamientos sociales. Éste es un tema que necesitaría mucho tiempo para ser detalladamente expuesto, por lo que aquí solamente lo apuntaremos como fenómeno de su teatro que debe ser revisado y en todo caso estudiado como merece. Porque si es cierto que en el dramaturgo madrileño hay un componente dramático que responde a todas las cuestiones señaladas como fundamentales y relevantes por la crítica, también es cierto que queda por estudiar la función de los factores irracionales en su teatro y por

[5] Es lo que fundamentalmente han tratado de mostrar la mayor parte de los críticos, como Wilson, Parker, Valbuena, Cossío, Hesse, Cilveti, etc.

tanto la fuerza de las pasiones en el desarrollo de la personalidad, de la acción y del destino que revelan las ficciones de sus fabulaciones dramáticas.

Creo que en nuestra literatura dramática hasta el siglo XX hay por lo menos tres actitudes en el personaje dramático, correspondientes a otras tantas concepciones de la vida: la que sitúa el núcleo mismo de los conflictos en la conciencia del personaje, la que los extrapola a los principios que rigen la sociedad, y la que establece una tensión entre la libertad del personaje y el rigor de las normas sociales. Los tres estadios que tratamos de señalar se refieren respectivamente al Barroco, Neoclasicismo y Romanticismo. Cierto es que en puridad y de forma excluyente estos procesos no se producen unívocamente, pero sí creemos que lo predominante en los casos respectivos corresponde a los tres períodos señalados. El personaje del teatro barroco, y por consiguiente el personaje primordialmente calderoniano, responde a un conflicto de conciencia y procura resolver ese conflicto modificando su comportamiento, ejerciendo la libertad interior. El personaje del teatro neoclásico invoca unos principios y leyes generales asentados en la sociedad en la que está inserto. No es que el personaje barroco no se refiera igualmente a esas leyes o normas sociales, es que el punto de referencia para él siempre será el de su libre albedrío, y esto es lo que sucede por ejemplo con Pedro Crespo, que desatiende las convenciones legales del momento y, en un juego de prestidigitación moral, consigue armonizar sus deseos de venganza con la estricta justicia social, o el caso de Segismundo, que a través de un proceso, al que luego nos referiremos, decide su transformación en un príncipe justo. En el teatro neoclásico esto parecería inmoral, no sería el hombre el que decidiría el sentido de su comportamiento, sino las leyes abstractas de orden sociomoral o político las que determinarían el valor del mismo. La Hormesinda de Moratín por ejemplo no se plantea un problema interior, si es culpable o inocente de lo que se la acusa; y el que vaya o no a la hoguera es puramente circunstancial, ni siquiera se cuestiona el que pueda realmente haber cometido la falta que se le imputa. El eje de la tragedia es la restauración del honor, pero no como en el Barroco, como un asunto que atañe a la persona y en todo caso a la relación familiar o social, sino como un asunto que se refiere a la colectividad histórica. El honor para Calderón es un asunto del alma, de la conciencia, de Dios en último término; el honor en el neoclasicismo es un asunto de Estado. En el Romanticismo, por el contrario, los conflictos se plantean de manera primordial entre el individuo y la sociedad, o mejor dicho, los conflictos del individuo no se producen en su conciencia, ni por unas normas o leyes abstractas e inmutables, sino por el enfrentamiento entre los derechos del individuo frente a las exigencias de la sociedad.

Todo esto viene al caso porque debemos comprender el valor de los conflictos dramáticos del teatro barroco, si queremos entender correctamente y desde una perspectiva histórica cabal el sentido del drama calderoniano. El drama de Calderón es el drama del hombre y su conciencia. En nuestro dramaturgo mejor que en ningún otro del Barroco se dan los personajes ensimismados, introvertidos, reflexivos; el llamado Fausto de Calderón, Cipriano, es un ejemplo de ello, como lo es Lope de Almeida, el Heraclio de *En esta vida todo es verdad y todo mentira,* o incluso el Enrique VIII de *La cisma de Ingalaterra.* Y por supuesto este es el caso de Segismundo, quien sólo a través de un proceso introspectivo llega a ser dueño de su libertad.

Ahora bien, esta libertad no siempre tiene la misma entidad personal para Calderón. Hay tres fuerzas que pueden dificultar su ejercicio: la herencia (o el hado), la educación y la sociedad. Son tres fuerzas contra las que el personaje debe luchar; en algunos casos vencerá, pero en otros no. Cuando Calderón plantea el «vencerse a sí mismo» como la aspiración mayor del hombre desde el punto de vista moral, no cabe duda que está proponiendo unos límites a la conducta humana. Cuando el hombre se enfrenta a una empresa que contradice sus propios deseos no tiene otra alternativa, si quiere ser consecuente consigo mismo, que ceder, refrenar esos deseos y cumplir con el dictado de su conciencia. Eso es lo que hacen los personajes de sus dramas de honor, aun cuando les repugne el desenlace que procuran, es lo mismo que sucede con Segismundo cuando renuncia a Rosaura. Calderón instaura, como artista ordenador de un cosmos, unas leyes arquetípicas del drama, de la comedia, del auto sacramental, pero no olvida que la vida es el verdadero núcleo del conflicto dramático, y por ello utiliza esas normas como rígidas coberturas, pero dotadas de una admirable funcionalidad. El secreto del arte calderoniano reside en que todo lo que parece desmesurado, monstruoso o aberrante está conducido por una norma operativa técnicamente perfecta, efectiva y, por qué no decirlo, efectista. Es ese efectismo el que justifica el drama, pero porque no es un efectismo accidental y oportunista, sino creado coherentemente desde los mismos cimientos del hecho teatral. Se puede gustar o no de esa forma estética (no gustaban de ella los neoclásicos, sí los románticos), pero no cabe duda que si el teatro es una gran convención, una convención sobre otra no es más que una manera de abordar la materia del arte.

En Calderón hubo dos formas de enfrentarse a la materia teatral: una, creando unas circunstancias que permitieran al personaje alcanzar el mundo arquetípico de las ideas y realizarlo en cierta medida, y otra, dejando al personaje lanzarse por el abismo de su torrente vital, oponiéndose a leyes y convenciones hasta su fin trágico. El primer caso evidentemente es el más paradigmático de su arte, pero no el único. Si tuviéramos que plantear la dramaturgia calderoniana entre estos dos extremos situaríamos *La vida es sueño* como ejemplo característico del primero y *La devoción de la cruz* como típico del segundo. Aunque cronológicamente el orden indicado no es relevante, en todo caso se agruparían con mayor frecuencia, con excepciones, las obras que podríamos llamar idealistas sobre las pasionales en la etapa más madura de su autor.

No se crea, sin embargo, que Calderón propone verdades científicas o dogmáticas exteriores al individuo. Basilio, en armonía con la verdad científica pero contingente de su tiempo, se equivoca; Segismundo, sin embargo, con la sola experiencia de su proyección vital se hace sabio y acierta como príncipe. Lo cual significa que el hombre es siempre el intérprete adecuado del universo y el que en última instancia tiene los recursos para resolver el enigma del mundo y buscar su propia armonía con él.

Para comprender el sentido del teatro calderoniano es muy útil la distinción de Parker[6] sobre el concepto de justicia poética. Este concepto permite dotar a la expresión literaria de una cierta autonomía con respecto a los hechos de la realidad. Según esto, el argumento de una obra puede no estar enteramente de acuerdo con los dictados de la experiencia real, pero eso carece de importancia para Calderón con tal que el tema sea fiel a la naturaleza humana. En este sentido gran parte del desarrollo de la peripecia argumental de sus obras, incluso el diseño general de éstas, pueden parecer de escasa consistencia verosímil (lo que tanto repugnaba a los autores neoclásicos), pero a la luz del tema mismo y de la justicia poética todos esos episodios cobran verdaderamente un sentido.

Se ha dicho también que genéricamente el drama español del Siglo de Oro es fundamentalmente un drama de acción[7] frente al drama europeo, que lo es más bien de personajes o caracteres. Esto es aún más claro en el devenir del drama a lo largo del siglo, pues si bien los dramas lopianos y lopescos (su llamada escuela) presentan un desarrollo en el que el personaje es una pieza más del desenvolvimiento de los hechos, aunque no sea la más importante, en Calderón el personaje adquiere una entidad mayor activa, pero no como individuo

[6] *Vid.* principalmente «Aproximación al drama español del Siglo de Oro» y «Hacia una definición de la tragedia calderoniana», ambos en *Calderón y la crítica: Historia y Antología* (Madrid, Gredos, 1976, págs. 329-357 y 359-387, tomos I y II, respectivamente).

[7] *Ibid.* nota anterior.

psicológico, sino como función transformadora, sea como sujeto agente o paciente. Su carácter es el de la propia función o cometido que desempeña en el acaecer de la fábula. Los personajes de Calderón suelen poseer unas facultades hipertróficas como entes dramáticos, no sólo los protagonistas, sino cualquier sujeto teatral. Por ello rara vez su presencia, sus determinaciones, sus actos son contingentes, más bien por el contrario entrañan funciones dramáticas, y a veces no existen más que por ellas.

Otra cuestión muy debatida es la de la ideología calderoniana. Cierto es que difícilmente podría ser otra que la imperante por necesidad en el momento histórico. Ello era condición *sine qua non* para ejercer como dramaturgo y para subsistir como hombre de letras. Otra cosa es que desde nuestra perspectiva tratemos de explicar los fundamentos y el alcance del pensamiento que las obras dramáticas de Calderón permiten vislumbrar. Ya Sánchez Albornoz explicó que la intransigencia y el fanatismo eran consustanciales con los modos de ser y de pensar de la época, en lo que coincidía con su antagonista histórico Américo Castro. Era la misma sociedad la que preconizaba esto, no tal o cual pensador o escritor. Naturalmente, el escritor, y sobre todo el dramaturgo, intentaba conectar con el sentir general de su tiempo, que era ése, por lo menos hasta que la libertad de pensamiento se instituyó como un bien humano y social. Hoy ya conocemos la ideología de la época y no vamos por ese camino a descubrir nada nuevo ejemplificando con este autor o esta obra lo que era del dominio común[8]. Lo que sí interesa o puede interesar hoy más es

[8] Es lo que creo que ha sucedido en muchos casos con interpretaciones de carácter histórico-materialista, algunas lo suficientemente ilustres como para tener secuelas críticas en el campo de la filología española. Véase en este sentido el artículo de Manfred Engelbert «Esbozo de un Calderón histórico-materialista: "Libre albedrío" y "Responsabilidad difusa"», en *Hacia Calderón. Quinto Coloquio Anglogermano. Oxford. 1978,* Wiesbaden, 1982, páginas 93-100. Se refiere Engelbert principalmente a la explicación simplista de Maravall y Ulrich Knoke que consideran a Calderón propagandista de una «ética de esclavos».

dilucidar el alcance de ciertas situaciones dramáticas, de ciertos planteamientos, de ciertos desarrollos, y, en menor medida, de ciertos desenlaces. Decimos en menor medida, pues es bien conocido que el teatro de la época obedece a unos esquemas sumamente rígidos, dentro de los cuales el desenlace tiende a ser lo más clara y forzosamente tópico. A Calderón las actitudes fuertemente integristas, dogmáticas o intransigentes le debían ser particularmente sugestivas desde el punto de vista teatral, pues le proporcionaban la materia idónea para el desarrollo de sus dramas. El Barroco era contraste, claroscuro, desmesura e intensidad. Calderón conjuntó estos ingredientes de pensamiento, carácter y arte con el equilibrio y la proporción de su consciente escolasticismo, de su control racional y de su dirigismo teatral. Si el pensamiento de Calderón se justifica de alguna forma, lo hace por la fuerza de sus caracteres teatrales y dramáticos. La idea, el pensamiento, es la forma dramática, y su interrelación es el hecho más claramente consustancial de su teatro. En el análisis de *La vida es sueño* tendremos oportunidad de comprobarlo.

Considerando que el carácter esencial del teatro calderoniano reside en su esquematismo y racionalización, la crítica ha tratado de asentar otro principio indiscutible: el del carácter simbólico o incluso alegórico de las fabulaciones dramáticas. Este principio tiene sólidas bases en la tradición literaria occidental, desde la literatura medieval de pensamiento cristiano. Naturalmente, no se puede predicar un simbolismo ejemplar e intencionado en todo el teatro, aunque hay géneros que pueden aproximarse más a esto, por ejemplo, el caso del teatro mitológico (el género sacramental es una cuestión claramente distinta, pues se trata de una dramatización radicalmente alegórica). De estos posibles extremos a sugerir la alegoría implícita del teatro calderoniano en todos sus órdenes, por lo menos en las obras de significación universal, hay un insalvable abismo. Símbolo y alegoría son realidades claramente distintivas. El símbolo es un signo que no se escinde en la realidad artística, sino que se ofrece en un solo plano, mientras que la alegoría se articula en dos: el significado real y el aparente. La alegoría es claramente ambivalente, el símbolo es totalmente polivalente, y en este sentido su potencialidad significativa es mucho mayor. La alegoría posee un sistema de referencias concretas y articuladas, presumiblemente conocidas por el receptor y manejadas explícitamente por el emisor; el símbolo remite a una significación de naturaleza diferente al objeto, pero mediante los propios recursos de ese objeto, es decir, dados implícitamente en él. Simbolismo puede haber en cualquier objeto de la realidad, y enunciarlo en cualquier obra literaria no es decir mucho. Alegoría sólo puede haber en una obra concebida con el propósito de referirse a otra realidad que la representada directamente en la obra. Por eso conocemos perfectamente la literatura alegórica como género, y sería impensable decidir qué literatura es simbólica y qué literatura no lo es. Segismundo, por ejemplo, es un hombre concreto, que simboliza al hombre por la fuerza expresiva de su realidad interior y la universalización de su conflicto, pero de ninguna manera es confundible con cualquier hombre ni reductible enteramente al hombre abstracto, como sucede en el auto *La vida es sueño*. El Hombre en el auto es un personaje alegórico, porque se refiere a todos y cada uno de los hombres y no tiene ninguna entidad individual. De esta manera Segismundo es un personaje representativo y simbólico, como el Hombre es un personaje abstracto y alegórico. Conviene distinguirlo, porque la atribución de cualidades alegóricas a personajes y obras que son meramente simbólicas puede permitir que se vean en ellos unos signos de frialdad y rigidez, de falta de humanidad, que no son atributos propios de las comedias calderonianas, pero que se han insinuado en algunas ocasiones como pertenecientes a ellas.

No es el teatro de Calderón un teatro de esencia alegórica, aunque muchas comedias hayan servido para la ideación posterior de autos sacramentales. Ésta es la razón fundamental que se ha esgrimido para justificar el marcado carácter simbólico-alegórico del teatro calderoniano. Pero la mayor parte de las comedias, sobre todo las más vivamente costumbristas, no son reductibles a ese proceso, y el que Calderón lo hiciera con algunas, ni siquiera permite conjeturar que esas comedias pudieran haber sido concebidas bajo la especie simbólica. En todo caso de lo que nos hablan es de la aptitud de su autor para realizar ese proceso de transformación. De la misma manera que la conversión «a lo divino» de la poesía de Garcilaso, por ejemplo, no permite suponer que existan unas bases sagradas *a priori* en el *corpus* poético de su autor.

La aproximación de parte de los personajes de la obra de Calderón a ciertas formas estereotipadas se debe a su vinculación obvia con la «comedia nueva» de Lope y a estar forjados con el material que proviene de la misma; así, el astrólogo fingido de la comedia del mismo título, la dama culta de *No hay burlas con el amor,* la discreta de *¿Cuál es mayor perfección?,* etc.; esto, naturalmente, al margen de la general adscripción calderoniana a la tipología teatral de la época en lo que concierne al diseño de los específicos tipos de dama, galán, gracioso, barba, etc. Es lo que ocurría, por ejemplo, con ciertos personajes de comedia en la Inglaterra isabelina, herencia en todos los casos de la comedia clásica latina. La personalidad de Calderón se observa en este campo cuando desarrolla ciertas peculiaridades en esos mismos tipos, así en el tratamiento específico de ciertos graciosos, o en la transgresión de los códigos de comportamiento social protagonizados por los criados con una frecuencia e intensidad inhabituales en la época.

Calderón no practica exactamente la refundición, aunque muchas de sus obras parezcan obedecer a ese habitual sistema de la época, y si lo hace es para dotar a la obra nueva de un significado añadido. Su técnica implica una reducción, y por tanto una simplificación, generalmente de elementos superfluos, de la fuente que utiliza. En esta renovación el autor insiste en la concentración de personajes en unidades individuales más reducidas; es lo que ocurre, por ejemplo, en el conocido drama *El alcalde de Zalamea.* Igualmente tiende a jerarquizar dramáticamente los personajes. Por ello es fácil, mucho más que en el teatro de Lope y de sus inmediatos seguidores, la construcción de una comedia a base de un protagonista al que se supeditan los demás, como sucede por ejemplo en *La vida es sueño, La hija del aire, La niña de Gómez Arias,* o *El príncipe constante.* Otras veces se crea una ley de paralelismos antitéticos, como sucede en *El purgatorio de San Patricio, El mágico Prodigioso, La estatua de Prometeo* y *Darlo todo y no dar nada.* Aunque no cabe hablar de una manera única de realización dramática, se puede observar con respecto a sus antecesores una mayor escrupulosidad en la estructura dramática y en la organización de los materiales, incluso en el lenguaje y la versificación. Se funden a veces las varias acciones en una sola, y, aunque no se consiga siempre, se tiende a la unidad de acción. Abundan, y conforme avanza su carrera dramática cada vez más, las mutaciones escénicas y se acentúa el contraste entre la morosidad y la rapidez propias de la dinámica estética barroca. Entre los contrastes destaca el enfrentamiento diálogo-monólogo, los largos parlamentos frente a las escenas rápidas de acción, y algunos efectos de desmesura propiciados por el lenguaje hiperbólico. También tendríamos que señalar la utilización de contrastes entre escenas de marcado tono realista y popular, frente a otras de ambiente aristocrático, en las que el parlamento elegantizado y culto, la utilización de remansos líricos y el papel cada vez más preponderante de la música, proporcionan a la comedia una apariencia dual y de marcados aires distintivos.

La correspondencia entre el sentido logicista señalado por la crítica y el lenguaje del texto poético se verifica por medio de rasgos estilísticos muy marcados: paralelismos y correlaciones (estudiados por Dámaso Alonso), antítesis, disposición de personajes en paralelo, antagonismos, controversias, argumentos para la persuasión (todo ello con los lógicos elementos de expresión gramatical *ad hoc),* abundancia de silogismos, de formas explicativas, etc. Racionalismo formal que atañe también a veces al diseño de los mismos personajes.

Así, se ha podido decir que los personajes de Calderón se convierten por rigurosas pruebas racionales.

Este lenguaje es, en realidad, una síntesis de barroquismo y gongorismo, aunque sin los excesos de este último, pero aprovechando sabiamente su caudal poético, sus imágenes, metáforas, hipérboles y otros elementos integrantes de su expresión literaria. En este sentido el dramaturgo conserva lo mucho que el gongorismo tiene de tópico, pero como es consciente de ello puede llegar hasta ironizar acerca de lo manido de las fórmulas convencionales. Su lirismo tiene más que ver con la situación dramática o la contextualidad escénica que con las fórmulas gongorinas utilizadas. Muchos de sus versos son cantados. En este punto Calderón se sitúa en una línea tradicional de la que él es receptor y en donde la fuente se sitúa en el Romancero, Garcilaso, Boscán y, en general, los dramaturgos anteriores que ya habían asimilado esa tradición lírica de raigambre popular o culta. Wilson y Sage[9] han recogido y estudiado un caudal importante de canciones líricas en las obras dramáticas de Calderón. Algunas comedias enteras, como *Céfalo y Pocris,* son verdadero centón de romances viejos y nuevos. El estilo de Calderón únicamente expresa toda su potencial fuerza verbal en el recitado escénico. Él mismo era consciente de esto cuando al imprimir sus autos sacramentales decía en el prólogo «Parecerán tibios algunos trozos, respecto de que el papel no puede dar de sí ni lo sonoro de la música, ni lo aparatoso de las tramoyas»[10]. Y es que ese estilo es inseparable de su realización escénica y de todo lo complejo que ésta conlleva en el acto mismo de la representación.

En este último sentido se ha dado por fin una gran relevancia a la música y a la escenografía del teatro calderoniano, porque evidentemente se ha comprendido el valor de las mismas en la reconstrucción de su significado.

---

[9] Edward M. Wilson y Jack Sage, *Poesías líricas en las obras dramáticas de Calderón,* Londres, Tamesis Books, 1964.

[10] *Autos sacramentales..., Compuestos por don Pedro Calderón de la Barca. Primera Parte,* 1677, Preliminares.

Actualmente el problema de *La vida es sueño* se nos presenta con un aspecto notablemente diferente, no ya de como se lo planteaba a Menéndez Pelayo en 1881, sino incluso del año 1981 cuando conmemorábamos el tercer centenario de la muerte del dramaturgo. No es reverencia temerosa lo que hoy nos impone este drama, sino la idea de que, aunque parezca ya estar todo dicho acerca de ella, desde la primera palabra de la obra ya es cuestionable y discutible su interpretación.

Se ha revisado la comedia desde la cuestión temática hasta los pormenores más insignificantes. Y aquello que también a Menéndez Pelayo deslumbraba «no existe en teatro del mundo idea más asombrosa que la que sirve de forma sustancial a esta obra»[11], ha quedado aparentemente reducido a la nada desde hace tiempo, después sobre todo de los estudios de Arturo Farinelli y Félix G. Olmedo, de tal forma que casi resulta ocioso hablar del origen temático de la obra, pues su originalidad consiste exclusivamente en la forma de dramatizar una idea y varias historias o enredos superpuestos, como ahora veremos, lo que por otra parte no es poco. Los aspectos estilísticos, que fueron denigrados por Menéndez Pelayo, quien no comulgaba con la estética gongorista, no necesitan hoy mayor revisión, pues se justifican históricamente, pero en cualquier caso el siglo XX ha encontrado pleno lugar para una estética semejante con el desarrollo de la estilística y sus ulteriores consecuencias. Tópicos y motivos han sido ampliamente analizados, desde el problema del libre albedrío (Carreras Artau, L. E. Palacios, E. Frutos, etc.)[12] hasta cuestiones de detalle como «el delito mayor del hombre es haber nacido» (Sánchez Escribano, Porqueras Mayo)[13], el motivo de la cár-

---

[11] Marcelino Menéndez y Pelayo, «Calderón y su teatro», en *Estudios y discursos de crítica literaria,* Madrid, 1941, III, pág. 223.

[12] Véanse estos autores en nuestra *Bibliografía.*

[13] *Idem.*

cel, torre o gruta (Maurin, Parker, Cilveti)[14], o problemas globales de la estructura, la doble acción, etc. (Wilson, Withby)[15], hasta la cuestión del valor de cada uno de los personajes y su posible significado universal o concreto. No hay asunto relacionado con la obra que no se haya tratado o discutido y casi siempre de forma polémica.

Abogábamos en aquellas fechas por una cierta literalidad[16], aun a sabiendas de que ésta es imposible de aplicar en su integridad. Queríamos con ello tratar de que no se desvirtuase en exceso el entendimiento de la comedia, partiendo de la base de que el autor buscaba la consecuencia de sus propios planteamientos, y por tanto era coherente en la prefiguración de los episodios, los personajes y la acción. No es que pretendamos la existencia de la interpretación única, pues un mensaje estético es de suyo polivalente, sino que cualquier modo de interpretación de un texto literario tiene que tener como referente último el mensaje verbal (literal) del autor, a riesgo si no de convertirse en mera excusa para hacer alarde de creatividad personal, lo que está muy bien siempre que se reconozca como tal, y eso tiene ya una denominación dentro de los géneros literarios.

Nosotros proponemos que de forma inmediata se distinga el *objeto de la idea* del *objeto de la obra*. Esto es elemental, pero de una u otra manera la idea de «la vida es sueño» como tópico ha podido interferir en el sentido de *La vida es sueño* obra dramática. La primera es una abstracción, de sentido y valor difuso, susceptible de variados acercamientos interpretativos, desde los más pragmáticamente morales hasta los netamente metafísicos.

---

[14] *Idem.*

[15] *Idem.*

[16] *Vid.* Enrique Rull, «La literalidad del "soldado rebelde" en *La vida es sueño*» en *Segismundo*, 21-22, 1975, págs. 117-125.

La idea-fuente de La vida es sueño

A la hora de determinar las fuentes de la obra calderoniana convendría distinguir dos caminos que, por supuesto, se interrelacionan y se interfieren constantemente: la inspiración compleja y varia de la idea y la influencia concreta o difusa de la fabulación dramática. Además de estos dos caminos generales habría que tener en cuenta una gran cantidad de tópicos o motivos temáticos e incluso estilemáticos provenientes de la tradición filosófica, religiosa, literaria e incluso popular, motivos que se insertan en el tema general o que son adyacentes a él.

La idea de la «vida como sueño» ya estaba en el ambiente de la época, por lo que Calderón no hizo al enunciarla ningún descubrimiento. Farinelli, para la confección de su libro *La vita é un sogno*[17], partía de la idea de que en Calderón el tema de la obra era el del enunciado del título de la misma, y como éste era un tópico, una *idea-fuente* vulgarizada, el drama calderoniano no aportaba intelectualmente nada nuevo. Félix G. Olmedo[18] precisó los aspectos concretos de esta influencia: predicadores y ascetas del Siglo de Oro español. Después de la representación de la obra de Calderón el motivo debió hacerse todavía más tópico, adquiriendo incluso cierto carácter paremiológico, a juzgar por lo que el propio Calderón advierte en su comedia *Las armas de la hermosura,* obra representada en 1652: «a efecto / de que se acrisole en mí / ser verdad aquel proverbio / de que es un sueño la vida»[19]. Si a esto añadimos la conocida copla de finales del siglo XV:

---

[17] *Vid.* Arturo Farinelli, *La vita è un sogno,* Turín, 1916 (2 vols.).

[18] *Vid.* Félix González Olmedo, *Las fuentes de «La vida es sueño»*, Madrid, Voluntad, 1928.

[19] Según señala Martín de Riquer en su edición de *La vida es sueño* (*vid. Bibliografía*), pág. 16, nota 4. La cita no corresponde a la Jornada III, como por probable errata se dice en la edición mencionada, sino a la Jornada II (*vid. Comedias de Don Pedro Calderón de la Barca,* ed. de Juan Eugenio Hartzenbusch, *BAE,* 12, tomo III, pág. 199, b.

Soñaba yo que tenía
alegre mi corazón;
mas a la fe, madre mía
que los sueños sueños son,

recogida por Wilson y Sage[20] y de la que dan citas y glosas de Pedro de Padilla, Lope de Vega, Pedro Laynez, Villamediana, Tirso de Molina, Quiñones de Benavente, etc., concluiremos con que Calderón no hizo sino dramatizar un tópico convertido incluso en refrán. Es evidente que Calderón por este lado de la *idea-fuente* no añade nada, la convierte simplemente, lo que no es poco, en idea motriz. A partir de ahí desarrolla de forma absolutamente creadora una visión del teatro y de la vida de total intensidad personal, que puede incluso permitir entrever algunos atisbos en la repercusión y alcance del concepto. Por ejemplo, no se ha señalado con mucha frecuencia el eco sombrío de la equiparación sueño-vida / sueño-muerte que evidentemente Calderón utiliza con toda intención:

Viendo que ha de despertar
en el sueño de la muerte
(vv. 2166-2167).

Porque el «sueño de la muerte» es exactamente el mismo concepto que utilizó Shakespeare en su *Hamlet* en el famoso monólogo (Acto III, escena I). Calderón está jugando con una serie de similitudes entre vida-sueño y sueño-muerte que desembocan por pura deducción en la idea de que la vida es muerte, la cual se erige en una trágica y macabra realidad, o por mejor decir en la única realidad de este mundo. Cierto es que este pesimismo espantoso queda contrarrestado en el dramaturgo por una visión optimista del transmundo y especialmente por una determinación imperativa del código moral que conduce a aquél, pero la sensación del lector o espectador de

[20] En *Poesías líricas en las obras dramáticas de Calderón*, ed. cit. de 1964, pág. 135.

su obra de que la vida es un espejismo y que lo único real es la muerte es algo que difícilmente disipa la acción de Segismundo intentando dar un sentido creador a su vida.

Que el tema central de *La vida es sueño* es la vida como sueño es algo tan obvio y simple que a veces se da por supuesto de manera demasiado radical, prestando atención a otras cuestiones relevantes pero de indudable menor importancia en el desarrollo de la acción dramática. Tan cierto es esto que algunos críticos han tenido que escribir un estudio centrando de nuevo la cuestión[21].

Por otra parte, y resumiendo grandemente la cuestión, habría que considerar el otro punto que plantean las fuentes: el referente a la *fabulación dramática*. En numerosas ocasiones se ha vuelto sobre ello, por lo que sólo vamos a realizar un somerísimo análisis del asunto para no perder de vista el panorama total del problema.

Calderón aprovechó el tema literario de Barlaán y Josafat[22], que ya había llevado a la escena Lope de Vega unos veinticinco años antes. Se trata en realidad de la famosa leyenda de Buda, como es bien sabido, contenida en la obra sánscrita *Lalita-Vistara*, transmitida a Occidente en la versión de San Juan Damasceno. Ya en el siglo XIII aparece en la obra de don Juan Manuel *El Libro de los Estados* y también en el *Sendebar,* pero, como ya observase Menéndez Pelayo, la gran difusión de la obra de San Juan Damasceno se debió a la versión castellana del siglo XVII (1608) de Juan de Arce Solórzano. Lope de Vega no hizo sino dramatizar esta versión, pero introduciendo peculiaridades de expresión que, como ahora veremos, pasarían a Calderón o éste las asimilaría como reminiscencias relevantes.

---

[21] *Vid.* por ejemplo Everett W. Hesse, «El motivo del sueño en *La vida es sueño*», en *Segismundo,* 5-6 (1967), págs. 55-62.

[22] La mayor parte de los datos que reproducimos aquí acerca de esta leyenda ya fueron recogidos por M. Menéndez y Pelayo y reproducidos en su edición de *Barlán y Josafá,* de Lope de Vega (en *Obras de Lope de Vega*, IX, *BAE*, Madrid, Atlas, 1964, págs. VII-XXII).

Por otra parte Albert E. Sloman[23] señaló y estudió con detenimiento, como verdadera fuente de *La vida es sueño,* la obra que también compuso Calderón en colaboración con Antonio Coello titulada *Yerros de naturaleza y aciertos de la fortuna* (ms. de 4 de mayo de 1634), obra ya estudiada antes por Northup en 1910[24] y publicada por Juliá Martínez en 1930[25]. Para Sloman estaba claro que esta comedia era un esbozo de *La vida es sueño,* dada su mayor imperfección constructiva, de ideas y de estilo, y, por supuesto, la fecha indiscutible de 1634. Sobre esta última cuestión, la de la datación de *La vida es sueño,* todavía no nos hemos pronunciado, pero ahora es el momento de hacerlo. La primera edición impresa que conocemos es la de 1636, por lo que la crítica ha deducido siempre que la obra pudo ser compuesta el año anterior, el de 1635. No existe, que se sepa de momento, manuscrito autógrafo de la obra, y por ese lado es imposible buscar una fecha de composición segura. Por consiguiente, el año de la *editio princeps,* el de 1636, es el único punto de partida para una razonable datación. No obstante esto, Harry Warren Hilborn[26] ya apuntaba en el año 1938, movido por criterios de análisis métrico, que *La vida es sueño* podría ser de 1631-1632. Para nosotros la fecha de 1635 está empezando a dejar de ser intangible. Tratando la cuestión bibliográfica de *Yerros...* Daniel Rogers[27] en un artículo reciente alude tangencialmente a la

---

[23] *Vid. The Dramatic Craftsmanship of Calderón,* Oxford, 1958, páginas 250 y sigs.

[24] *Vid.* G. T. Northup, «*Los yerros de naturaleza y aciertos de la fortuna,* by Don Antonio Coello and Don Pedro Calderón de la Barca». *RR*, I (1910), 411-425.

[25] *Yerros de naturaleza y aciertos de la fortuna,* ed. E. Juliá Martínez, Madrid, 1930. Posteriormente ha sido también editada por Luis Astrana Marín en *Obras completas de Pedro Calderón de la Barca, (Dramas)*, Madrid, Aguilar, 1945 (la primera edición data de 1933).

[26] Harry W. Hilborn, *A Chronology of the Plays of D. Pedro Calderón de la Barca,* Toronto, The University of Toronto Press, 1938.

[27] Daniel Rogers, «Dos notas sobre *Yerros de naturaleza y aciertos de la fortuna*», en *El mundo del teatro español en su Siglo de Oro: ensayos dedicados a John E. Varey,* editado por J. M. Ruano de la Haza, Otawa, 1989.

cuestión. El problema es un poco complicado. Lo que nos viene a decir Rogers es que hay una tirada de versos de *Yerros...* que coincide con otra de *El monstruo de la Fortuna* (Jornada II) de Calderón, Montalbán y Rojas, y que los versos de *El monstruo...* son posteriores a *Yerros...*, pero Cotarelo opinaba lo contrario de esto último, asignando a *El monstruo...* la fecha de 1633, por una serie de razones complejas. Lo que evidentemente se venía descubriendo, y es lo que nos interesa ahora a nosotros, es que tanto *Yerros...* como *El monstruo...* estaban emparentados con *La vida es sueño.* Ante ciertas coincidencias Cotarelo argumentaba que *El monstruo...* sería anterior a *La vida es sueño,* pues es inconcebible que Calderón repitiera para empeorarlas unas décimas (las del primer monólogo que pronuncia Segismundo), que efectivamente son coincidentes en las dos obras en los motivos utilizados y en la técnica diseminativo-recolectiva de ambas tiradas de versos. La comedia, más perfecta, sería, por consiguiente, la última escrita. Pero esto no puede ser una ley absoluta. Calderón pudo escribir estos versos imitándose a sí mismo sin necesidad de mejorarse, y lo que es más importante, no tenemos la total seguridad de que no haya sido otro autor el que ha imitado malamente los versos calderonianos y de que *El monstruo de la Fortuna* sea cabalmente obra suya, pues existen otras tres obras con este título: una de Lope; otra de Rojas, Coello y Vélez; y otra de Calderón, Montalbán y Rojas. La primera corresponde a *La reina Juana de Nápoles,* de la segunda no se conoce texto, y de la tercera está comprobada la autoría de Rojas por los versos finales de la comedia. De la atribución a Calderón sólo sabemos por las noticias de Juan Isidro Fajardo y las décimas parecidas a las que pronuncia Segismundo; pero, como advierte Rogers, bien pudieran ser imitación de otro poeta.

Por todo ello deducimos nosotros que no es imposible que *La vida es sueño* fuera compuesta antes que estas obras, es decir, antes de 1634, fecha segura de *Yerros de Naturaleza.* Si a esto añadimos que la fecha de composición de *La vida es sueño* sólo se fundamenta en unas apreciaciones inseguras, la duda cuando menos parece razonable. Hasta ahora la asignación de 1635 se basa en la fecha de publicación (1636), y en la idea de que una obra tan perfectamente acabada tiene que ser relativamente tardía y por tanto de madurez. Aun así los criterios métricos de Hilborn no son desdeñables, y está por ver el sentido preciso de la tan reiterada división de la obra calderoniana en dos estilos, por medio de la cual la crítica ha pretendido siempre fijar la línea divisoria de las dos etapas en las fechas más lejanas al nacimiento del poeta. Sospecho que esta teoría general ha de ser revisada. Los mismos paralelos que algunos críticos encuentran entre nuestra obra y *Las tres justicias en una,* por ejemplo, obra indudablemente encuadrable en la década del 30, abogan por la revisión[28].

Lo que evidentemente es claro es que *Yerros* no tiene forzosamente que ser fuente de *La vida es sueño,* por el contrario puede ser: o bien una rutinaria autoimitación posterior en otro contexto menos serio, o un antecedente, en cualquier caso poco relevante, del propio Calderón, aunque nosotros nos inclinamos por lo primero. Es más, si tuviéramos que señalar el verdadero embrión de la comedia calderoniana, yo seguiría pensando en el *Barlaán y Josafat* de Lope, pues incluso si *Yerros* es anterior a *La vida es sueño,* el *Barlaán* es anterior a las dos, y las coincidencias de estilo ya las inició Lope en su texto.

[28] Es lo que hace Gwynne Edwards en su artículo «La vida es sueño y Las tres justicias en una», en *Hacia Calderón. Quinto Coloquio Anglogermano. Oxford, 1978,* Wiesbaden, 1982, págs. 55-63. Últimamente J. M. Ruano de la Haza en su artículo «Las dos versiones de *La vida es sueño*» (*Hacia Calderón,* 1991, págs. 133-146) decide, después de una serie de argumentaciones, que la «explicación más lógica de la existencia de estas dos versiones es que Calderón escribió una primera versión, la zaragozana, bastante antes de 1635, quizá tan temprano como 1630» (pág. 142). Las observaciones de Ruano se basan en el carácter disímil de los dos textos de 1636, el de Madrid y el de Zaragoza. En nuestros criterios de edición damos cuenta más detallada de este preciso y sugerente artículo, que corrobora nuestras sospechas acerca de la temprana fecha de composición de *La vida es sueño.*

En principio el esquema de la fábula dramática es muy similar: El rey Avenir, a causa de un horóscopo que le predice la conversión de su hijo Josafat al cristianismo, lo encierra en una prisión para tratar de evitarlo. Al inicio de la comedia el príncipe Josafat se lamenta así:

¿En qué, señor, te ofendí?
¿Qué es lo que temes de mí
que tanto rigor te causa?
Nace el corderillo tierno
y salta luego en el prado
porque apenas destetado
sufre el natural gobierno.
Un ave arroja del nido
aun antes de tener alas
el pollo a las claras salas
del aire, y vuela atrevido.
¿A quién después que nació
se negó la luz del cielo,
pues el que nace en el suelo
se dice que a la luz salió?
Mas no se dirá por mí
que ha tanto que soy nacido,
y nunca a luz he salido
que a las tinieblas salí[29].

Ante estos lamentos de Josafat su padre Avenir le permite salir de la prisión. Josafat admira asombrado el espectáculo del mundo, nuevo para él:

¡Válgame Dios! ¿Esto es cielo?
¡Qué hermosa luz y qué clara!
¡Qué color azul tan bello!
¡Qué nubes de oro bordadas![30].

[29] *Vid.* M. Menéndez Pelayo, *Obras de Lope de Vega,* Madrid, Atlas, 1964, *BAE*, IX, pág. 5. Cito por esta edición, más accesible hoy día que la de J. Fernández Montesinos (Madrid, 1935, *Teatro Antiguo Español,* VIII), que es en cualquier caso la edición de referencia de esta obra.

[30] *Ibid.,* pág. 7.

Pero ante tantas cosas bellas como ve, se le ofrece también el espectáculo lamentable de una esclava, un lisiado y un viejo. Al contemplar esto comprende también que el mundo se compone de falta de libertad, enfermedad y decrepitud. La hermosura de la esclava no obstante le hace reflexionar que hay cosas que despiertan amor, aunque también la vida contenga miserias y caducidad. Todo lo cual le lleva a expresarse así:

> ¿Que todos han de morir
> y que hay término prescrito,
> y que el nacer es delito
> si así se puede decir?[31].

A su vez el monje Barlaán es visitado en el desierto por un ángel, quien le encomienda convertir al cristianismo a Josafat. Disfrazado de mercader Barlaán lleva joyas a Josafat y le adoctrina, tras lo cual recibe el bautismo. Al saberlo el rey Avenir increpa a su hijo, pero convencido de que de ese modo no podrá disuadirle de su fe, utiliza al sabio Nacor, quien se hará pasar por Barlaán. Si los sabios del rey consiguen convencer con sus argumentos a Barlaán, Josafat abjurará de su fe. Pero, amenazado por el propio Josafat, Nacor actuará con sinceridad y desmentirá a los sabios consiguiendo que se conviertan todos al final. Avenir utiliza entonces otro sistema, la tentación carnal de Leucipe, la esclava que impresionó a Josafat, pero inútilmente. Al final decide enviarle fuera de la corte, pero Josafat persuade a muchos cortesanos y obliga a reflexionar al propio rey Avenir. Tras su muerte, Josafat heredará sus Estados, pero se retirará al desierto con Barlaán. Entonces exclamará:

> Dejé un perpetuo desvelo,
> *dejé un sueño de la vida*

[31] Este texto falta en la edición de Menéndez Pelayo. Lo transcribimos según el texto fijado por José F. Montesinos (ed. cit., vv. 768-771).

dejé una imagen fingida
idolatrada del suelo[32].

Como decía Menéndez Pelayo, hasta el título de la obra calderoniana ya viene prefigurado en estos versos de Lope. Es evidente que Calderón conoció la comedia del Fénix, pero como muy bien apunta Martín de Riquer «Calderón secularizó el tema y le dio una ambición y un contenido filosófico que no hallamos tan destacados en Lope»[33].

Es evidente que en la génesis de la fabulación de *La vida es sueño* debieron intervenir muchos elementos más de los contenidos en la obra de Lope[34]. La crítica ha señalado el ejemplo de *El conde Lucanor,* sólo el contenido en el códice de Puñonrostro, ejemplo no admitido como de don Juan Manuel, titulado «De commo la onrra deste mundo no es sinon commo suenno que passa»[35], en donde se cuenta la anécdota del herrero que dormía su embriaguez en una playa cuando apareció el rey y ordenó a sus criados que lo llevasen a palacio y lo hicieran meter en su propio lecho, para que cuando despertara lo sirvieran como si del rey auténtico se tratase, y así éste creyese de verdad serlo. Así sucedió realmente y el herrero creyó que era un soberano y actuó como tal. El manuscrito se interrumpe aquí, pero por el título se deja entrever cuál sería el verdadero final. Este cuento ya se halla en *Las mil y una noches*. Se trata del titulado «El durmiente despierto»[36]. Durante el siglo XVI fue considerado como un acon-

[32] *Ibid.,* ed. cit. Menéndez Pelayo, pág. 38.

[33] Pedro Calderón de la Barca, *La vida es sueño,* texto y notas de Martín de Riquer, Barcelona, Edit. Juventud, 1961, pág. 20.

[34] Los contactos entre la obra de Lope y la de Calderón fueron señalados con anterioridad a Menéndez Pelayo por Max Krenkel en su edición de *La vida es sueño* (*Klassische Buhnendichtungen der Spanier,* I, Leipzig, 1881, págs. 18-19.

[35] Lo reprodujo Félix G. Olmedo en su estudio *Las Fuentes de «La vida es sueño»,* Madrid, 1928, págs. 97-98.

[36] *Noches,* 153 a 171 de la edición de Juan Vernet, Barcelona, Planeta, 1970, I, págs. 804 a 830. Creo que *La vida es sueño* puede tener alguna rela-

tecimiento real atribuido a Felipe el Bueno, Duque de Flandes. Manuel Sueyro en sus *Anales de Flandes* (1624) lo relata concluyendo que «sólo había en la vida de los príncipes la diferencia de algunos años que duraba más el sueño»[37]. Esta idea es la que dominará en el drama de Calderón. Sólo había que cambiar al simple herrero por un auténtico príncipe; en último término y dentro de la ficción consistiría en transmutar al hombre corriente encontrado por el Duque en un príncipe imaginario. Desde el punto de vista dramático la anécdota ya la recogió Agustín de Rojas Villandrando en su única comedia, que sepamos, titulada *El natural desdichado* (1601?)[38]. El episodio aparece en el acto tercero de la comedia y atribuido al emperador Vespasiano. El gracioso Mogrollo es víctima de la broma del emperador. El despertar de Mogrollo es semejante al de Segismundo, sólo que en el primer caso se trata de una bufonada, lo que por el contrario en Calderón posee gran intensidad dramática. El gracioso llega a la conclusión de que todo ha sido un sueño y Vespasiano igualmente concluye «todo, amigos, es un sueño». El propio Shakespeare utilizó la anécdota en el prólogo a *The Taming of the Shrew*, y posiblemente, como indicó Astrana Marín[39], conociera la obra de Rojas. Calderón sí que pudo llegar al conocimiento de la comedia de Agustín de Rojas. Como apunta Ressot[40] *El natural*

---

ción también con otros cuentos de la colección, por ejemplo con el 625 de la edición citada. Ignoro si se ha señalado esto en alguna ocasión.

[37] *Vid.* F. G. Olmedo, *op. cit.*, pág. 101.

[38] *Ibid.*, pág. 130. Los datos que siguen son referidos igualmente por Martín de Riquer en su ed. cit. de *La vida es sueño*, pág. 23.

[39] *Vid.* su comentario en *Obras Completas* de William Shakespeare, Madrid, Aguilar, 1945, séptima edición, págs. 68 y 69. Astrana transcribe un fragmento de esta obra de Rojas, comparándolo con el fragmento correspondiente de la obra de Shakespeare. Además transcribe el capítulo referido antes de *El Conde Lucanor* perteneciente al códice de Puñonrostro. Para las relaciones en general entre las obras de Shakespeare y Calderón debe verse el artículo de Pedro J. Duque «Calderón y Shakespeare: algunas similitudes y diferencias», en Calderón. *Actas* del «Congreso Internacional sobre Calderón y el Teatro Español del Siglo de Oro», ed. cit., tomo III, págs.1277-1288.

[40] Agustín de Rojas Villandrando, *El viaje entretenido*, edición de Jean Pierre Ressot, Madrid, Castalia, 1972, pág. 16.

desdichado puede ser de 1601. Precisamente en la obra más conocida de Rojas *El viaje entretenido* (1603) se cuenta la anécdota del herrero borracho convertido en rey atribuida a Felipe el Bueno, anécdota que se remonta hasta *Las mil y una noches,* como ya indicamos antes. Un cuento de Boccaccio en su *Decamerón* (III, 8) tiene algunos puntos de relación con este episodio, sólo que aquí el borracho ha sido sustituido por un marido celoso, Ferondo, y la pócima que le da el fraile para dormirle tiene por objeto hacerle creer, cuando despierte, que está en el purgatorio. Así pues, desde el punto de vista de la fabulación dramática, hay dos motivos temático-argumentales que gravitaron sin duda sobre Calderón: el de la leyenda de Buda, explicitado en el *Barlaán y Josafat,* de Lope, y el del «durmiente despierto» de *Las mil y una noches,* conocido en España en los siglos XVI y XVII por varios testimonios, principalmente y desde el punto de vista teatral por la obra de Rojas Villandrando.

Composición de la obra: elementos de la aportación calderoniana

Sabemos pues con qué antecedentes pudo contar Calderón para idear su comedia, pero ésta, como cualquier auténtica obra de arte, en su concepción completa y cabal, no debe a nadie, sino al propio ingenio de su autor. No es evidentemente reductible a una fuente, ni siquiera a un tema o motivo. Ya vimos que el error de Farinelli consistió precisamente en pensar que la comedia calderoniana no era sino el desarrollo de una idea común. Era eso, pero también bastante más que eso. Incluso podría decirse que el tema de *La vida es sueño,* o de Segismundo, o de cualesquiera de los tópicos que integran el argumento de la obra, no son sino una constante del autor y de su época. Ya observó algo de esto doña Blanca de los Ríos cuando hablaba de «los diez Segismundos de Calderón»[41], y ciertamente la crítica ha señalado continuamente el parentesco de *La vida es sueño* con otras obras del propio autor, y, posteriormente, la huella de la obra puede seguirse en autores contemporáneos o discípulos suyos. En este sentido nos parece muy claro un artículo de Frédéric Serralta, quien al estudiar unas comedias de Antonio de Solís llega a la conclusión de que gran parte de los motivos y temas que integraban el conjunto argumental de *La vida es sueño,* y de otras comedias calderonianas, precalderonianas o postcalderonianas, no eran sino elementos constantes de la dramaturgia de la época, sencillamente porque entraban en los gustos del público por lo insólito de ciertas situaciones, decorados o motivos (la caverna, el horóscopo, el hombre-fiera, etc.)[42]. En cualquier caso creemos que esto no altera la idea de Valbuena Prat al decir que cuando se daban tantas coincidencias y repeticiones entre obras del propio Calderón es porque se trataba de «algo profundamente concebido», elevando, yo creo que con acierto, la historia de Segismundo y su significado a paradigma dramático, a verdadera armazón sobre la que construir el extenso e intenso mundo de su dramaturgia[43]. Por otra parte, *La vida es sueño* posee un don muy propio de la concepción calderoniana: la ambivalencia, la paradoja de sus aparentes postulados; lo que la hace sugestiva y misteriosa. Como ya señalaba Edwin Honig la obra tiene «el atractivo del misterio: un misterio en que la energía que le dio origen queda refrenada y acaba transformándose en algo muy distinto a los rígidos postulados y las estructuras que debían encauzar-

[41] Lo especificó en *«La vida es sueño» y los diez Segismundos de Calderón,* Madrid, 1926.

[42] Vid. Frédéric Serralta, «Temas de "La vida es sueño" en dos comedias de Solís», en *Actas* del «Congreso Internacional sobre Calderón y el Teatro Español del Siglo de Oro», *op. cit.*, tomo III, págs. 1319-1329.

[43] Creo que en este y otros muchos sentidos todavía es un trabajo valiosísimo, como muchos otros suyos, el que publicó con el título de «El orden barroco en "La vida es sueño"», en *Escorial,* VI (1942), págs. 167-192. Recogido últimamente en Durán y Gonzalez Echevarría, *Calderón y la crítica* (1976), tomo I, págs. 249-276 (*vid.* nuestra *Bibliografía*).

la»[44]. Es efectivamente lo que ocurre con gran parte de su teatro y que representa la otra faz de Calderón y de gran parte de sus creaciones dramáticas, cuestión que creemos muy importante y que está todavía por explicitar del todo.

Podríamos comprobar que la especial alquimia de la obra no reside en el conjunto de fuentes, motivos o temas simplemente, sino en la síntesis creadora que de la combinación de tantos elementos varios ha conseguido perfilar el autor, introduciendo en ese cúmulo de materiales algo del espíritu de sus más intensas aspiraciones, gustos y visiones interiores. Se podría comprobar efectivamente esto por medio del análisis ordenado de todos esos ingredientes y, como ya ha visto la crítica moderna, nos encontraríamos con la perfecta y equilibrada trabazón del texto dramático, pero no sólo eso, es posible que entre todo ese pormenor pudiéramos captar o aprehender la rica polivalencia de sus múltiples sugerencias de significado. Previamente a este análisis se impondría la exposición del panorama de las diversas interpretaciones generales que ha venido desarrollando la crítica hasta nuestros días. La tentación de este tipo de ensayos generales es siempre muy fuerte cuando se enfrenta el crítico con obras que intentan exponer una visión del mundo de pretendida validez universal. Baste recordar algunas sucintamente. Una de las más insistentes es la que reduce el sentido de la obra a una explicación política. Naturalmente, este tipo de interpretación viene dado por la peculiaridad argumental de la obra. Se trata de una historia de príncipes y de una sucesión a un trono. Así pues la explicación global toma simplemente el argumento para deducir una teoría general a partir del mismo. La coherencia aparentemente es absoluta, mas la incoherencia de fondo también lo es, si se repara que el propio personaje central, Segis-

---

[44] Edwin Honig, «El príncipe magnánimo y el precio de la conciencia moral en *La vida es sueño*», en Durán y González Echevarría, *Calderón y la crítica* (*op. cit.*, tomo II, pág. 747). Es un estudio que forma parte de su libro *Calderón and the Seizures of Honor*, Harvard Urniversity Press, Cambridge, Massachusetts, 1972.

mundo, trata de universalizar su propio comportamiento y referirlo a todos los hombres, no a todos los príncipes, ni siquiera a los que estén en su situación. Otra interpretación general, ésta basada en aspectos teológicos que sugeriría la obra, es la que pretende enlazar su significado con las disputas teológicas de jesuitas y dominicos en torno al problema de la predestinación. Naturalmente que el tema de fondo está ahí, pero reducir toda la comedia a esa cuestión puramente coyuntural y doctrinaria de la época supone empobrecer su sentido y convertirlo en simple ilustración de una querella entre clérigos del siglo XVII. Las interpretaciones de carácter filosófico son las que han tenido mayor predicamento, dado que el sentido más abstracto parece presidir las intenciones del dramaturgo. El intento más concreto es el de la vinculación de la experiencia de Segismundo con la de los hombres de la caverna platónica[45]: Al igual que los hombres del mito de *La República* de Platón (libros VI y VII), Segismundo pasa por la experiencia de la sombra hacia la luz, de la realidad aparente a las ideas puras, lo que le lleva a la toma de una posición prudencialista. La actitud de Segismundo con su experiencia personal permite suponer que más allá de la apariencia, de lo puramente sensible, hay una realidad más verdadera, más íntegra, que la que le ofrece la realidad de la vida cotidiana. Formalmente no hay nada que objetar a todas las teorías filosóficas, pues dan cabida a mensajes de orden universal para

[45] El mito de la caverna platónica en relación con Calderón ha sido estudiado en varias ocasiones. Recordemos, por ejemplo, un excelente artículo de Michele Federico Sciacca titulado «Verdad y sueño de *La vida es sueño* de Calderón de la Barca» (*Clavileño*, núm. 2, 1950, estudio reproducido en el mencionado libro de Durán y Echevarría, tomo II, págs. 541-562), en donde no sólo penetra en el mito, sino también en todo el sentido platónico de la comedia y de la visión del mundo de Segismundo. También por A. Valbuena Briones en *Perspectiva crítica de los dramas de Calderón* (Madrid, Rialp, 1965). Últimamente por Harlan G. Strum, «From Plato's Cave to Segismundo's Prison», *Modern Language Notes*, 89 (1974), págs. 280-289. Evangelina Rodríguez ha insistido en ello en su edición de *La vida es sueño* (1977) y Domingo Ynduráin en su excelente artículo «La vida es sueño: doctrina y mito», *Segismundo*, 41-42 (1985), págs. 99-126.

explicar el significado de la vida humana; sin embargo, el sentido de la obra dramática, como obra de ficción que es, no se agota con la exposición de una teoría por muy universalista que ella sea. La teoría expuesta, como tal, doctrinalmente no equivaldría nunca a la obra dramática, lo que evidencia que esta última posee resonancias múltiples que no se agotan con la exposición de una determinada doctrina de pensamiento. Esto no quiere decir que no se deban dar este tipo de interpretaciones o que sean inútiles, pues al contrario iluminan debidamente el sentido de la obra dramática, lo que queremos significar con ello es que nunca son reductibles a un mero enunciado teórico por muy amplio que sea éste. La obra literaria siempre tiene una encarnadura concreta y específica que debe ser en última instancia considerada en sí misma. Con ello sin duda propiciaremos que el campo de la interpretación de la obra se enmarque en el ámbito de la crítica literaria o filológica y no se disperse en otros terrenos de las disciplinas humanísticas, llámense éstos filosofía, teología, historia, pedagogía, psicología, etc., que es en cierta medida lo que ha ocurrido con las interpretaciones más frecuentes de *La vida es sueño*.

Otro tema de interés que tiene una específica función en nuestra obra es el del honor, tratado por Calderón en la comedia con el rigor del género habitual en él, pero sublimando sus efectos mediante la actitud conciliadora e incluso salvadora del personaje central. Es un tema referido fundamentalmente al personaje de Rosaura, como veremos luego, y a su conflictiva relación con Astolfo, Clotaldo y Segismundo. Constituye el núcleo de la acción secundaria, hábilmente entrelazada con la principal, por la intervención de Segismundo en el conflicto, que se resuelve de forma convencional pero promoviendo hoy mismo perplejidad en el lector o espectador, como muy patentes muestras de ello han dado algunos críticos recientes[46].

[46] Tratamos más adelante esta cuestión al hablar del desenlace de la comedia.

Respecto a la composición de la comedia, cuestión en la que intervienen factores de muy distinto orden, podemos observar, quizá precisamente por ello, que Calderón realiza una verdadera síntesis de elementos que conforman, de un lado, su visión del mundo, de otro, la integración de esa visión en unas coordenadas dramáticas perfectamente calculadas para producir un efecto muy concreto. Creo que ésta es la razón de que *La vida es sueño* se haya convertido en la obra más representativa de su autor. Posiblemente en ninguna otra comedia como en ésta podamos penetrar en una dimensión tan dilatada de lo que es el mundo intelectual de su autor. Otras obras, evidentemente, nos proporcionan aspectos que completan su variada y compleja idea de lo que era el mundo del teatro para él. Pensemos en los factores espectaculares, musicales, fantásticos, pero sobre todo en los cómicos y paródicos, tan estudiados hoy en día[47]. Ellos en su conjunto forman la personalidad del autor, y reducirlos a una fórmula unívoca es mutilar su personalidad. Por eso, si bien es cierto que *La vida es sueño* reproduce un esquema intelectual esencial de Calderón, no es menos cierto que lo que enriquece el sentido de la obra es la búsqueda de su dilatada riqueza, de su variada y rica complejidad, no reductible a una fórmula puramente ideológica.

Aun a sabiendas de que el análisis meramente temático no agota el sentido de la obra, ni mucho menos el sentido de su composición, nos parece útil precisar los elementos de ese orden que integran dicha composición. En primer lugar, el problema de la acción, que ya fue presentado desde hace mucho tiempo como uno de los puntos débiles de la obra, merece ser repasado. Siempre se ha dicho que en nuestra comedia existen dos acciones y que una estorba a la otra. La teoría clásica, o mejor neoclásica, de las unidades ha pesado como una losa

[47] *Vid.*, por ejemplo, el magnífico estudio de Evangelina Rodríguez y Antonio Tordera, *Calderón y la obra corta dramática del siglo XVII*, Londres, Tamesis Books, 1983. Igualmente la edición prácticamente exhaustiva del *Teatro cómico breve* realizada por María Luisa Lobato, Kassel, Edition Reichenberger, 1989.

sobre los criterios de análisis de la obra calderoniana. Todavía Menéndez Pelayo[48] dejaba sentir su influjo en el juicio negativo que en este sentido le merecía la comedia. Sólo más tarde se pudo encontrar la clave explicativa de la doble acción y su verdadera función dramática, principalmente tras los estudios de Wilson, Sloman, Sciacca, Whitby, Hesse y otros[49]. La cuestión de la verosimilitud es otra piedra de toque de las críticas de inspiración clásica. Hoy los criterios tienden a alejarse de estos reparos rígidos, por cuanto encierran un formalismo muy poco comprensivo de las verdaderas cualidades dramáticas del teatro barroco.

Podemos considerar que *La vida es sueño* es reductible a una acción principal, que se podría encerrar en el enunciado la *prueba de Segismundo,* y a una acción secundaria que llamaríamos la *restauración del honor de Rosaura.* Sabido es que Menéndez Pelayo consideraba la segunda como una «planta parásita»[50], y sabido es también que la crítica moderna, empezando por Wilson[51] en un memorable artículo, ha tratado de justificar la segunda acción (no sé si acción secundaria[52]), como coherente e imprescindible para la resolución de la primera. Se puede decir sin exageración que en este punto

[48] M. Menéndez Pelayo, «Calderón y su teatro», en *Estudios y discursos de crítica literaria,* Madrid, 1941, III, pág. 230.

[49] *Vid.* los estudios correspondientes de estos autores en nuestra *Bibliografía.*

[50] *Ibid.* nota 41.

[51] Edward M. Wilson, «La vida es sueño», *Revista de la Universidad de Buenos Aires,* tercera época, año IV, núm. 1 (enero-mayo de 1946), págs. 61-78. Reproducido en Manuel Durán y Roberto González Echevarría, *Calderón y la crítica. Historia y Antología,* Madrid, Gredos, 1976, págs. 300-328.

[52] Tomando como base los estudios de Sloman y Whitby para la revaloración de la intriga secundaria, y de paso del personaje de Rosaura, Michèle Gendreau Massaloux ha escrito dos sugestivos artículos en los que, de una parte, reivindica el papel de Rosaura y la importancia de la acción que suele llamarse secundaria, y de otra, las posibles similitudes de la acción referente a este personaje con Ariadna, la Rosemund del libro de caballerías *Valentin und Lameloos,* y el mito de las Amazonas (*vid.* los estudios referidos en nuestra *Bibliografía*).

la crítica calderonista se divide en dos épocas: la primera hasta el artículo de Wilson de 1946, y la segunda a partir de esa fecha hasta hoy. Es entonces cuando se inaugura de forma continuada y segura la crítica del hispanismo calderoniano de habla inglesa, de la que Wilson junto con Alexander A. Parker, y algo más tarde Wardropper, Shergold y Varey y otros muchos, van a ser los puntales de mayor peso. El artículo de Wilson sobre *La vida es sueño* no es importante por la erudición o por el ingenio, lo es simplemente por su sentido crítico y más aún por su sentido común. Wilson deshace el andamiaje adverso de las opiniones de Menéndez Pelayo, fijándose en que la mayor parte de sus objeciones proceden de los criterios decimonónicos del *carácter* dramático, y por tanto del criterio de verosimilitud particularista del personaje teatral. Se negaba que Segismundo fuese un carácter, a la vez que se pensaba que era un símbolo. Por ello su sentido universalista estaría en relación directa con el grado de conceptualización que pudiera expresar y en relación inversa al grado de humanización que reflejase. Es más, los aspectos puramente humanos no interesarían, pues estarían ligados a la impertinente «planta parásita» de la acción secundaria, o supondrían un salto en el vacío en la evolución del desarrollo dramático. También Wilson trató de probar que esta comedia es una obra lógica y de perfecto desarrollo dramático, situándose así en la línea de Parker cuando por esas fechas llamaba a Calderón el «dramaturgo de la escolástica»[53], o de Valbuena Prat cuando hablaba del «orden barroco»[54], o incluso en la línea más moderna de Cilveti[55] cuando escribe todo un libro para mostrar inteligentemente la estructura lógica de la co-

[53] A. A. Parker, «Calderón el dramaturgo de la escolástica», Madrid, *Revista de Estudios Hispánicos,* I, 1935, núm. 3, págs. 273-285; núm. 4, páginas 393-420.

[54] A. Valbuena Prat, «El orden barroco en *La vida es sueño*», Madrid, *Escorial,* VI, 1942, págs. 167-192.

[55] Ángel L. Cilveti, *El significado de La vida es sueño,* Valencia, Albatros, 1971.

media. Wilson[56] finalmente, antes que Sloman, Sciacca o Whitby[57], destacó la función determinante del personaje Rosaura para el desarrollo y desenlace de la primera acción. Ello no obsta para que reconozcamos, por ejemplo, el extraordinario interés de pensamiento, posiblemente anticipador, y no sólo porque fuera gestado años antes de su publicación, que posee el ensayo del filósofo Michele Federico Sciacca sobre esta cuestión, en el que sin propósitos filológicos trata de penetrar en el hondo significado de la obra a través del hilo conductor del personaje de Rosaura, estableciendo de paso unas pautas interpretativas de raíz platónica, en donde la Belleza de la Mujer, la entrevista por Segismundo «belleza pura», se erige en verdadero artífice del cambio del protagonista.

La primera acción, la que llamamos *prueba de Segismundo,* se compone al menos de cuatro temas fundamentales: *la vida como sueño, la fuerza del libre albedrío frente al hado, la educación del príncipe y el vencimiento de sí mismo.* El primer tema está ligado al personaje principal y a la propia experiencia de su vida. El segundo tema proviene en su raíz misma del personaje Basilio, quien con su conducta determina que se llegue a plantear vitalmente esa cuestión. La misma educación del príncipe concierne también a Basilio, por una parte, y por otra, de nuevo a Segismundo. Finalmente, el último tema se refiere fundamentalmente a Segismundo y su conciencia. Pero si observamos con detenimiento, todos los temas tienen alguna repercusión en los demás personajes, y Calderón ha conseguido que se sientan afectados por ellos en mayor o menor medida. Así, el vencerse a sí mismo es algo que, de una u otra manera, tiene que hacer también Basilio,

---

[56] *Vid.* estudio citado en nota 44.

[57] *Vid.,* respectivamente, sus estudios: Albert E. Sloman, «The Structure of Calderón's *La vida es sueño*», *Modern Language Review,* XLVIII, 1953, págs. 293-300; Michele Federico Sciacca, «La verdad y sueño en *La vida es sueño* de Calderón de la Barca», *Clavileño,* I, núm. 2, 1950, págs. 1-9; William W. Whitby, «Rosaura's Role in the Structure of *La vida es sueño*», *Hispanic Review,* XXVIII, 1960, págs. 16-27.

pero igualmente entendemos que ocurre con el resto, aunque explícitamente no se muestre. Todos también eligen su destino, aun cuando el huir de él, como le ocurre a Clarín, le devuelva de lleno a su seno. El mismo tema de la educación del príncipe se vuelve contra el educador paternal, quien acaba siendo educado por la propia experiencia de su hijo. Incluso Segismundo se lo hace saber así a su padre y se pone él mismo de «ejemplo». Y aunque el espectador está en el secreto de que el sueño de Segismundo es ficticio, sus continuas reflexiones sobre el tema proporcionan a éste una validez general. El final de la comedia, con el parlamento de Segismundo dirigido a sus súbditos, es lo suficientemente equívoco como para inducir al espectador a pensar que es a él a quien realmente va dirigido.

El tema de la vida como sueño tiene una significación tradicional de simple obviedad. Sueño es equivalente a ilusión, irrealidad, vanidad, luego la vida es, en función del elemental silogismo, todas esas cosas. Segismundo llega así, tras su peculiar experiencia, a un profundo desengaño, del que surge a su vez una conciencia moral. Éste es el famoso *cambio* de Segismundo que parecía a Menéndez Pelayo el único defecto de estructura dramática de la obra. Es lo que el crítico santanderino llamaba «salto mortal» de Segismundo, salto del mal al bien, del hombre dominado por las pasiones al hombre que las domina, salto mortal e imposible. Imposible porque para Menéndez Pelayo se escamoteaba el proceso dramático de la conversión. Es bien sabido que el teatro del Siglo de Oro no es un teatro de caracteres, como ya hemos apuntado antes; no es un teatro psicológico, y por tanto el reparo no sería a la obra concreta, sino a toda una dramaturgia de una dilatada época.

Frente al teatro europeo, especialmente el teatro francés, teatro de introspección intelectual, o frente al teatro isabelino inglés, teatro de pasiones del alma, aparece el teatro español buscando el camino de la acción, y, desde el ejemplo, casi paradigma, del Burlador, cifró el interés dramático en el desarrollo de episodios sucesivos y en la gradación y clímax de los mismos. En *La vida es sueño* ocurre exactamente eso. El proceso de Segismundo es coherente porque se cifra en varios estadios en los que el temor y el amor van sucediéndose y dejando su impronta en el personaje, y de paso en el espectador. Segismundo interioriza su sueño y a la vez lo generaliza, lo hace universal. Este proceso es especialmente revelador en los monólogos que se suceden a lo largo de la comedia y cuyo número ha sido discutido, según se consideren tales los parlamentos enfáticos dirigidos al pueblo y al público o no[58]. El problema es que Segismundo habla para sí y a la vez para todos. Su temor es despertar, y se aferra al único asidero que le parece real y seguro en el «confuso laberinto»: el amor que ha sentido por Rosaura. Pero es que además Calderón calculó muy hábilmente la revelación progresiva y gradual de Rosaura a Segismundo. Al principio se le aparece como un *muchacho* (disfrazado), al que quiere destrozar entre sus brazos (vv. 180 y ss.), pero que termina por conmoverle. Más tarde se le presenta como una hermosa *dama* que le perturba con su belleza (vv. 1572 y ss.); luego como una *mujer* a la que desea y por la que está dispuesto a matar (vv. 1624 y ss.); más tarde como el *recuerdo* de esa mujer a la que amaba y que ha dejado en él una profunda huella:

> De todos era señor
> y de todos me vengaba.
> Sólo a una mujer amaba,
> que fue verdad, creo yo,
> en que todo se acabó,
> y esto sólo no se acaba
> (vv. 2133-2137)
> Si soñé aquella grandeza
> en que me vi, ¿cómo agora

[58] Un panorama bastante completo de esta cuestión puede verse en María Pilar González Velasco, *Variaciones de Segismundo en la obra de Calderón*, Salamanca, 1989, págs. 19-35. También habían aludido a esta cuestión Augusto Cortina y Ciriaco Morón en sus respectivas ediciones de la comedia.

esta mujer me refiere
unas señas tan notorias?
Luego fue verdad, no sueño.
(vv. 2930 y ss.)

Aquí Rosaura es precisamente el hilo que une la realidad con el sueño, lo único que parece verdadero de todo lo que le ha parecido soñado. Después aparecerá como la persona que despierta en él el sentido de la responsabilidad y le impulsa a obrar con justicia y honor:

Rosaura está sin honor;
más a un príncipe le toca
el dar honor que quitarle
(vv. 2986 y ss.)

Finalmente Rosaura aparece como la idea moral que le impele incluso al sacrificio personal, al vencimiento de sí mismo y al dominio aristocrático de toda pasión. Ahora es el príncipe perfecto.

El tema del libre albedrío ha sido estudiado desde la perspectiva teológica de la época. Ése es un punto de vista histórico respetable que ya tuvo sus encendidas polémicas. Calderón lo planteó de una forma más concreta en la comedia[59]. El problema de la fuerza del hado era solamente un telón que podría abrirse a una perspectiva más amplia. Hoy más que la fuerza del hado, idea evidentemente irracional, lo que puede

[59] El tema de la libertad frente al hado plantea cuestiones muy complejas que han de analizarse en lo que se refiere a *La vida es sueño* con sumo cuidado. Una parcialización del concepto puede llevar a interpretaciones muy restrictivas, como ya apuntaron algunos críticos. *Vid.*, por ejemplo, los estudios de Alfonso Reyes, Tomás Carreras Artau y Leopoldo Eulogio Palacios citados en nuestra *Bibliografía*. El problema, referido a un ámbito más amplio que el de nuestra obra, también ha sido tratado en un artículo sugestivo por José Rico Verdú, quien intenta enfocar el problema desde la triple perspectiva de la libertad del hombre respecto a Dios, la Naturaleza y la Sociedad («El problema de la libertad humana en el teatro calderoniano», *Boletín Millares Carlo,* Madrid, vol. IV, núms. 7 y 8, 1985, págs. 251-277.

interesarnos en mayor medida es la fuerza de la represión, el determinismo de la herencia, la presión del ambiente, el condicionamiento social o, en última instancia, la naturaleza de ser vivo. En cualquier caso, por encima de disquisiciones teológicas, morales, sociales o filosóficas, concretas, en *La vida es sueño* pervive el concepto de libertad, entendida no sólo como libre albedrío, lo que es evidente, sino como ideal contra el fanatismo y la tiranía (Basilio), como elección moral y como búsqueda del propio destino. No obstante, cuando esa búsqueda es demasiado confiada, Calderón vuelve a introducir el elemento fatalista para desasosegar (el caso de Clarín). Hay una evidente defensa de la libertad, pero un cierto margen a las fuerzas irracionales para «inclinar» al albedrío. Diríamos que Calderón confía en la fuerza del hombre para ser libre y conducirse como tal, pero no de una manera ciega y absoluta. La asunción de unos límites razonables permite al dramaturgo no sólo la introducción de un efectivo juego de episodios dramáticos, sino también el ensanchamiento humano de la concepción ideológica de la libertad. La lección de prudencia que nos quiere dar el autor evidentemente tiene unas connotaciones políticas muy de la época, a las cuales se las puede tildar de excesivamente proclives a la defensa de la razón de Estado. Si esto puede ser cierto, y visiblemente es así, sobre todo en el desenlace de la comedia, no es menos cierto que esa lección de prudencia nos conduce al tema de la educación del príncipe, que por extensión es el tema de la educación en general. Es ésta una cuestión que preocupó grandemente a Calderón y que en muchas de sus obras dejó marca palpable. Es lo que ocurre también en *La devoción de la cruz* y *Eco y Narciso*. En las tres obras que contemplamos Calderón condena la educación represiva de los padres, porque fomenta la «fantasía de desquite»[60] y convierte al hijo en un ser violento, como ilustra el propio autor con sus persona-

[60] *Vid.* Mario Carlisky, «Sueño y juego en *La vida es sueño*», en *Psicoanálisis, teatro y cine*, Buenos Aires, Paidós, 1965, pág. 39.

jes Segismundo y Eusebio. El primero se lamenta de la conducta de su padre en versos muy reveladores (1478-1487; 3172-3185). Aquí es donde el domino de sí mismo sirve para sustraerse a la tiranía de la educación equivocada, pero los males que ésta produce a la vista están, pues Basilio llega a verse a los pies de su hijo, y su reino está a punto de perderse (vv. 2428-2459; 3144-3241).

El conflicto padre-hijo es evidentemente la raíz de la exposición dramática de la obra, de ahí que se haya estudiado con esmerada atención. Algunos críticos han señalado la relación de este conflicto con la interpretación psicoanalítica relativa al complejo de Edipo[61]. No obstante ya A. A. Parker[62] indicaba la clara insuficiencia de esta aplicación metodológica para explicar el sentido cabal e integral del conflicto dramático planteado por Calderón. Quien me parece que ha estudiado más inteligentemente la relación Basilio-Segismundo, sin acudir a interpretaciones mecánicas o doctrinales, es Marc Vitse[63], quien partiendo de una lectura omnicomprensiva de *La vida es sueño* ha elaborado unas líneas de penetración de los actos que realizan sus personajes fundamentales, por medio de las cuales verdaderamente desentraña no el mundo explícito de Calderón, por tanto no una mera interpretación, sino el mundo implícito en el drama humano, personal y filial de Segismundo y de los que le rodean, prolongando más allá del texto dado, pero con toda congruencia, la repercusión de cada

[61] Es lo que ha hecho Bernard Sesé en «Segismundo y Edipo. Ensayo de lectura psicoanalítica de *La vida es sueño* de Pedro Calderón de la Barca», Málaga, *Canente,* núm. 4 (1988), págs. 101-103. Sesé lo relaciona con Hamlet en este sentido edípico, fundándose en los estudios de Freud, Rank y el ensayo de Ernest Jones, *Hamlet y Edipo* (1949). Mucho más extensamente está estudiado el tema de la relación padre-hijo en *La vida es sueño* en el artículo de Raoul Precht «El conflicto padre-hijo en *La vida es sueño»*, en *Segismundo,* 1986. núms. 43-44, págs. 133-177.

[62] Alexander A. Parker, «The father-son conflict in the drama of Calderón», *FMLS,* 2, 1966, págs. 99-113.

[63] Marc Vitse, *Segismundo et Serafina,* Université de Toulouse-Le Mirail, Toulouse, 1980.

acto, de cada móvil, de cada palabra. Nadie ha calado tan hondo, por ejemplo, en la perfidia de Basilio en el adoctrinamiento que hace de él para convencerle de que «la vida es sueño»[64], y nadie ha comprendido mejor que Vitse el sentido del «valor» aristocrático que mueve a Segismundo y a Rosaura a afirmar su yo individual y su honor personal, y que de paso permiten comprender con claridad meridiana el mundo intelectual en el que se mueve Calderón, prescindiendo de las doctrinas aprendidas y los recursos del mundo que se le ofrece, e indagando así en lo que parece aspiración ideal del autor por los medios dramáticos.

Valor y significado de la comedia

La vida es sueño es un drama más complejo de lo que puede parecer en una simple representación o lectura. Como toda obra de alcance universal elaborada con el pulso del genio no se nos presenta como una realidad cerrada, aunque el autor pensase de otro modo, sino como literatura compleja de amplias resonancias. Es lo que ocurre también con *El Quijote, Hamlet* o *Fausto,* por poner ejemplos similares en cuanto a su universalidad. Como en estas obras ocurre, no sólo es su complejidad histórica la que nos devuelve una imagen infinitamente multiplicada de significados a través de los enfoques posibles que podemos realizar de ella, sino también la textura misma de su composición, de su realidad textual intrínseca, la que nos da el alcance de su valor. Naturalmente el escritor se ha valido para ello de la eterna «ambigüedad» que subyace en toda obra genial, pero en este caso dicha ambigüedad no nace de una descarada vacilación o polivalencia de significados sugeridos, sino por el contrario de una paradójica sucesión controlada de los mismos. Es la repercusión de esos factores «ce-

[64] Posteriormente Kurt Reichenberger y Juventino Caminero han insistido en los aspectos negativos de la figura de Basilio en *Calderón dramaturgo,* Kassel, 1991, págs. 52-58.

rrados» lo que ha creado la multiplicidad de puntos de vista. Es lo que ha ocurrido con ciertos subtemas o motivos creados a partir de episodios perfectamente acabados: por ejemplo, el del soldado rebelde, el de la renuncia de Segismundo a Rosaura o el de la virtualidad efectiva del engaño del sueño. Indagar en ellos de manera detenida y honda nos llevaría a calar en la propia estructura de cada uno de los episodios y a su entronque con el desarrollo general del drama, y para ello tendríamos que disponer de mayor espacio que el presente. Sin embargo, sí podemos apuntar algunos de los elementos que enriquecen el conjunto mediante la utilización de tópicos ligeramente alterados, como es el caso, por ejemplo, del motivo denominado «el delito de haber nacido». Creo que hasta el iluminador y documentado estudio de Domingo Ynduráin no se había penetrado en profundidad en el verdadero valor del tópico[65], quien recuerda la fuente de Plinio aducida ya por Alfonso Reyes en 1945, si bien rectificando el conducto por el que pudo llegarle a Calderón el motivo. El sentido del «topos» tal como lo habían entendido Sánchez Escribano y Porqueras Mayo[66], creo que queda superado en el referido estudio de Ynduráin, quien abre como un abanico las posibilidades de la fuente (como parte de un todo más amplio: no sólo Plinio, sino también Santo Tomás y sobre todo Platón), pero por otra parte, centra el sentido de la misma insistiendo en la función de «delito» o culpa, y no sólo de «desgracia, dolor, etc.», que le atribuían los demás críticos.

Está claro que el tema más polémico sin duda es el del vencimiento de sí mismo. Dramáticamente parece el más forzado, y en la obra casi aparece como una conversión de cierto matiz religioso, pues Calderón con el «acudamos a lo eterno» famoso parece introducir lo trascendente como móvil y solución del cambio psicológico del personaje; sin embargo el proceso es más complejo de lo que parece. Ya vimos el papel

---

[65] Domingo Ynduráin, «*La vida es sueño*: Doctrina y mito», *Segismundo*, 41-42, (1985), págs. 99-126.

[66] *Vid.* los estudios de ambos en nuestra *Bibliografía*.

importante de Rosaura en el despertar a ese cambio, pero también éste ha sido desarrollado de manera gradual y sabia: primeramente, con la reflexión acerca de la vida como sueño; luego, con la convicción de que sólo el obrar bien tiene sentido; más tarde, con el vencimiento de su deseo por Rosaura; posteriormente, con el franco sometimiento de sus tendencias revanchistas contra su propio padre; y finalmente, con la renuncia a Rosaura para poder reparar su honor.

El problema de la renuncia a Rosaura es uno de los menos aceptados por la crítica actual[67]. Esta renuncia suena demasiado a convención y arreglo final. Por una parte, parece un autocastigo innecesario. De la misma manera, la boda con Estrella parece mero oportunismo político y sobre todo convención del género. Nuestro punto de vista moderno, evidentemente, tiene que diferir del de la época barroca. Desde que el Romanticismo introdujo un héroe que se deja arrebatar por la pasión y la fomenta, la perspectiva individualista se ha sobrepuesto a la del héroe sacrificado, acostumbrado a la disciplina social y política[68]. Pero no es sólo esto, que sería una vaga justificación histórica, es que para que la función de Segismundo como príncipe perfecto tenga mayor sentido debe vencer sus inclinaciones de venganza contra su padre, debe ayudar a Rosaura a recobrar su honor, restituyéndola a su situación primera, y por tanto a la fuente de su deshonra (Astolfo), debe incluso castigar a quien le ha ayudado a vencer: al soldado rebelde[69]. Éste es otro punto discutido, y con razón,

[67] Ya Valbuena Briones observaba muy negativamente el desenlace del drama en «Un preludio y tres interpretaciones de *La vida es sueño*» (*Perspectiva crítica...*, ed. cit., págs. 177-178).

[68] Clarísimamente ha destacado también Domingo Ynduráin la enorme extensión desde la filosofía platónica de la idea de «vencerse a sí mismo», estableciendo paralelos evidentes de la obra calderoniana con el pensamiento quevediano expuesto por ejemplo en *Cómo ha de ser el privado* (*vid.* artículo citado de *Segismundo*, 1985, págs. 116-118).

[69] Expusimos nuestra opinión sobre este extremo en el artículo «La literalidad del soldado rebelde en *La vida es sueño*» (*Segismundo*, XI, 21-22, 1975, págs. 117-125). Es un motivo que se ofrece a polémica y que ha sido

ya que según el sentido que demos a esta acción se altera el significado total de la comedia. En este orden de cosas creemos haber dado ya razones suficientes que abonan la explicación del final armónico y coherente y rechazan la interpretación del cambio de Segismundo como la conversión en un nuevo tirano. Nada más lejos del ánimo de su autor que esta torcida visión de la comedia, aunque pueda ser sugestiva y posea un toque de modernidad indudable. La idea de la obra exige que cualquier levantamiento contra el rey legítimo deba ser considerado como acto de traición, viviendo este rey y ejerciendo como tal su título. Según se deduce del contexto Segismundo obra prudentemente encerrando al soldado rebelde. Y Calderón consigue un efecto teatral insólito que mueve a los personajes a pronunciar frases de admiración y espanto. Esta escena no es ociosa, como se ha dicho, y parece cuando menos de dudoso valor el pretender que la obra acabe antes[70]. Una cosa es que no nos guste el desenlace porque no se atenga a nuestro criterio moderno, que entendemos como más perfecto desde el punto de vista de la lógica y de la moral, y otra cosa es que el referido final sea coherente con el planteamiento artístico y estético del que ha procurado el autor dotar a su obra. Creemos que Calderón ha sido absolutamente consecuente con su propio diseño global en este polémico desenlace, nos guste o no. La alteración de este tipo de finales, tan barrocos por otra parte, que se han intentado y se

---

tratado por la mayor parte de los especialistas. *Vid.*, últimamente, las precisiones de Ynduráin en el artículo mencionado (págs. 118-123), y también el análisis realizado por Reichenberger y Caminero en *Calderón dramaturgo, op. cit.*, págs. 115-116. Después de la polémica levantada ya en 1968 por H. B. Hall y alimentada por otros críticos posteriores, tras un comprensivo artículo de Parker (*vid. Bibliografía*), parece que hoy vuelven las aguas a su cauce y la posible injusticia moral de Segismundo (real desde un punto de vista de nuestra sensibilidad actual) es vista como ejemplo de «prudencia», ccmo quería Calderón dentro de la convención fabulada por él mismo y coherente con ella.

[70] Es lo que pretendía F. Ruiz Ramón en su *Historia del teatro español (Desde sus orígenes hasta 1900)* (Madrid, Alianza, 1967, pág. 318).

intentan perpetrar modernamente, desvirtúa el sentido histórico de la comedia. Algo semejante se ha realizado con el final de *Fuenteovejuna* en alguna representación moderna y con otras muchas obras del siglo XVII. Pero si en las adaptaciones de las obras antiguas se puede entender el deseo de acercamiento al espectador, aunque sea a costa de desfigurar su sentido histórico, esto no es justificable desde una interpretación crítica y filológica de los textos[71]. Por otra parte, si bien el mensaje de *La vida es sueño* puede aparecer como cerrado, concreto, moralizador y religioso, también es verdad que ha pesado en esta consideración su traslación a dos autos del mismo título, la simbología que atrae una obra concebida en la época de exaltación de la monarquía austríaca como fundamento del catolicismo militante, y, sobre todo, el haber sido enarbolados, época y autor, como arma de combate contra la Ilustración y el liberalismo modernos. No obstante esto, la comedia se eleva por encima de las contingencias de espacio y tiempo y puede llegar y llega a los espíritus más disímiles y a las conciencias más heterogéneas, y ello debido a que su mensaje excede con mucho la literalidad historicista que reclamamos en su interpretación filológica, que debe respetarse, pero que no debe ni puede ser obstáculo para una acogida y percepción plural, compleja y enriquecedora. En este sentido me parecen ejemplares y casi imprescindibles las palabras de Edwin Honig, con las que cerraba su capítulo sobre nuestra comedia: «El dramaturgo en sus mejores momentos no es un

[71] Sobre el acercamiento de los textos a nuestra forma de concebir el mundo caben muchas opciones. Unas lo hacen sin destruir arbitrariamente el valor del mensaje original, que en todo caso pensamos debe quedar intacto; otras, por el contrario, intentan instrumentalizar o manipular el mensaje con fines claramente tendenciosos en cualquier sentido imaginable. Otras veces incluso el crítico provisto de loables intenciones exegéticas puede caer en la tentación de alterar el sentido de una obra por prolongar indebidamente las consecuencias de un planteamiento algo desenfocado. Esto último es lo que creemos que ha ocurrido por ejemplo con el ensayo de Cesáreo Bandera, loable por otros aspectos, sobre *La vida es sueño* (en *Mímesis conflictiva, ficción literaria y violencia en Cervantes y Calderon,* Madrid, Gredos, 1975).

predicador ni el defensor de una moral abstracta. Él hace esencial algo para poderlo identificar; dramatiza para caracterizar; y especifica la experiencia para mostrar la relación entre los motivos descarriados y la aceptación de ideales falsos, afirmando la necesidad de una percepción, por la que se ha pagado caro, para alcanzar ideales practicables. Ésta parece —todavía hoy— una lección digna de ser escuchada.»[72]. Creemos que aquí efectivamente están reflejadas todas las actitudes de los personajes fundamentales de *La vida es sueño,* las que partiendo del error necesitan el desarrollo del drama para percibir la auténtica realidad. En este sentido nuestra comedia es un perfecto ejemplo de práctica dramática pedagógica, aspecto que quizá no ha sido ponderado todavía como merece.

La acción secundaria ha sido muy discutida, como ya vimos, y sobre todo desdeñada. Sin embargo, su importancia es esencial, no sólo porque introduce el tema amoroso, decisivo para el cambio de Segismundo, sino porque crea un espacio escénico que equilibra las tensiones de la historia y proporciona variedad al escenario y a la acción. Y no sólo esto, la interrelación de las acciones es tal que la resolución de ambas es absolutamente interdependiente. El conflicto de Rosaura necesitará de la intervención de Segismundo, como éste necesitará a aquélla para resolver el suyo, aunque sea en el plano del sueño en el que se debate su vida interior. Las acciones están jerárquicamente dispuestas, de tal forma que la subordinación de la acción secundaria a la principal responde a una técnica barroca muy estudiada, hasta el punto de que conforme avanza la acción global los desenlaces parciales necesitan la interdependencia para la resolución final de los mismos[73]. Siempre que hablamos de *La vida es sueño* la en-

---

[72] Edwin Honig, «El príncipe magnánimo y el precio de la conciencia moral en *La vida es sueño*», en Durán y González Echevarría (*Calderón y la critica, op. cit.,* pág. 768). Corresponde al capítulo 8 de su obra *Calderón and the Seizures of Honor,* ed. cit., pág. 175.

[73] Vittorio Bodini ya manifestó su disconformidad acerca del escaso valor de la acción secundaria y de su pretendida anulación para resaltar el valor to-

tendemos como drama «filosófico», y esto que, desde el punto de vista de su esencia intelectual, puede tener un sentido certero, también puede invitarnos a considerar que se trata de un drama especialmente especulativo y por consiguiente de una obra estática y de poco movimiento escénico. Nada más lejos de la verdad. Cualquier espectador o lector un poco imaginativo habrá podido comprobar que en la sucesión de los episodios que entrelazan las acciones se va perfilando un drama de acción variado, rico y multiforme, de tal forma que apenas tiene cabida la especulación referida si no es en algunos monólogos, por otra parte suficientemente brillantes en imágenes y acción visual como para que los consideremos paralizadores[74].

Los personajes son todos importantes en la medida de su función dramática, con alguna excepción, como ahora veremos. Importante es incluso Clarín, que halla la muerte entre sus aparentes chistes. Yo diría que en Calderón los graciosos juegan un papel no sólo humorístico, lo que en términos de la retórica aristotélica actuaría a modo de *catástasis,* sino perfec-

---

tal de la obra, de la siguiente forma: «estamos de parte del consumidor barroco, para el que la eventual supresión habría significado la supresión de todo aquel entrar y salir de los personajes de una trama a otra, como a través de muchos invisibles pasillos laberínticos en cuyas luces diversamente se colorean. No debe olvidarse que, llegados a este punto, para los barrocos entra en funcionamiento el mecanismo del desafío a combinar lo heterogéneo. Además, en nuestro caso, la diferencia es aún más concreta debido a que la trama B es una trama absolutamente superficial, no en sentido peyorativo, sino en sentido literal, es decir, que se desenvuelve por entero en la superficie, mientras que la trama A tiene diversos planos y sus profundidades y recovecos son incontables» (*Estudio estructural de la literatura clásica española,* Barcelona, Martínez Roca, 1971, pág. 20).

[74] A este respecto conviene recordar las afirmaciones de A.-M. Julien: «Il se trouve que *La Vie est un songe* est une pièce où l'action ne ralentit pas une minute du début jusqu'a la fin. C'est essentiellement une pièce d'action dans laquelle il se passe toujours quelque chose d'important. Et l'action, autre qualité d'une piece, est toujours l'expression de conflits successifs» («La mise en scène de *La vie est un* songe», en *Réalisme et Poésie au théatre*, París, Centre National des Recherches Scientifiques, 1960, págs. 225-232).

tamente grave, es decir, con una cierta función *catártica*. Cabría hablar de los «graciosos serios» de Calderón. Y Clarín es su prototipo. Como ya observó Wilson, la escena de su muerte es una de las más «intensas» del drama. El personaje más convencional es Estrella. En otra ocasión dijimos que es un verdadero *comodín*[75] que sirve para resolver los conflictos de los demás. No vamos a tratar aquí del resto de los personajes. Sólo indicar que a través de ellos Calderón ejecuta implacablemente su barroca idea del «desengaño». Todos los personajes tienen unos propósitos y acaban cambiando y alcanzando otros. Segismundo, que se rebela contra Basilio, termina poniéndose a sus pies y perdonándole; Basilio, que encierra a su hijo para que no se convierta en tirano, tiene que ver cómo éste actúa con violencia y locura; Astolfo, que pretende a Estrella y huye de Rosaura, perderá a la primera y casará con la segunda; Clarín, que quiere esquivar la muerte, la encontrará precisamente en su refugio; el soldado rebelde, que busca una recompensa, recibirá la prisión de por vida. Sólo Clotaldo, vacilante, y Rosaura, yendo en busca de su honor, encontrarán lo que persiguen, pero no como querían, mediante la venganza, sino gracias a la acción del pobre prisionero de la torre. Todos pecan de algo, sobre todo de soberbia. En este sentido el que produce todo el drama es Basilio, por vanagloriarse de su saber y ciencia, pero los demás no están exentos de culpa: Segismundo, por ejemplo, comienza abusando de su poder[76]; Clarín, de su ingenio; el soldado, de ambición; Astolfo, de cobardía al abandonar a Rosaura; Clotaldo, de vaci-

---

[75] *Vid.* nuestra edición de *La vida es sueño* (Madrid, Alhambra, 1980, pág. 70).

[76] A. M. García ha destacado que la soberbia de Segismundo tiene una importancia en su carácter y en el desarrollo del drama hasta el punto de constituir un proceso decisivo, una verdadera parte dentro de la «red orgánica de conceptos que da sentido unitario a la acción del drama», drama cuyos hilos estarán constituidos por la necesaria progresión «soberbia-vida-sueño-magnanimidad» (*vid.* su estudio «El fondo conceptual en el proceso de conversión de Segismundo» en *Hacia Calderón. Tercer Coloquio Anglogermano, Londres, 1973,* Berlín, Nueva York, 1976, págs. 185-204).

lación en restaurar el honor de su hija. Ésta, dejando al margen su ansia vengativa, es quizá el personaje más animoso y dotado de efectos benefactores: se disfraza de hombre para restaurar su honor, enamora a Segismundo y hace comprender a éste el valor de la realidad; cuando su padre duda en ayudarla, busca a Segismundo para que consiga evitar que Astolfo case con otra; y, al final, logra por su esfuerzo y decisión todos sus propósitos. A lo largo de la acción de la comedia los personajes van sufriendo el «desengaño», y van aprendiendo a vivir y a actuar a causa de él.

El desengaño de la vida, vana y perecedera como sueño, lleva a Segismundo a aprender el camino de la sabiduría, camino que para él consiste en la búsqueda de la trascendencia: «acudamos a lo eterno» dice, quizá pensando que allí ninguna de las contingencias que hacen de la vida algo engañoso puedan tener lugar. En el fondo su actitud consiste en aferrarse a un idealismo platónico-cristiano, producido por un escepticismo radical en la experiencia de la vida ordinaria. Desde ese momento parece que Segismundo, y el hombre que nace de ese modelo, deba comportarse siempre *sub specie aeternitatis*. Además del evidente tema moral que supone esta concepción, partícipe de una visión del mundo muy común en la época, Calderón decide que hay que tomarlo también en sentido imperativo: hay que soñar la vida para encontrar un camino. No otra cosa indica Segismundo cuando dice:

> Dices bien, anuncio fue,
> y caso que fuese cierto
> pues que la vida es tan corta
> soñemos, alma, soñemos
> ....
> y con esta prevención
> ....
> atrevámonos a todo.
> (vv. 2356-9, 2368, 2372)

En donde el sueño no es paralizante, sino acción creadora

y positiva[77]. Lo que quizá habría que destacar es que, tal como lo plantea Calderón, posiblemente debamos considerar dos tipos de sueño: el que realizan los que están ávidos de poder en la tierra, el sueño de los poderosos, que es en la mente de Calderón evidentemente vano, y el sueño interior que contempla la Belleza y Eternidad como bienes supremos, sueño que además es positivo en el orden de la acción y la vida, pues impele a obrar bien, a ser justo y a actuar con equidad. En el fondo es el ideal de contemplación y acción de los personajes calderonianos que representan su ideal aristocrático de vida y que tan repartidos están en sus dramas y comedias.

[77] Unamuno, que yo sepa, fue quien más intensa y tempranamente caló en la idea del sueño como vida fecunda en la obra calderoniana (pienso en ensayos como *Sueño y acción*, de 1902?, y *Sobre la filosofía española*, de 1904). Este pensamiento fue vuelto a considerar de nuevo por Eugenio D'Ors en 1922 (*El sueño es vida*, Madrid, 1922), y retomado y sistematizado por Jaime Ferrán en una comunicación del Congreso Internacional sobre Calderón de 1981 (anejos de la Revista *Segismundo*, 6, tomo I, págs. 421-432), titulada precisamente *El sueño es vida*, en la que recuerda que María Zambrano dedicó páginas fundamentales al desarrollo de la idea. Uno de los críticos que mejor ha calado en el valor del sueño como vida creo que ha sido también M. F. Sciacca (en el artículo mencionado antes), en donde afirma que «es el sueño auténtico que es la única realidad de la vida» lo que realmente aprehende Segismundo en la contemplación de la belleza eterna a través de la imagen femenina (pág. 558 del citado estudio).

CRITERIOS DE EDICIÓN

Para la actual edición de *La vida es sueño* tenemos en cuenta como texto base el indicado como *QCL,* del ejemplar que se halla en la Biblioteca Nacional de París (signatura: Yg. 152). Para la fijación más correcta de nuestro texto hemos compulsado también la copia de la Biblioteca del Vaticano (reproducida en el texto de la edición facsímil de Cruickshank y Varey). Aunque, como ya hemos indicado, seguimos básicamente el texto *QCL,* en las contadas ocasiones en que éste no nos ha satisfecho (por errror evidente, errata, o mala lectura), hemos corregido con los textos de *VSL, VS, Z,* y *VT,* siempre advirtiéndolo en las notas textuales y tratando de justificar la corrección. Ningún texto es absolutamente satisfactorio, pero el más correcto es el *QCL.* El *Z* aparece como irregular, incompleto, amplificado en ocasiones (a veces con tiradas de más de cuarenta versos distintos), y muy incorrecto, pese a que posee un interés indudable en algunos puntos, hasta el extremo de habernos servido para aclarar y explicar de forma explícita más de un pasaje. Últimamente J. M. Ruano de la Haza («Las dos versiones de la vida es sueño», *Hacia Calderón,* 1991, págs. 133-146) ha destacado la importancia del texto de Zaragoza, hasta el punto de considerarlo como otra «versión» de la comedia. No obstante esto, no se le escapa que «M es un texto más pulido, más elegante, más preciso, más claro y literariamente superior al de Z» (pág. 145), a lo que hay que añadir que *M* es un texto que debió cuidar el propio Calderón para la imprenta, mientras que el de *Z*, por mucho valor que tenga como testimonio posible de otra fuente manuscrita, se imprimió lleno de descuidos y fuera del control del autor. El texto *Z* sirve a Ruano para sostener la hipótesis de que Calderón redactó una primera versión de *La vida es sueño* de la que esa edición sería reflejo, «bastante antes de 1635», redactando luego otra más pulida para la imprenta, que es la que normalmente conocemos. El texto *Z* sería una copia de esa primera versión adaptada para una representación, lo que se hace bastante patente por las acotaciones dirigidas a actores y otros pormenores. De las variantes fundamentales del texto *Z* ya dimos cuenta en nuestra anterior edición de 1980. Naturalmente, en esta que se imprime ahora reproducimos igualmente dichas variantes, que, sean o no de Calderón, poseen gran interés.

Tampoco es desdeñable el texto de *VT*, aunque contenga algunas arbitrariedades, pues muchas de sus enmiendas son inteligentes, y su aceptación para muchas ediciones de comedias calderonianas de las que no tenemos textos fiables se hace cada vez más imperiosa. La falsedad de la fecha de *VS* parece evidente, después de los estudios de Wilson (*vid.* nuestro apartado Ediciones de *La vida es sueño,* nota núm. 4). Por todo ello señalamos las variantes de todos estos textos, pero seguimos considerando el texto *QCL* (o de Madrid) como el fundamental.

De las ediciones modernas hemos tenido presente para la confrontación textual la de Sloman, de la que señalamos las divergencias de lectura con respecto a nuestro texto, así como las erratas advertidas. Para las notas hemos considerado esta misma edición, la muy útil todavía de Martín de Riquer y la antigua de Maccoll. Hemos procurado dar cuenta de todos los pasajes conflictivos o difíciles y cuando no hemos dado con la solución lo advertimos al lector. También hemos tenido a la vista la mayor parte de las ediciones modernas que poseen alguna entidad por las anotaciones o por los estudios introductorios. Damos cuenta de su utilización en nuestras correspondientes notas.

Hemos utilizado diccionarios de diversa índole para las notas léxicas. Fundamentalmente, y así lo advertimos siempre, el llamado comúnmente *Diccionario de Autoridades (Aut.)*, y el *Tesoro de la Lengua*, de Covarrubias (*Cov.*).

Modernizamos la ortografía, excepto en aquellos casos en que los signos gráficos pueden tener valor fonético, o en los que por efecto de la rima o arcaísmo, popularismo, vulgarismo, etc., se exija conservar la original. Naturalmente, hemos tratado de puntuar con coherencia, y en esto hemos realizado algunas variaciones con respecto a nuestra edición de 1980. La puntuación antigua la tomamos sólo en consideración desde una perspectiva de frecuencias que en algún caso puede ser orientadora. También hemos desarrollado las abreviaturas, sin más comentario.

Respetamos las formas gramaticales antiguas, tipo «huigamos», «trujera»; las metátesis, como «prendeldes», «ataldes»; las simplificaciones del grupo *-ct-*, como «editos», «efeto»; las asimilaciones de la *-r* de los infinitivos a la *l* del pronombre personal enclítico, como «vencellas» por «vencerlas», «pintallo» por «pintarlo»; las vacilaciones de las formas verbales de pretérito, por ejemplo, «hicistes», «llegastis», «pudistis», etc., que no reducimos a una fórmula unificadora, sino que respetamos en su vacilación, propia del texto y seguramente de la época. También conservamos «escuras» por «oscuras», «felice» por «feliz», etc. En general, siempre que hay vacilaciones ortográficas en los diversos textos, nos atenemos al de la primera edición (texto *QCL)*.

Esta nueva edición de *La vida es sueño* supone con respecto a la de 1980 una actualización que ha tenido en cuenta los estudios de estos últimos doce años. La *Introducción*, en lo concerniente sobre todo al estudio concreto de la obra, ha sido reelaborada totalmente y completada con respecto a algunas cuestiones que allí no abordamos (por ejemplo, la referida a las fuentes); otras cuestiones son tratadas por vez primera simplemente porque en aquellos momentos no existía bibliografía al respecto. Igualmente el apartado *Bibliografía* se ha renovado profundamente, incluyéndose más de sesenta nuevas fichas, exclusivamente relacionadas con la obra que editamos, o referentes a ella en una parte fundamental. El cuerpo global de las notas ha sido conservado, aunque algunas han sido rectificadas, transformadas o simplemente puestas al día, según nuestro criterio actual, y adaptadas por supuesto a los criterios editoriales. Esperamos que esta nueva puesta al día de la edición pueda tener la utilidad que la trascendencia de la obra demanda.

Quiero expresar aquí el agradecimiento a cuantos nos han ayudado con su opinión a revisar, actualizar y corregir lo necesario para una mejor edición.

EDICIONES PRINCIPALES DE LA OBRA

EDICIONES ANTIGUAS[1]

1. *QCL*[2] *Primera/parte/de/comedias/de/Don Pedro Calderón/de la Barca./Escogidas por Don Joseph Calderón/de la Barca su hermano/...* En Madrid. Por María de Quiñones/A costa de Pedro Coello y de Manuel López. Mercaderes de Libros, 1636[3].

   De esta edición, que puede considerarse como la *princeps,* existen, por lo menos, cuatro copias conocidas: 1, la que se halla en la Biblioteca Nacional de París; 2, la correspondiente a la Biblioteca de La Sorbona; 3, la de la Biblioteca del Vaticano, y 4, la que se encuentra en la Biblioteca del Estado de Baviera (Munich). Copias con una serie de variantes textuales de pormenor, pero interesantes, que ha señalado D. W. Cruickshank (en «The Text of *La vida es sueño»,* publicado en la edición facsímil de las comedias, *op. cit.,* págs. 79-94).
2. Z *Parte/treynta/de comedias/famosas de/varios Autores./*

[1] Señalo sólo las que tienen mayor interés bibliográfico o textual.

[2] Doy las siglas más utilizadas por la crítica textual inglesa (desde Wilson a Cruickshank).

[3] Cruickshank hace una descripción de las copias de esta *Primera Parte* en «A census of rare partes», *Calderón. Comedias. A Facsimile edition*, I, Londres, Tamesis Books, 1973, págs. 37-56.

En Çaragoça,/En el Hospital Real y General *de* Nuestra Señora *de* / Gracia, 1636.

En esta interesante edición, *La vida es sueño* se encuentra de la página 127 a la 173. Hay un ejemplar en la Biblioteca Nacional de Madrid con signatura: Ti/30.

3. VSL[4] *Primera/parte/de/comedias/de/Don Pedro Calderón/de la Barca./Recogidas por Don Joseph Calderón/de la Barca su hermano.../*En Madrid. Por la viuda de Iuan Sánchez/A costa de Gabriel de León mercader de libros/, 1640.

   Hay ejemplares de esta obra en varios lugares, entre ellos, en la Biblioteca Nacional de Madrid, con signatura R/12.588.

4. VS[5] *Primera/parte/de/comedias/de/D. Pedro Calderón/ de la Barca/Recogidas y sacadas de sus verdaderos originales por D. Joseph/Calderón de la Barca su/hermano./* En Madrid. Por la Viuda de Iuan Sánchez, 1640.

   Esta edición prescinde del nombre del librero. Wilson parece tener sobradas razones para considerar que la fecha está falseada y que debió de ser impresa hacia 1670 (*vid.* el artículo de Wilson mencionado antes).

5. VT *Primera parte/de/comedias/del célebre poeta/español,/Don Pedro Calderón/de la Barca.../que nuevamente corregidas/publica/Don Juan de Vera Tassis y Villarroel,/su mayor amigo./.../*En Madrid: Por Francisco Sanz Impressor del Reyno y Portero/de Cámara de su Magestad, 1685.

   De esta edición existe ejemplar en la Biblioteca Nacional de Madrid con signatura R/11354. Fue edición poco valorada hace algún tiempo, pero últimamente se viene insistiendo en su gran interés (*vid.*, por ej., N. D. Shergold,

---

[4] Una descripción de las dos ediciones (VSL y VS) la realiza E. M. Wilson en «*The two editions of Calderón's Primera Parte of 1640*» (publicación que data de 1959, pero últimamente incluida en el tomo I de la edición facsímil de Cruickshank y Varey, págs. 57 a 779).

[5] *Ibid.*, nota precedente.

«Calderón and Vera Tassis», en *Hispanic Review,* 23, 1955, págs. 212-218, y también el artículo de Wilson citado en nota 4).

EDICIONES MODERNAS[6]

1. HARTZENBUSCH: *La vida es sueño.* Texto cotejado con el de las mejores ediciones por Juan Eugenio Hartzenbusch, Madrid, Cuesta, 1872.
2. En *Obras de D. Pedro Calderón de la Barca* (*BAE*, 1848, núm. 7, vol. I, págs. 1-19).
3. KRENKEL: Max Krenkel: *Klassische Bühnendichtungen der Spanier,* I, Leipzig, 1881. Edición interesante por las abundantes notas, muchas de las cuales remiten a otros textos calderonianos.
4. MACCOLL: Norman Maccoll, *Select Plays of Calderón,* Londres, 1888. Igualmente interesante por las notas textuales.
5. BUCHANAN: *La vida es sueño*, ed. Milton A. Buchanan, Toronto, I, 1909. Es la edición que siguió M. de Riquer, la cual, a su vez, tuvo como base la *OCL.*
6. NORTHUP: George Tyler Northup, *Three Plays*, Boston, 1926. Edita, además de *La vida es sueño, Casa con dos puertas mala es de guardar* y *La cena del rey Baltasar.*
7. GASPARETTI: *La vida es sueño. Introduzione, texto e commento a cura di Antonio Gasparetti,* Roma, 1928. El mismo Gasparetti vuelve a publicar la obra en Turín, 1955.
8. MARTÍN DE RIQUER: *La vida es sueño,* Barcelona, 1954.

[6] Indico nada más que las ediciones de interés específico y algunas accesibles al lector español. La aportación extranjera es particularmente importante, pero en algunos casos la consulta de los textos en las bibliotecas españolas no es posible. Para una referencia más completa, en lo relativo a estas ediciones, pueden consultarse: José Simón Díaz, *Bibliografía de la literatura hispánica,* Madrid, CSIC, 1967, t. VII; Jack H. Parker y Arthur M. Fox, *Calderón de la Barca Studies (1951-69),* Toronto, 1971, págs. 56-59, principalmente.

Posteriormente, en 1961, en Ed. Juventud. Edición de gran divulgación que se basa en la Buchanan, pero introduciendo, con criterio propio y científico, algunas variantes que se apoyan en otras ediciones. Son también útiles las notas.

9. SLOMAN: *La vida es sueño,* ed. Albert E. Sloman, Manchester, University Press, 1961. Sigue el texto *QCL* y coteja con otros e indica variantes. Es la edición más seria y de mayor rigor científico. Muy aprovechables las notas.
10. *Facsímil: The Comedias of Calderón,* ed. D. W. Cruickshank and J. E. Varey, Londres, 1973. Esta valiosa aportación a los textos calderonianos reúne tres copias de *La vida es sueño: QCL, VSL, VS,* que se incluyen en los volúmenes 2, 3 y 4, respectivamente. La colección consta, en total, de 19 volúmenes. El primero y el último corresponden a estudios de crítica textual y de contenido, respectivamente.
11. GASTÓN: *La vida es sueño,* ed. Rafael Gastón, Zaragoza, Editorial Ebro, 1940. Conozco hasta la decimoquinta edición (1972). Basada en *BAE.*
12. CORTINA: *La vida es sueño, El alcalde de Zalamea,* ed. Augusto Cortina, Madrid, Espasa-Calpe, Clásicos Castellanos, núm. 138, 1955. 1971 (5.ª ed.). Se basa en el antiguo texto de Patricio de la Escosura de la *Biblioteca selecta de autores clásicos españoles* (Madrid, 1868).
13. CILVETI: *La vida es sueño,* ed. Ángel L. Cilveti, Salamanca, Anaya, 1970. Sigue el texto de la *Primera Parte* de 1636, aunque parece que lo hace a través de la edición de Sloman.
14. MORÓN: *La vida es sueño,* ed. de Ciriaco Morón, Madrid, Cátedra, 1977. Toma como base el antiguo texto de Milton A. Buchanan, aunque dice haber cotejado con la edición facsímil de la *Primera Parte* y otras ediciones modernas.
15. RULL: *La vida es sueño,* ed. de Enrique Rull, Madrid, Alhambra, 1980. Tomo como base el texto *QCL,* aunque

con las correcciones y cotejo que explicamos detalladamente en la presente edición.

16. GARCÍA MARTÍN: *La vida es sueño,* ed. de José María García Martín, Madrid, Castalia Didáctica, 1982. 1988 (3.ª ed.). Sigue el texto de Sloman.
17. SUÁREZ MIRAMÓN: *La vida es sueño,* ed. de Ana Suárez Miramón, Madrid, Anaya, 1985. Sigue el texto de nuestra ed. de 1980, aunque corrigiendo erratas y modificando la puntuación en algunos aspectos.
18. RODRÍGUEZ CUADROS: *La vida es sueño,* ed. de Evangelina Rodríguez Cuadros, Madrid, Espasa-Calpe, Colección Austral, 1987. Reproduce el texto de 1636, aunque sin especificar ejemplar.

BIBLIOGRAFÍA

ALCALÁ ZAMORA Y QUEIPO DE LLANO, José, «Despotismo, libertad política y rebelión popular en el pensamiento calderoniano de *La vida es sueño*», *Cuadernos de Investigación Histórica,* 2, Madrid, Fundación Universitaria Española, 1978, págs. 39-114.

— «La reflexión política en el itinerario del Teatro calderoniano», Madrid, Real Academia de la Historia, 1989.

ARMAS, Frederick A. de, «The dragon's Gold: Calderón and Boisrobert's "La vie n'est qu'un songe"», *Kentucky Romance Quarterly* III, 1983, págs. 335-348.

— «"El planeta más impío": Basilio's Role in "La vida es sueño", *The Modern Language Review,* LXXXI, 1986, págs. 900-911.

— «Rosaura Subdued: Victorian Readings of Calderón's "La vida es sueño"», *South Central Reviews,* IV, 1987, págs. 43-62.

AUBRUN, Charles V., «La langue poétique de Calderón de la Barca notamment dans *La vida es sueño*», en *Réalisme et poésie au théatre,* París, Centre National de la Recherche Scientifique, 1960, págs. 61-76.

— «"La vida es sueño": le discours dramatique, sa fonction première, ses fonctions dérivées», en *Ibero-Romania*, Munich, número 14, 1981, págs. 1-6.

AYALA, Francisco, «Porque no sepas que sé», en *Quaderni Iberoamericani,* Turín, 4, 28, 1962, págs. 193-202.

BANDERA, Cesáreo, «El itinerario de Segismundo en "La vida es sueño", en *Hispanic Review,* 35, 1967, págs. 69-84.

BERENGUE, Ángel, *Autoridad y libertad (Estructuras de «La vida es sueño»),* Granada, Universidad, 1981.

BERGAMÍN, José, *Lázaro, Don Juan y Segismundo*, Madrid, Taurus, 1959, págs. 186 y sigs.

BODINI, Vittorio, *Segni e simboli nella «Vida es sueño»*, Bari, Adriática, 1968. (Reimpreso y traducido en *Estudio estructural de la literatura clásica española*, Barcelona, Martínez Roca, 1971, págs. 11-172).

BUCHANAN, M. A., «Notes on Calderón: The Vera Tassis edition; the text of *La vida es sueño*», en *Modern Language Notes*, XXII, 1907, págs. 148-150.

— «Notes on the Spanish drama. The Date of Calderón's *La vida es sueño*», en *Modern Language Notes*, XXII, 1907, págs. 215-218.

— «Segismundo's Soliloquy on Liberty in *La vida es sueño*», en *Publications of the Modern Language Association of America*, XXIII, 1908, págs. 240-253.

— «Culteranismo in Calderón's *La vida es sueño*», en *Homenaje a Menéndez Pidal*, I, 1925, págs. 545-555.

— «The Presidential Address: Calderón's Life a Dream», en *Publications of the Modern Language Association of America*, XLVII, 1932, págs. 1303-1321.

Calderón. Actas del «Congreso Internacional sobre Calderón y el Teatro Español del Siglo de Oro» (Madrid, 8-13 de junio de 1981), Madrid, CSIC, 1983, 3 tomos.

CARLISKY, Mario, «Sócrates y Segismundo», en *Psicoanálisis teatro y cine*, Buenos Aires, Paidós, 1965, págs. 201-225. (Publicado antes en *Nosotros* [Buenos Aires], VIII, 1943, págs. 256-272).

— «Sueño y juego en Calderón», en *Psicoanálisis teatro y cine*, Buenos Aires, Paidós, 1965, págs. 38-42.

CARRERAS ARTAU, R., «La filosofía de la libertad en *La vida es sueño*, de Calderón», en *Estudios eruditos in memoriam de A. Bonilla y San Martín*, I, 1927, págs. 151-179.

CASALDUERO, Joaquín, «Sentido y forma de *La vida es sueño*», en *Cuadernos del Congreso por libertad de la Cultura*, 51, París, 1961, págs. 3-13, (publicado luego en *Estudios sobre el teatro español*, Madrid, Gredos, 1962, págs. 164-184).

CATTANEO, María Teresa, «Una nota per Estrella. In margine a "La vida es sueño", *Quaderni di Letterature Iberiche e Iberomericane*, núm. 2, 1984, págs. 25-35.

CILVETI, Ángel, L., *El significado de «La vida es sueño»*, Valencia, Albatros, 1971.

— *Coloquio Calderoniano. Actas de Salamanca, 1985,* Universidad de Salamanca, 1988.

COPE, Jackson I., «The Platonic Metamorphoses of Calderón's La vida es sueño» en *Modern Language Notes*, 86, 1971, páginas 225-241

DUNN, Peter, N., «The Horoscope Motif in *La vida es sueño*», en *Atlante*, 1, Londres, 1953, págs. 187-201.

EDWARDS, Gwynne, *The Prision and the Laberinth: Studies in Calderonian Tragedy*, Cardiff, University of Walles Press, 1978.

— «"La vida es sueño" y "Las tres justicias en una". Paralelos y contrastes», en *Hacia Calderón*, Wiesbaden, 1981, págs. 55-63.

EGIDO, Aurora, «"La vida es sueño" y los idiomas del silencio», *Homenaje a Antonio Vilanova*, Barcelona, 1989, págs. 229-244.

EL SAFFAR, Ruth, «Reason's Unreason in "Life is a Dream", *Ideologies and Literature*, II, Minneápolis, 1986, págs. 103-118.

— «Way Stations in the Errancy of the Word: A Study of Calderón's "La vida es sueño"», en *Renaissance Drama*, XVII, 1986, págs. 83-100.

FERRÁN, Jaime, «El sueño es vida», en *CACIC*, I, 1983, págs. 421-432.

FLASCHE, Hans, «Beitrag zu einer Kritischen und Kommentierten Ausgabe des auto sacramental, *La vida es sueño*» (*Homenaje a Johannes Vincke,* 2, Madrid, 1963, págs, 579-605).

FLASCH, Hans, «Probleme der Syntax Calderóns in Lichte der Textkritik (*La vida es sueño, auto sacramental*)», en *Actes du X Congrès International de Linguistique et Philologie Romanes,* París, Klincksieck, 1965, págs. 705-726.

FUCILLA, Joseph G., «Un mundo breve and un *breve cielo* (Calderón's *La vida es sueño*, Act. II, verses 1565 and 1567)», en *Romance Notes*, 5, 1963, págs. 53-54.

GENDREAU MASSALOUX, Michèle, «Rosaura en "La vida es sueño": significado de una dualidad», *Calderón. Actas del Congreso Internacional*, II, Madrid, CSIC, 1983, págs. 1101-1107.

GERLI, E. Michael, «Forma interior y forma exterior del primer monólogo de Segismundo: la sistematización de la pasión», Calderón. *Actas del Congreso Internacional*, II, Madrid, CSIC, 1983, págs. 1101-1107.

GÓMEZ DE LA SERNA, Ramón, «La vida como sueño en Calderón y Unamuno», en *Cultura Universitaria* (Caracas), 40, 1953, páginas 5-20.

GONZÁLEZ VELASCO, M. Pilar, *Variaciones de Segismundo en la obra de Calderón*, Salamanca, Universidad, 1989.

GRANJA, Fernando de la, «Origen árabe de un famoso cuento español», en *Al-Andalus*, XXIV, 1959, págs. 317-333. (Sobre el cuento de los versos 253-262).

HALKHOREE, Premraj, «A Note on the Ending of Calderón's *La vida es sueño*», *Bulletin of the Comediantes*, 24, 1972, págs. 8-11.

HALL, H. B., «Segismundo and the rebel soldier», en *Bulletin of Hispanic Studies*, XLV, 1968, págs. 181-200.

— «Poetic Justice in *La vida es sueño*: A Further Comment», en *Bulletin of Hispanic Studies*, XLVI, 1969, págs. 128-131.

HEIPLE, Daniel L., «The tradition behind the punshment of the rebel soldier in *La vida es sueño*», en *Bulletin of Hispanic Studies*, L, 1973, págs.1-17.

HENDRIX, W. S., «The theme "Life is a Dream"», en *Moderm Language Notes*, XXXIV, 1919, págs. 505-506.

HERRERO GARCÍA, M., «El monólogo de Segismundo en *La vida es sueño*», en *Correo Erudito*, III, 1943-1946, págs. 90-91.

HESSE, Everett W., «La concepción calderoniana del príncipe perfecto en *La vida es sueño*», en *Clavileño*, IV, núm. 20, 1953, págs. 4-12. (Incluido luego en el tomo *Critical Essays on the theatre of Calderón*, ed. Bruce W. Wardropper, New York University Press, 1955, págs. 114-133).

— «Some Observations on Imagery in *La vida es sueño*», en *Hispania*, 49, 1966, págs. 421-429.

— «El motivo del sueño en *La vida es sueño*», en *Segismundo*, 3, 1967, págs. 55-62.

— *Interpretando la comedia*, Madrid, Porrúa Turanzas, 1977.

— *Análisis e interpretación de la comedia*, Madrid, Castalia, 1968. (Para *La vida es sueño, vid.* las págs. 84 a 107).

— *La comedia y sus intérpretes*, Madrid, Castalia, 1972. (Para *La vida es sueño*, *vid.,* págs. 71-78 y 155-180).

— «La regeneración de Segismundo», *Homage a Josep María Solá-Solé*, II, Barcelona, 1984, págs. 65-75.

— «The Role of Deception in "La vida es sueño"», *Rennaissance and Golden Age Essays*, Potomac, 1986, págs. 120-129.

HEUGAS, Pierre, «Sur un "discreteo" insolite dans "La vida es sueño"», en *Hommage des Hispanistes Français a Nöel Salomon*, Barcelona, 1979, págs. 391-398.

HONIG, Edwin, «Reading what's in *La vida es sueño*», en *Theater Annual*, 20, 1963, págs. 63-71.

— *Calderón and the Seizeures of Honor*, Harvard University Press, Cambridge, Massachusetts, 1972. (Sobre *La vida es sueño, vid.* el capítulo 8, «The Magnanimous Prince and the Price of Consciousness: Life Is a Dream», págs. 158-175).

JULIEN, A. M., «La Mise en scène de *La Vie est un songe*», en *Réalisme et poésie au théâtre*, París, Centre National des Recherches Scientifiques, 1960, págs. 225-232.

JOLY, Monique., «A propos d'une leçon erronée de *La vida es sueño*», en *Les Langues Néo-Latines*, 59, 1965, págs. 69-72.

LABERTI, André, «L'ordre du héros dans "La vie est un songe"», en *Ordre et revolte dans le théâtre Espagnol du Siècle d'Or (Actes du 1er Colloque du G.E.S.T.E.*, Toulouse, 2021 Janvier 1978), 1978, págs. 75-100.

LAPESA, Rafael, «Consideraciones sobre "La vida es sueño", *Boletín de la Real Academia Española*, LXII, 1982, págs. 87-102.

LILLO RODELGO, J. E., «Panorama educativo de *La vida es sueño*», en *Revista Nacional de Educación* (Madrid), VI, núm. 60, 1946, págs. 28-49.

MARISCAL DE RHETT, Beatriz, «"La vida es sueño": soluciones calderonianas a la crisis política e ideológica del siglo XVII», *Bulletin of the Comediantes*, XXXVII, 1985, págs. 181-190.

MAURIN, Margaret, S., «The Monster, the Sepulchre and the Dark: Related Patterns of Imagery in *La vida es sueño*», en *Hispanic Review*, 35, 1967, págs. 161-178.

MERRICK, C. A., «Clotaldo's role in *La vida es sueño*», en *Bulletin of Hispanic Studies*, L, 1973, págs., 256-269.

MILLÉ Y JIMÉNEZ, J., «Miscelánea erudita. III. Una nota a *La vida es sueño*», en *Revue Hispanique*, XVI, 1925, págs. 144-145.

MONER, Michel, «Le savoir et le pouvoir dans "La vie est un songe" (comedia) de Calderón de la Barca», en *Hommage des Hispanistes Français a Nöel Salomon*, 1979, págs. 625-635.

MORÓN ARROYO, Ciriaco, «"La vida es sueño" y "El alcalde de Zalamea". Para una sociología del texto calderoniano», en *Ibero-Romania*, Munich, 1981, núm. 14, págs. 27-41.

NAVARRO GONZÁLEZ, Alberto, «El mito de Segisnundo», en *Ínsula*, 1979, núms. 392-393, pág. 25.

OLMEDO, F. G., *Las fuentes de «La vida es sueño»*, Madrid, Voluntad, 1928.

PALACIOS, Leopoldo Eulogio, «La vida es sueño», en *Finisterre* (Madrid), II, 1948, págs. 5-52. (Reimpreso en *Don Quijote y La vida es sueño*, Madrid, Rialp, 1960, págs. 31-889).

PARKER, A., «Calderón's Rebel Soldier and Poetic Justice», en *Bulletin of Hispanic Studies*, 46, 1969, págs. 120-127.

— «Segismundo's Tower: a Calderonian Myth», en *Bulletin of Hispanic Studies*, 1982, LIX, págs. 247-256.

— *La imaginación y el arte de Calderón (Ensayos sobre las comedias)*, Madrid, Cátedra, 1991.

PARKER, J. H., «Una carta autógrafa de don Marcelino Menéndez Pelayo al doctor Buchanan», en *Boletín de la Biblioteca Menéndez Pelayo*, 30, 1954, págs, 171-173.

PEÑA, Ervie, y KIRAITHE, J. M., «El "vínculo de las drogas" en "La vida es sueño"», *Cuadernos de Bibliofilia*, Valencia, núm. 12, 1984, págs. 23-40.

PILUSO, Robert V., «The Catalytic Role of the Dream in "La vida es sueño"», *Renaissance and Golden Age Essays*, Potomac, 1986, págs. 194-204.

PORQUERAS MAYO, Alberto, «Más sobre Calderón: "Pues el delito mayor del hombre es haber nacido". Contribución al estudio de un *topos* literario en España», en *Segismundo*, 1, 1965, páginas 275-299.

— «Nuevas aportaciones al topos "no haber nacido" en la literatura española», en *Segismundo*, 1967, 5-6, págs. 64-73.

PRAAG, J. A. Van, «Una fuente de *La vida es sueño*», en *Neophilologus*, XXV, Amsterdam, 1941, págs. 250-251.

— «Otra vez la fuente de *La vida es sueño*», en *Studia Philologica. Homenaje ofrecido a Dámaso Alonso*, III, Madrid, Gredos, 1963, págs, 551-562.

PRECHT, Raoul, «El conflicto padre-hijo en "La vida es sueño"», *Segismundo*, CSIC, núms. 43-44, 1986, págs. 133-178.

PRING-MILL, R. D. F., «Los calderonistas de habla inglesa y *La vida es sueño:* Métodos del análisiss temático-estructural», en *Litterae hispaniae et lusitanae*, Munich, 1968, págs. 369-413.

QUENTIN-MAUROY, Dominique, «Révolte et ordre dans *La vida es sueño*», en *Ordre et révolte dans le théâtre espagnol du Siècle d'Or (Actes du 1er Colloque du G.E.S.T.E.*, Toulouse (20-21 Janvier 1978), 1978, págs. 101-118.

REYES, Alfonso, «Un tema de *La vida es sueño.* El hombre y la naturaleza en el monólogo de Segismundo», en *Trozos de historia li-*

teraria, Buenos Aires, Espasa-Calpe, 1951, págs. 11-81 (Colección Austral, núm. 1020). (Publicado antes en *Revista de Filología Española*, IV, 1917, págs. 1-25, 237-276).

RÍOS LAMPÉREZ, Blanca de los, *«La vida es sueño» y los diez Segismundos de Calderón*, Madrid, 1926.

ROGERS, Daniel, «Dos notas sobre "Yerros de naturaleza y aciertos de la fortuna"», *El Mundo del Teatro Español en su Siglo de Oro*, Ottawa, 1989, págs. 361-172.

RUBIO, David, «La fuente de *La vida es sueño* de Calderón», en *Boletín del Instituto Caro y Cuervo*, V, 1949, págs-301-307.

RUIZ DE CONDE, Justina, «La revolución matrista de Segismundo», en *La Torre*, II, 1963, págs. 93-106.

RUIZ RAMÓN, Francisco, «El mito de Uranos en "La vida es sueño"», *Homenaje a Alberto Navarro*, Kassel, 1990, págs. 51-63.

SAMONÁ, Carmelo, *Saggio di un commento a «La vida es sueño» di Calderón de la Barca*, Roma, De Santis, 1968.

SÁNCHEZ ESCRIBANO, Federico, «Sobre el origen de "El delito mayor del hombre es haber nacido" (*La vida es sueño*, I, 111-112)», en *Romance Notes*, 3, 1962, págs. 50-51.

SCHEVILL, Rudolph, «A note on Calderón's *La vida es sueño*», en *Modern Language Notes*, XXV, 1910, págs.109-110.

— «Virtudes vencen señales and *La vida es sueño*», en *Hispanic Review*, I, 1933, págs. 181-195.

SCIACCA, Michele Federico, «Verdad y sueño en *La vida es sueño* de Calderón», en *Clavileño*, 1, núm. 2, 1950, págs. 1-9. (Reproducido luego en *Humanitas* [Brescia], 6, 1951, págs. 472-485)

SERNA, Ven, «Rosaura: mujer, varón y monstruo» *Actas del Congreso Internacional de Hispanistas,* VI, 1980, págs. 691-693.

SERRALTA, Fréderic, «Temas de "La vida es sueño" en dos comedias de Solís ("Las amazonas" y "El alcázar del secreto"), *Calderón. Actas del Congreso Internacional,* Madrid, CSIC, III, 1983, págs. 1319-1329.

SESÉ, Bernard, «Segismundo y Edipo. Ensayo de lectura psicoanalítica de "La vida es sueño" de Pedro Calderón de la Barca», *Canente*, núm. 4, 1988, págs. 101-103.

SHERGOLD, N. D., «*La vida es sueño* ses acteurs, son théâtre et son public», en *Dramaturgie et société*, París, Centre National des Recherches Scientifiques, 1968, págs. 93-109.

SLOMAN, Albert E., *The Dramatic Craftsmanship of Calderón, his*

Use of Earlier Plays, Oxford, The Dolphin Book, 1958. (Para *La vida es sueño vid.* págs. 250-277).

— «The Structure of Calderón's *La vida es sueño*», en *The Modern Language Review*, 48, 1953, págs. 293-300. (Reeditado en Wardropper, ed., *Critical Essays*, Nueva York, 1965, págs. 90-100).

SORENSEN, Jorge, E. «"La vida es sueño" and Plato's Theory of Knowledge», *Ibero-Romania*, núm. 14, 1981, págs. 17-26.

SOUFAS, C. Christopher, «Thin-King in "La vida es sueño", *Publications of the Modern Language Associations*, C, 1985, páginas 287-299.

SOUFAS, C. C., y SCOTT SOUFAS, Teresa, «"La vida es sueño" and Post-Modern Sensibilities: Towards a New Method of Analysis and Interpretation», *Studies in Honor of M. Benardete*, Nueva York, 1989, págs. 291-303.

SUÁREZ GALBÁN, Eugenio, «Astolfo: La moral y su ilustración dramática en *La vida es sueño*», en *Hispanófila*, 38, 1969, páginas 1-12.

— «El conflicto de Clotaldo: visión psicológica», en *La Torre*, 65, 1969, págs. 69-83.

— «Vuelta a Segismundo y el soldado rebelde», en *Romance Notes*, vol. XIII, 1971, pág. 14.

THOMAS, Lucien-Paul, «La genêse de la philosophie et le symbolisme dans *La vie est un songe* de Calderón», en *Mélanges de Philologie romane offerts à M. Maurice Wilmotte*, II, París, Champion, 1910, págs. 751-785.

TORRE, Rogelio A. de la, «El tratamiento del soberano en "La vida es sueño"», *Calderón. Actas del Congreso Internacional,* I, Madrid, CSIC, 1983, págs. 640-660.

TYLER, Richard, y ELIZONDO, Sergio D., «Una aplicación de la crítica semiótica al análisis sintagmático de "La vida es sueño"», *Arbor*, CIX, 1981, págs. 371-386.

VALBUENA BRIONES, Ángel, «Un preludio y tres interpretaciones de *La vida es sueño*», en *Atlántida*, 2, 1964, págs. 616-624. (Incluido luego en *Perspectiva crítica de los dramas de Calderón*, Madrid, Rialp, págs. 166-178.)

VALBUENA PRAT, Ángel, «El orden del barroco en "La vida es sueño"», en *Escorial*, VI, 1942, págs. 167-192.

VAREY, John E., «Claderón's Auto Sacramental "La vida es sueño", in performance», *Ibero-Romania*, núm. 14, 1981, págs. 75-86.

VITSE Marc, «L'ordre de "La vida es sueño"», en *Ordre et revolte*

dans le théâtre espagnol du Siècle d'Or, en *Actes du 1er Colloque du G.E.S.T.* (20-21 Janvier 1978), 1978, págs. 119-131.
— *Segismundo y Serafina*, Université de Toulouse Le Mirail, 1980.

WARDROPPER, Bruce W., «Apenas llega cuando llega a penas», en *Modern Philology*, 57, 1960, págs. 240-244.

WHITBY, William M., «Rosaura's Role in the Structure of *La vida es sueño*», en *Hispanic Review*, 28, 1960, págs. 26-27. (Reproducido en Wardropper, ed., *Critical Essays*, Nueva York, 1965, págs. 101-113.)

WILSON, E. M., *«La vida es sueño»* en *Revista de la Universidad de Buenos Aires*, IV, 1946, págs. 61-78. (Reproducido en Wardropper, ed., *Critical Essays*, Nueva York, 1965, págs. 63-89.)

YNDURÁIN, Domingo, «*La vida es sueño*: doctrina y mito», *Segismundo*, Madrid, CSIC, 1985, 41-42, págs. 99-126.

dans le théâtre espagnol du Siècle d'Or», en *Actes du Ier Colloque du G.E.S.T.* (20-21 janvier 1978), 1978, págs. 119-131.
— *Segismundo y Semiramis*, Université de Toulouse-Le Mirail, 1980.

WARDROPPER, Bruce W.: «Apenas llega cuando llega a pensar», en *Modern Philology*, 57, 1960, págs. 240-244.

WHITBY, William M.: «Rosaura's Role in the Structure of *La vida es sueño*», en *Hispanic Review*, 28, 1960, págs. 16-27. (Reproducido en Wardropper, ed., *Critical Essays*, Nueva York, 1965, págs. 101-113.)

WILSON, E. M.: «*La vida es sueño*», en *Revista de la Universidad de Buenos Aires*, IV, 1946, págs. 61-72. (Reproducido en Wardropper, ed., *Critical Essays*, Nueva York, 1965, págs. 63-89.)

YNDURÁIN, Domingo: «*La vida es sueño*: doctrina y mito», *Segismundo*, Madrid, CSIC, 1985, 41-42, págs. 99-126.

LA VIDA ES SUEÑO

COMEDIA FAMOSA

de

D. PEDRO CALDERÓN DE LA BARCA

PERSONAS QUE HABLAN EN ELLA

ROSAURA, *dama*.
SEGISMUNDO, *príncipe*.
CLOTALDO, *viejo*.
ESTRELLA, *infanta*.
SOLDADOS.
CLARÍN, *gracioso*.
BASILIO, *rey*.
ASTOLFO, *príncipe*.
GUARDAS.
MÚSICOS.

[JORNADA PRIMERA]

[ESCENA PRIMERA]

(Sale en lo alto de un monte• ROSAURA *en hábito de hombre de camino, y en representando los primeros versos va bajando*•.)

ROSAURA

Hipógrifo violento,
que corriste parejas con el viento,

Hipógrifo: Animal fabuloso entre caballo y ave.

---

[1] *Hipógrifo.* Lo acentúo como palabra esdrújula, aunque sé que la acentuación corriente en el Siglo de Oro era grave. Corominas dice: «1605, <Quijote> XXV, 110; acentuado constantemente en la <i> en Lope, Balbuena, Calderón, etc.». También, basándose en Corominas, Sloman acentúa en la penúltima sílaba, y lo mismo hace Cilveti y Morón. Uno de los pocos que sigue la acentuación esdrújula es Martín de Riquer por exigencia de la «sonoridad del verso» (*vid.* su edición, pág. 37). Creo que la eufonía del verso exige acentuar efectivamente en esdrújula, como sucede en <El castillo de Lindabridis>, que recuerda Riquer, donde aparece «Febo atravesando el teatro de un lado a otro en un caballo», el cual dice:

Hipógrifo desbocado
parto disforme del viento...
(O.C. Aguilar, II, pág. 2070).

De la palabra hipogrifo, trae como ejemplo el *Dicc. de Aut.* precisamente los versos de Calderón de *La vida es sueño.* Afirma: «tómanle los poetas por caballo veloz». Nada tiene de extraña esta imagen, pues, dentro de la simbología poética de Calderón, por más que el vocablo estuviese considerado peyorativamente en el *Arte nuevo de hacer comedias*, de Lope (*vid.* <Obras

¿dónde rayo sin llama,
pájaro sin matiz, pez sin escama,
y bruto sin instinto
natural, al confuso laberinto
de esas• desnudas peñas
te desbocas, te arrastras y despeñas?
Quédate en este monte,

---

poéticas>, ed. José Manuel Blecua, Barcelona, Planeta, 1969, I, pág. 264). En el *Orlando furioso* de Ariosto se hizo famoso el hipogrifo de Astolfo. Señala Riquer que, precisamente, el caballero que deshonró a Rosaura se llama también Astolfo, y en su busca llega ella a Polonia.

[2] *correr parejas*. Cf. *Origen pérdida y restauración de la Virgen del Sagrario*:

> *... su pensamiento*
> *va corriendo parejas con el viento.*
> (Ed. Aguilar, I, pág. 252, b)

[3-8] La descripción del caballo es frecuente en Calderón; la comparación habitual es con un mapa, como veremos más adelante en boca de Clarín (vv. 2672-2681), hasta el punto de constituirse en tópico del que el propio Calderón hará burla alguna vez; *vid*., por ej., en *La banda y la flor*:

> *¿Diré que hacían un mapa*
> *mar la espuma, el cuerpo tierra,*
> *viento el alma y fuego el pie?*
> *No, que es comparación necia.*
> (Ed. Aguilar, II, pág. 427, b).

Aquí, «rayo», «pájaro», «pez» y «bruto» aluden claramente a la simbología de los cuatro elementos (fuego, aire, agua, tierra). Mejor podremos entenderlo recordando un pasaje de *Lances de amor y Fortuna* (Aguilar, II, pág. 173, *b*), donde se evoca el caballo de esta manera: «todos los cuatro elementos / hicieron un mapa en él, / tierra el cuerpo, mar la espuma, / viento el alma y fuego el pie. / Este, pues, aire sin plumas, / rayo sin luz, éste pues, / ocupaba tan señor / de mis acciones y dél / que su mismo instinto no tenía más obediencia o más ley, / que el gobierno de las manos / y la elección de los pies».

Un comienzo semejante a éste, en que una dama se despeña del caballo, puede verse en la comedia de Calderón *Amor, honor y poder* (Aguilar, t. II, págs. 57 y sigs.). También me atrevería a denominar versión burlesca del episodio el comienzo de *La devoción de la cruz*, pero sustituyendo el caballo por una burra, y las damas o galanes por criados graciosos (*vid*. Aguilar, t. I, págs. 285-286).

donde tengan los brutos su Faetonte;
que yo, sin más camino
que el que me dan las leyes del destino,
ciega y desesperada,
bajaré la cabeza enmarañada
deste monte eminente
que arruga al sol el ceño de la frente•.
Mal, Polonia, recibes
a un extranjero, pues con sangre escribes
su entrada en tus• arenas;
y a penas• llega, cuando llega apenas.
Bien mi suerte lo dice;
mas ¿dónde halló piedad un infelice?

Faetonte: Hijo del Sol, que condujo el carro de éste con atrevimiento y casi abrasó la Tierra.

apenas: penosamente. Para contrastar la expresión con la anterior (nada más, casi no).

(Sale CLARÍN, *gracioso.)*

CLARÍN

Di dos, y no me dejes
en la posada a mí cuando te quejes;
que si dos hemos sido
los que de nuestra patria hemos salido
a probar aventuras
dos los que entre desdichas y locuras

posada: con el significado de «aparte».

---

[10] *Faetonte*: Faetón; es el hijo del Sol (Helios). La tradición literaria, que en este caso procede de la leyenda tratada por Ovidio (*Metamorfosis*, I, 750 y sigs.; II, 19 y sigs., y principalmente II, 1-400), nos lo presenta como hijo del Sol y de Climene, pero ignorando que realmente fuese el Sol su padre, hasta que, al llegar a la adolescencia, su madre se lo reveló; entonces Faetón rogó a su padre le dejase conducir su carro. El Sol accedió, no sin vacilar antes, y el joven emprendió el recorrido ascendiendo peligrosamente; entonces se asustó de su propio atrevimiento y descendió rápidamente hasta el punto de casi incendiar la tierra; clamaron todos a Zeus y éste lo derribó con un rayo, precipitándole en el río Erídano. Sus hermanas, las Helíades recogieron su cuerpo y lo lloraron de tal modo que fueron convertidas en álamos. La obra de Calderón, *El hijo del Sol, Faetón*, trata este mito.

[22] *Infelice*. Variante, frecuente todavía en Calderón, de «infeliz», que había quedado en los siglos XVI y XVII como término culto «más usado en la poesía para ajustar los versos», como dice *Aut*. En el propio Calderón encontramos la variante «infeliz», «feliz», usada con normalidad.

[23-24] *no me dejes / en la posada*. *Posada* significa también casa propia. Probablemente tiene aquí la frase un uso proverbial que significa «no me dejes fuera de tu cuenta».

aquí habemos llegado,
y dos los que del monte hemos rodado,
¿no es razón que yo sienta
meterme en el pesar, y no en la cuenta?

ROSAURA

No quise darte parte
en mis quejas, Clarín, por no quitarte,
llorando tu desvelo,
el derecho que tienes al consuelo;
que tanto gusto había
en quejarse, un filósofo decía,
que, a trueco de quejarse,
habían las desdichas de buscarse.

a trueco: con tal de.

CLARÍN

El filósofo era
un borracho barbón. ¡Oh, quién le diera
más de mil bofetadas!
Quejárase después de muy bien dadas.
Mas ¿qué haremos, señora,
a pie, solos, perdidos y a esta hora
en un desierto monte,
cuando se parte el sol a otro horizonte?

barbón: barbudo.

ROSAURA

¡Quién ha visto sucesos tan extraños!
Mas si la vista no padece engaños
que hace la fantasía,
a la medrosa luz que aún tiene el día,
me parece que veo
un edificio.

CLARÍN

O miente mi deseo,
o termino las señas.

---

39 *a trueco de:* con tal que *(Aut.)*.

42 *barbón:* «la persona o cosa que tiene muchas barbas» *(Aut.)*.

52 *medrosa*. Entre otros significados, *Aut.* da el siguiente: «se toma también por lo que infunde o causa miedo».

54-55 No me parece fácil el sentido. «Termino» puede estar en el sentido de

ROSAURA

Rústico nace entre desnudas peñas
un palacio tan breve
que el sol• apenas a mirar se atreve;
con tan rudo artificio
la arquitectura está de su edificio
que parece, a las plantas
de tantas rocas y de peñas tantas
que al sol tocan• la lumbre,
peñasco que ha rodado de la cumbre.

CLARÍN

Vámonos acercando;
que éste es mucho mirar, señora, cuando
es mejor que la gente
que habita en ella, generosamente
nos admita.

ROSAURA

La puerta
(mejor diré funesta boca)• abierta
está, y desde su centro
nace la noche, pues la engendra dentro.

(Suena ruido de cadenas.)

CLARÍN

¡Qué es lo que escucho, cielo!

«determino, concreto» (como en el v. 92). La explicación sería algo así: «o mi deseo me engaña o efectivamente puedo concretar las señas que me dan». Martín de Riquer tampoco está muy seguro de su interpretación: «O es mentira lo que tanto deseo [hallar alguna habitación en esta soledad], o concluyo la descripción de las señas del edificio que a Rosaura le ha parecido ver.»

[68] *ella*. Si se refiriese a «palacio», esperaríamos «él». ¿No sugiere también aquí que el antecedente es el femenino «torre»?

[70] *boca*. La imagen de la entrada como boca abierta es un tópico en Calderón. Una documentada información de ello nos da William Cruickshank en su excelente edición de *En la vida todo es verdad y todo mentira* (Londres, Támesis Books, 1971, págs. 212-213, nota a los vv. 482-487 de la Primera Jornada).

ROSAURA

Inmóvil bulto soy de fuego y yelo.

CLARÍN

Cadenita hay que suena.

---

[74] Contraste expresivo y paradójico muy utilizado por Calderón. *Vid.*, por ej., la obra *La banda y la flor*, en un soneto de la cual se hace toda una teoría de esta imagen:

Era mi pecho una montaña fría,
a quien de nieve el tiempo coronaba,
mientras el corazón alimentaba
las cenizas del fuego que tenía.

Un rayo hermoso, escándalo del día,
la mina penetró que oculta estaba:
el fuego, ardiendo con la nieve, helaba;
la nieve, helando entre la llama, ardía.

Etna, pues, de mi amor y mis enojos,
volaron antes mis cenizas; luego
ardiendo el pecho hizo llorar los ojos.

¿Pues cómo, vivo monte o volcán ciego,
si eres fuego, das aguas por despojos?
mas lágrimas de amor también son fuego.
(Aguilar, II, pág. 428).

En *No hay burlas con el amor*, el personaje femenino, Beatriz, que hace en gran parte de la comedia papel de pedante que usa de un lenguaje enrevesado y culto, utiliza, en la escena del motivo del papel de la Primera Jornada, unos versos cultos, donde existe esta imagen precisamente:

Beatriz: *Ignoro,*
atónita, responderte;
que me construyó su acento
estatua de fuego y nieve;
porque cuanto me acumula
delito es suyo «in specie»
(Aguilar, II, pág. 503, a).

También podemos encontrarla en los autos sacramentales. Así, en *El veneno y la triaca*, dice Lucero:

Monstruo soy de fuego y hielo
(Aguilar, III, pág. 183, b).

Mátenme, si no es galeote en pena;
bien mi temor lo dice.

galeote: encadenado a galeras.

[ESCENA II]

(Dentro SEGISMUNDO.*)*

SEGISMUNDO

¡Ay, mísero de mí! ¡Y, ay, infelice! •

ROSAURA

¡Qué triste voz escucho!
Con nuevas penas y tormentos lucho.

CLARÍN

Yo con nuevos temores.

ROSAURA

Clarín…

CLARÍN

Señora…

ROSAURA

Huigamos los rigores
desta encantada torre.

Huigamos: huyamos.

CLARÍN

Yo aun no tengo
ánimo de hüir, cuando a eso vengo.

ROSAURA

¿No es breve luz aquella
caduca exhalación, pálida estrella, •

82 *huigamos*. Presente de subjuntivo de «huir», en uso todavía durante el siglo XVII. «El lenguaje literario admitía sin reparos formas como haiga, huiga, 'huya'… tenidas más tarde como vulgarismos incultos» (*vid*. R. Lapesa, *Historia de la Lengua Española*, Madrid, Escelicer, 1959[4], pág. 253).

83-84 *Yo aun..vengo*. Creo que debemos entender «debo huir y no tengo ánimo ni para hacer eso». Parece que el verso es corto, como señala Sloman.

85-90 Es curiosa la geminación de significados a partir de una personificación. «Trémulos desmayos» genera el «pulso» y el « latido» de la luz.

que en trémulos desmayos,
pulsando ardores y latiendo rayos,
hace más tenebrosa
la obscura habitación con luz dudosa?
Sí, pues a sus reflejos
puedo determinar (auqnque de lejos)
una prisión obscura
que es de un vivo cadáver sepultura;
y porque más me asombre,
en el traje de fiera yace un hombre
de prisiones cargado,
y sólo de la luz acompañado.
Pues hüir no podemos,
desde aquí sus desdichas escuchemos;
sepamos lo que dice.

prisiones: grilletes y cadenas.

(Descúbrese SEGISMUNDO *con una cadena y la luz, vestido de pieles.)*•

SEGISMUNDO

¡Ay, mísero de mí! ¡Y, ay, infelice!
Apurar, cielos, pretendo
ya que me tratáis así,
qué delito cometí

Apurar: averiguar de raíz.

---

[97] *prisiones:* «los grillos y cadenas que echan al que está preso». (Cov.)

[99] *pues huir no podemos.* No entiendo muy bien por qué dice que no pueden huir; quizá aluda al hecho de que al buscar refugio no les convenga apartarse de allí, pues parece el único sitio habitado o menos inhóspito.

[102] La relación de *La vida es sueño* con la leyenda de Buda es bien conocida; no lo es tanto la directísima relación de la obra calderoniana con *Barlaán y Josafat*, de Lope, principalmente en los versos de este monólogo que a veces parecen calco de la obra lopesca. Fueron ya notadas estas relaciones por Max Krenkel, en 1881. Para este problema *vid.* la edición (y estudio) del *Barlaán y Josafat*, de Lope, publicada por José M. Montesinos (*Teatro antiguo español*, VIII, Madrid, 1935); también la edición de Menéndez Pelayo, reproducida en *BAE* (*Obras de Lope de Vega*, IX, principalmente las páginas XXX-XXXII para la relación de Calderón).

[103] *apurar*: «metaphoricamente es averiguar y llegar a saber de raíz y con fundamento alguna cosa: como apurar una noticia, un cuento, una mentira, etc.» *(Aut.)*. Curiosamente, el ejemplo que aduce *Aut.* es este mismo de Calderón.

contra vosotros naciendo;
aunque si nací, ya entiendo
qué delito he cometido.
Bastante causa ha tenido
vuestra justicia y rigor;
pues el delito mayor
del hombre es haber nacido.
Sólo quisiera saber,
para apurar mis desvelos
(dejando a una parte, cielos,
el delito de nacer),
qué más os pude ofender,
para castigarme más.
¿No nacieron los demás?
Pues si los demás nacieron,
¿qué privilegios tuvieron
que yo no gocé jamás?
Nace el ave, y con las galas
que le dan belleza suma,
apenas es flor de pluma,
o ramillete con alas,
cuando las etéreas salas
corta con velocidad,
negándose a la piedad
del nido que deja en calma:
¿y teniendo yo más alma,
tengo menos libertad?

apurar: aquí significa más bien «concluir».

111-112 Sobre el tema de «el delito mayor del hombre es haber nacido» hay abundante bibliografía. (*Vid.* nuestro estudio preliminar). Más documentación sobre este asunto puede hallarse en otro estudio de Porqueras Mayo, «Nuevas aportaciones al topos 'No haber nacido' en la literatura española», en *Segismundo*, III, 5-6, 1967, págs. 63-73.

114 *apurar*. Aquí parece convenir mejor la definición de *Aut.*: «Vale también concluir, rematar y acabar con una cosa dándola fin.»

123 El tema de estas décimas, sobre la libertad del hombre comparado con los animales, lo utilizó Calderón en más de una ocasión. Véanse los explícitos e interesantes versos de *Apolo y Climene* sobre esta misma cuestión (Aguilar, I, pág. 1876).

130 *en calma*. Sloman deduce el valor de «triste» *(sad, anguished, deserted)*, quizá en relación con *encalmarse* (fatigarse, cansarse). *Vid.* v. 2122.

laberinto: alusión al Minotauro.
distinto: instinto.
lamas: algas.

Nace el bruto, y con la piel
que dibujan manchas bellas,
apenas signo es de estrellas,
gracias al docto pincel,
cuando, atrevido y crüel,
la humana necesidad
le enseña a tener crueldad,
monstruo de su laberinto:
¿y yo con mejor distinto
tengo menos libertad?
Nace el pez, que no respira,
aborto de ovas y lamas,

[133 sigs.] Martín de Riquer reconoce que esta décima «es de difícil comprensión». No obstante, él intenta una explicación: «El animal, apenas nacido, y la Naturaleza (el *docto pincel*) le ha adornado la piel con bellas manchas que lo hacen digno, por su hermosura, de elevarse a signo del Zodíaco, cuando las necesidades de la vida lo obligan a volverse cruel y convertirse en un monstruo en el laberinto de la existencia (en los vaivenes del mundo).» *Bruto* es genérico, aunque Calderón a veces se refiere al tigre (que confunde con el leopardo).

[138] *humana necesidad.* Hartzenbusch sugiere que el equivalente es «natural», pero quizá lo que quiere decir Calderón es que es el hombre quien obliga al animal a tener crueldad para sobrevivir.

[140] *monstruo de su laberinto.* Alusión al Minotauro, monstruo de cabeza de toro y cuerpo humano, encerrado en el Laberinto que construyó Dédalo, y que fue muerto finalmente por Teseo. Este tema lo trató Calderón en una comedia, *Los tres mayores prodigios*, y en un auto, *El laberinto del mundo.*

[141] *distinto.* «Se halla usado algunas veces como sustantivo masculino, por lo mismo que instinto» *(Aut).*

[144] *ovas y lamas.* No coinciden las interpretaciones de los críticos al tratar del significado de estos términos, y ello nace de la doble significación de la palabra «ovas» y del equívoco que ello supone. El mismo *Diccionario de Autoridades* nos da ya la doble definición: «1. Cierto género de hierba mui ligera, que se cría en la mar y en los ríos, que la misma agua arranca, y por su liviandad anda nadando sobre ella.» «2. Se toma también por lo mismo que huevas.» Martín de Riquer parece recoger esta segunda acepción cuando dice: *«ovas y lamas* (masa que forman los huevecillos de ciertos pescados): ambas palabras son sinónimas». No sé si acierta cuando toma por sinónimas las dos palabras; sí lo pueden ser, pero sólo con el significado 1, no con el de «huevas», que es el que él atribuye a las dos palabras. Cilveti se limita a copiar las dos definiciones, pero sin señalar cuál conviene en este caso, lo que nos hace pensar que también las cree sinónimas. Sólo Sloman parece distinguir con

y apenas bajel de escamas
sobre las ondas se mira,
cuando a todas partes gira,
midiendo la inmensidad
de tanta capacidad
como le da el centro frío:
¿y yo con más albedrío
tengo menos libertad?
Nace el arroyo, culebra

---

claridad las dos definiciones e inclinarse por la primera definición de *Aut.* Creo que tiene razón. En principio pudiera parecer que Calderón señala «ovas» como «huevas»; incluso aboga por esta idea la cita de Riquer de un texto de *Apolo y Climene*: «en que su ovado huevo / cobró vida». Pero si pensamos que «lama» proviene del latín *lama,* que significa 'lodo, charco', y, como define Corominas: es el «cieno pegajoso que se halla en el fondo del mar, ríos y estanques, y en el de las vasijas que han contenido agua largo tiempo», no tendremos dificultad en aceptar que Calderón quiere significar que el pez es aborto de este medio, lo mismo que de las ovas: «planta de la familia de las algas», del latín *ulva* (Corominas).

Por otra parte, el mismo Covarrubias, en su *Tesoro de la lengua*, da como única acepción de *ovas* la siguiente definición: «Ovas del río de la *mar*. Son unas yervecitas que andan sobre el agua, latine alga.» Este sentido se debió de dar con frecuencia en el Siglo de Oro. Recuerdo, de momento, aquel romance de Lope de Vega que comienza:

El tronco de ovas vestido
de un álamo verde y blanco
entre espadañas y juncos
bañaba el *agua del Tajo...*
(*Romancero general*, Ed. Durán, *BAE*, t. 16, II, pág. 463, romance núm. 1490).

Los términos, por otra parte, de *ovas y lamas,* como sinónimos, con este significado referido últimamente, se encuentra en el actual *Diccionario de la Academia.*

150 *centro frío.* No me parece acertada la definición de centro que recoge Sloman del *Diccionario Histórico:* «lugar en que uno halla su mayor bienestar», porque aquí no es adecuada dicha acepción. Por el contrario, creo que conviene más la que da *Aut:* «Generalmente se llama así lo que está más distante de la superficie, y también en qualquier cosa, lo más retirado, escondido, hondo u profundo.» «Centro frío» significa, por tanto, «el lugar hondo o profundo del mar», como corroboran los versos de los autos: *La vida es sueño*:

que entre flores se desata,
y apenas, sierpe de plata,
entre las flores se quiebra,
cuando músico celebra
de las flores la piedad
que le dan la majestad,
el campo abierto a su ida:•
¿y teniendo yo más vida
tengo menos libertad?•

Etna: famoso volcán de Sicilia, cuyo nombre es utilizado en la época como símbolo de pasión.

En llegando a esta pasión,
un volcán, un Etna hecho,
quisiera sacar• del pecho
pedazos de corazón.
¿Qué ley, justicia o razón
negar a los hombres sabe
privilegio tan süave,
excepción tan principal
que Dios le ha dado a un cristal,
a un pez, a un bruto y a un ave?

ROSAURA

Temor y piedad en mí
sus razones han causado.

¿por qué, si es pez el que en frío
seno nace v vive y vive en él...
(vv. 692-693)

El pez que en seno frío
nace y no respira en él...
(Ed. Aguilar, III, pág. 1866).

164 *un Etna hecho*. Imagen muy frecuente en Calderón y en la poesía del siglo XVII, como atestigua *Aut*...: «Lo que está mui encendido y ardiente, y como echando llamas. Dixose assi a semejanza del monte Etna, que está en el Reino e Isla de Sicilia, y arroja continuamente fuego. Es voz muy frecuente en la Poesía». En Calderón encuentro la imagen referida a objetos diversos: por ej., designa a las llamadas «barcas de fuego» en *El sitio de Bredá* (Aguilar, I, pág. 84, b); o la rabia y furia de Semíramis en *La hija del aire*, 2.ª parte (ed. cit. de G. Edwards, pág. 169, vv. 877-880). Climene también expresa su confusión en *Apolo y Climene* (Aguilar, I, pág. 1869, a), etcétera.

171 *cristal:* Imagen poética de «arroyo».

SEGISMUNDO

¿Quién mis voces ha escuchado?
¿Es Clotaldo?

CLARÍN

(Aparte) (Di que sí.)

ROSAURA

No es sino un triste, ¡ay, de mí!
que en estas bóvedas frías
oyó tus melancolías.
(Ásela.)

SEGISMUNDO

Pues la muerte te daré,
porque no sepas qué sé
que sabes flaquezas mías.
Sólo porque me has oído,
entre mis membrudos brazos
te tengo de hacer pedazos.

porque: vale a «para que», con valor final.

CLARÍN

Yo soy sordo, y no he podido
escucharte.

ROSAURA

Si has nacido
humano, baste el postrarme
a tus pies para librarme.

SEGISMUNDO

Tu voz pudo enternecerme,
tu presencia suspenderme,
y tu respeto turbarme.
¿Quién eres? Que aunque yo aquí
tan poco del mundo sé,
que cuna y sepulcro fue
esta torre para mí;

181-182 Sobre el valor literario indicativo de esta frase para el estilo calderoniano, Francisco Ayala ha publicado un artículo muy expresivo: «Porque no sepas que sé», en *Quaderni Ibero-Americani*, 4 (1962), págs. 193-202.

y aunque desde que nací
(si esto es nacer), sólo advierto
este rústico desierto,
donde miserable vivo,
siendo un animado muerto;

y aunque nunca vi ni hablé
sino a un hombre solamente
que aquí mis desdichas siente,
por quien las noticias sé
de cielo y tierra; y aunque
aquí, porque más te asombres
y monstruo humano me nombres,
entre asombros y quimeras,
soy un hombre de las fieras,
y una fiera de los hombres;

y aunque en desdichas tan graves
la política he estudiado,
de los brutos enseñado,
advertido de las aves,
y de los astros süaves
los círculos he medido:
tú solo, tú, has suspendido
la pasión a mis enojos,
la suspensión a mis ojos,
la admiración al oído.

Con cada vez que te veo
nueva admiración me das,
y cuando te miro más
aun más mirarte deseo.
Ojos hidrópicos creo

hidrópicos: insaciables. Con valor figurado.

[201] Parecida expresión en *En la vida todo es verdad y todo mentira* (ed. cit. de Cruickshank, I, pág. 491):

vivo caduco esqueleto.

[211-212] *Ibid.*, nota anterior:

vna fiera en forma de hombre
vn hombre en forma de fiera
(vv. 489-490).

[227] *hidrópicos*. Corría la idea de que el hidrópico, por más que bebía,

que mis ojos deben ser;
pues cuando es muerte el beber,
beben más, y desta suerte,
viendo que el ver me da muerte,
estoy muriendo por ver.
Pero véate yo y muera;
que no sé, rendido ya,

---

nunca podía apagar su sed, como atestigua Covarrubias. Aquí tiene un sentido metafórico muy frecuente en Calderón. Martín de Riquer cita varios textos calderonianos y uno de Góngora, que aseguran la frecuencia del valor figurado: «hidrópico de desdichas», «hidrópico de victorias», etc. A estos textos podría añadirse el muy conocido de *El gran teatro del mundo*, en donde el Labrador dice:

En el mes de Abril y Mayo
tengo hidrópica pasión,
y si me quitan el agua
entonces estoy peor

(*Vid.* ed. D. Ynduráin, Madrid, Itsmo, 1974, página 133, vv. 765-768).

En otros autores también sería posible hallar la referencia. Recuerdo por ejemplo en Lope de Vega, en Vélez de Guevara, en Moreto, etcétera.

233-242 Décima difícil. En el v. 239, «fuera muerte» algunos críticos prefieren la lectura «fuera vida», que no se halla en ninguna edición antigua, ni siquiera en Hartzenbusch. Riquer dice que *vida* «parece más lógico según el verso 241», pero respeta el texto original; lo mismo hace Sloman. El sentido de esta décima creo que hay que explicarlo desde el comienzo. Segismundo ha afirmado anteriormente (vv. 227-232) que el ver a Rosaura le da muerte y que, sin embargo, muere por verla, y entonces afirma: «Pero véate yo y muera»; es decir, que, aunque al verla le produzca la muerte, el deseo es tan grande que se reafirma en verla, porque si no, el no verla, sería otra cosa peor. Pero, ¿qué? Aquí, en la respuesta está la clave de la dificultad del texto. Entonces insiste: «Fuera más que muerte fiera, / ira, rabia y dolor fuerte / Fuera muerte». Como, al no encontrar nada que se pueda ponderar más allá de la muerte, afirma de nuevo, ya sin adjetivaciones, «fuera muerte», a secas. Si aceptamos la lectura de «muerte», Segismundo insistiría en que tanto el verla como el no verla le produciría el mismo efecto. Si aceptamos la lectura «vida», el juicio quedaría así: El ver Segismundo a Rosaura le produce la muerte, y el no verla la vida, pero dar vida a un desdichado es como matarle, por lo que queda equiparado el hecho de verla con el de no verla. Creo que la solución es semejante, y, en caso de duda, prefiero elegir la lectura de las primeras ediciones, antes que corregir sin mucha seguridad.

si el verte muerte me da,
el no verte qué me diera.
Fuera, más que muerte fiera,
ira, rabia y dolor fuerte.
Fuera muerte; desta suerte
su rigor he ponderado,
pues dar vida a un desdichado
es dar a un dichoso muerte.

ROSAURA

Con asombro de mirarte,
con admiración de oírte,
ni sé qué pueda decirte,
ni qué pueda preguntarte.
Sólo diré que a esta parte
hoy el cielo me ha guïado
para haberme consolado,
si consuelo puede ser,
del que es desdichado, ver
a otro que es más desdichado.
Cuentan de un sabio, que un día
tan pobre y mísero estaba,
que sólo se sustentaba
de unas yerbas que comía.
¿Habrá otro —entre sí decía—
más pobre y triste que yo?
Y cuando el rostro volvió
halló la respuesta, viendo
que iba otro sabio cogiendo
las hojas que él arrojó.

[251-252] La misma idea aparece en *La hija del aire*, 1.ª parte (*vid.* ed. cit. de G. Edwards, pág. 24, vv. 569-570):

> *que un desdichado pienso que es dichoso*
> *en topando otro que es más desdichado.*

[253-262] Este apólogo se relaciona con el Exemplo X de Don Juan Manuel: *De lo que aconteçió a un omne que por pobreza et mengua de otra vianda comía atramuzes* (*vid. El Conde Lucanor*, ed. José Manuel Blecua, Madrid, Castalia, 1969, págs. 91-93).

Quejoso de la fortuna
yo en este mundo vivía,
y cuando entre mí decía:
¿Habrá otra persona alguna
de suerte más importuna?,
piadoso me has respondido;
pues volviendo en mi sentido,
hallo que las penas mías,
para hacerlas tú alegrías,
las hubieras recogido.
Y por si acaso mis penas
pueden aliviarte en parte,•
óyelas atento, y toma
las que dellas me sobraren.
Yo soy...

[ESCENA III]

(Dentro, CLOTALDO*)*

CLOTALDO

Guardas desta torre,
que, dormidas o cobardes,
disteis paso a dos personas
que han quebrantado la cárcel...

ROSAURA

Nueva confusión padezco.

SEGISMUNDO

Éste es Clotaldo, mi alcaide.
Aún no acaban mis desdichas.

CLOTALDO

(Dentro.) ...acudid, y vigilantes,
sin que puedan defenderse,
o prendeldes o mataldes.•

dormidas: en femenino, porque concuerda con «guardas», que se usaba como tal en la época (como centinela, fantasma, etc.).
Alcaide: jefe de guardas.
prendeldes o mataldes: prendedles o matadles. Metátesis frecuente en el texto, como veremos a lo largo de la obra.

[263] *quejoso.* Recordemos que Rosaura se ha presentado ante Segismundo disfrazada de hombre, lo que es causa de que utilice el masculino.

[286] *o prendeldes o mataldes.* Metátesis frecuentes por *prendedles, matadles.* «Juan de Valdés, refiriéndose a los imperativos *poneldo embialdo,* dice:

TODOS

(*Dentro.*) ¡Traición!

CLARÍN

Guardas desta torre,
que entrar aquí nos dejasteis,
pues que nos dais a escoger,
el prendernos es más fácil.

(*Sale* CLOTALDO *con escopeta, y soldados, todos con los rostros cubiertos.*)

CLOTALDO

os cubrid: arcaísmo por «cubríos».

Todos os cubrid los rostros;
que es diligencia importante
mientras estamos aquí
que no nos conozca naide.•

naide: vulgarismo por «nadie».

CLARÍN

¿Enmascaraditos hay?

CLOTALDO

¡Oh vosotros, que ignorantes
que aqueste vedado sitio
todo y término pasasteis
contra el decreto del Rey,
que manda que no ose nadie
examinar el prodigio
que entre estos peñascos yace!
¡Rendid las armas y vidas,

"no sé que sea la causa por que lo mezclan desta manera..., tengo por mejor que el verbo vaya por sí y el pronombre por sí"; sin embargo, la lucha entre *dalde y dadle, teneldo y tenedlo* se prolongó hasta la época de Calderón» (R. Lapesa, *Historia de la lengua española*, Madrid, Escelicer, 1959[4], página 250).

291 *os cubrid.* Parece que ya en el siglo XVI era poco frecuente la forma antepuesta del pronombre ante el imperativo del verbo, que aquí aparece más veces (vv. 2108, 2240). En el lenguaje poético, esta forma, sin embargo, se conservaría como uso específico no infrecuente.

o aquesta pistola, áspid
de metal, escupirá
el veneno penetrante
de dos balas, cuyo fuego
será escándalo del aire!

áspid: serpiente venenosa.

SEGISMUNDO

Primero, tirano dueño,
que los ofendas y agravies,
será mi vida despojo
destos lazos miserables;
pues en ellos, vive Dios
tengo de despedazarme
con las manos, con los dientes,
entre aquestas peñas, antes
que su desdicha consienta
y que llore sus ultrajes.

CLOTALDO

Si sabes que tus desdichas,
Segismundo, son tan grandes,
que antes de nacer moriste
por ley del cielo; si sabes
que aquestas prisiones son
de tus furias arrogantes
un freno que las detenga
y una rienda que las pare,
¿por qué blasonas? La puerta
cerrad desa estrecha cárcel;
escondelde en ella.

(Ciérranle la puerta, y dice dentro.)

---

308 *escándalo del aire:* «vale también por extensión assombro, pasmo, admiración» *(Aut.)*. Frecuente en Calderón; *vid.*, por ej., *En la vida todo es verdad y todo mentira*:

> *Quieres, si ese horror que llena*
> *de nuevo escándalo el aire...*
> (Ed. cit. de Cruickshank, pág. 22, v. 589).

329 *Vid.* nota al v. 286.

SEGISMUNDO

¡Ah, cielos,
qué bien hacéis en quitarme
la libertad! Porque fuera
contra vosotros gigante,
que, para quebrar al sol
esos vidrios y cristales
sobre cimientos de piedra
pusiera montes de jaspe.•

jaspe: aquí «piedras de cantera» no necesariamente preciosas.

[331-336] Sobre los gigantes y el valor ejemplar de su historia, dice Covarrubias: «Por la fábula de aver los gigantes tenido guerra con los dioses y querido alçarse con el cielo, poniendo un monte sobre otro, Macrobio, lib. I, Saturnales, capítulo 20, y Cicerón, lib. 2, *De Natura Deorum*, lo entienden moralmente de los hombres locos, soberbios, impíos y bestiales...». Ya en 1585 el bachiller Pérez de Moya, en su *Philosophia secreta*, nos había dado una idea moralizante contra la soberbia de los gigantes (*vid.* el tomo I de la ed. de Gómez de Baquero en *Los Clásicos Olvidados*, Madrid, 1928, págs. 78 y sigs.). En 1646, Balthasar de Vitoria trató de la misma forma el mito de los gigantes diciendo de ellos que «dieron en reuelarse contra su Dios, y intentaron subir a su cielo y echarle del para lo qual juntaron algunos montes, poniéndolos vnos sobre otros, se quisieron entrar dentro del cielo a hazer esta sacrílega guerra...» (*Primera parte del Teatro de los dioses de la Gentilidad,* Valencia, 1646, pág. 108).

[333-334] Dice Riquer: «considerado el Sol como un farol gigantesco, romperle los *vidrios y cristales* significa apagarlo...». No estoy seguro de si debemos entender así los versos. Si, en la concepción cosmológica de Ptolomeo, el cielo es como una «esfera de cristal» que está más allá del firmamento, de las constelaciones y de los astros, bien pudiera Segismundo referirse aquí a los «cielos» y no al «sol»; es decir, «quebrar a la luz del sol los vidrios y cristales de los cielos», teniendo en cuenta que en el v. 329 había realizado una imprecación a los cielos y que en los vv. 331 y 332 añadió: «fuera contra vosotros gigante», lo cual parece indicar que el objeto de sus iras son precisamente los cielos y no el sol. Parecen abogar por esta idea los versos de Basilio (624-630), principalmente «esos doseles de vidrio / que el sol ilumina a rayos», que encierran una idea semejante a la que hemos expuesto nosotros.

[336] *montes de jaspe*. Si hacemos caso de *Aut.*, parece que esta imagen es válida no sólo literariamente hablando, sino desde el punto de vista real de las construcciones de edificios de la época. Se cuenta allí mismo cómo la catedral de Cuzco es de jaspe y se habla de la «variedad y fortaleza» de dicha piedra. Por su parte, Covarrubias nos habla de la distinción que hay que hacer entre el jaspe como piedra preciosa y «la que aora llamamos jaspe, porque

CLOTALDO

Quizá porque no los pongas,
hoy padeces tantos males.

porque: para que. Con valor final.

[ESCENA IV]

ROSAURA

Ya que vi que la soberbia
te ofendió tanto, ignorante
fuera en no pedirte humilde
vida que a tus plantas yace.
Muévate en mí la piedad;
que será rigor notable
que no hallen favor en ti
ni soberbias ni humildades.

CLARÍN

Y si Humildad y Soberbia
no te obligan, personajes
que han movido y removido
mil autos sacramentales,

ésta más es pedrera que piedra». De *pedrera* dice el propio Covarrubias: «donde se sacan las piedras».

[337] *porque* tiene carácter de finalidad.

[347-350] Es frecuente en Calderón la reflexión, alusión o cita simplemente de comedias propias, personajes, o recursos de su forma de hacer; es como una autorreflexión, no sé si en algún momento irónica, que ya destacó Valbuena Prat (*vid. Calderón*, Madrid, Juventud, 1941, op. cit., págs. 153-162, el capítulo titulado «Ironía y reflexión sobre los propios recursos escénicos». *Vid.* también *La dama duende*, ed. A. Valbuena Briones, Madrid, Clásicos Castellanos, 1962, v. 196, pág. 50, y también nota 196 al verso referido).

Aquí la referencia se hace a sus propios autos sacramentales. Efectivamente, no es extraño encontrar la Humildad y la Soberbia como personajes de ellos; así sucede con ambos en *El gran mercado del mundo* (Aguilar, III, pág. 225); la Soberbia aparece en *El Año Santo en Madrid* (*ibidem,* pág. 539), en *El primer refugio del hombre y probática piscina* (*ibidem,* pág. 964) y en *A María el corazón* (*ibidem*, pág. 1134). También es posible encontrar este personaje en alguna loa, por ej., la que precede al auto *El indulto general* (*ibidem*, pág. 1716). Pero no sólo Calderón trató estos personajes; Lope de Vega, por ej., en el auto *La siega*, hace aparecer también a la Soberbia.

entreverado: mezclado. Alusión humorística al tocino.

yo, ni humilde ni soberbio,
sino entre las dos mitades
entreverado, te pido
que nos remedies y ampares.

CLOTALDO

¡Hola!

SOLDADOS

Señor...

CLOTALDO

A los dos
quitad las armas, y ataldes
los ojos, porque no vean
cómo ni de dónde salen.

ROSAURA

Mi espada es ésta, que a ti
solamente ha de entregarse,
porque, al fin, de todos eres
el principal, y no sabe
rendirse a menos valor.

CLARÍN

La mía es tal, que puede darse
al más ruin; tomalda vos.

---

[353] *entreverado.* «Entreverar», según *Aut.*, es «mezclar o enxerir una cosa entre otra». No es necesario acudir al significado elegido por Sloman del mismo Diccionario: «Propiamente se dice de las carnes en que está lo magro junto con lo gordo: como las de los puercos, y se reconoce en las lonjas de tocino, en que hai una como lista de carne y otra de gordura», pero, si entendemos que la calidad de ser «entreverado» se aplicó desde el siglo XVI a una clase de tocino, principalmente, es posible aceptar este valor aquí, teniendo en cuenta que el que habla es el gracioso Clarín, y bien pudiera desear Calderón especificar una tal connotación en el vocablo usado.

[356] *ataldes. Vid.* nota al v. 286.

[365] *tomalda. Ibidem*, nota anterior. Parece, como observan Sloman y Riquer, que debe referirse a algún soldado que acompaña a Clotaldo, evidentemente a un inferior.

ROSAURA

Y si he de morir, dejarte
quiero, en fe desta piedad,
prenda que pudo estimarse
por el dueño que algún día
se la ciñó. Que la guardes
te encargo, porque aunque yo
no sé qué secreto alcance,
sé que esta dorada espada
encierra misterios grandes;
pues sólo fiado en ella
vengo a Polonia a vengarme
de un agravio.

CLOTALDO

(Aparte.) (¡Santos cielos!
¿Qué es esto? Ya son más graves
mis penas y confusiones,
mis ansias y mis pesares.)
¿Quién te la dio?

373-374 Como muy bien apunta Sloman, la identificación de Rosaura, por medio de la espada que entrega a su padre Clotaldo, recuerda la historia de Teseo. Encuentro un texto en Baltasar de Vitoria que pudo ser conocido por Calderón. Vitoria cita a Natal Comite, otro autor muy mencionado en el Siglo de Oro por su obra *Mithologiae*. Vitoria resume así: «Natal Comite en el lugar dicho, dize q[ue] fue hijo de Neptuno Dios de los mares, y de Etra. Mas siguiendo a Pausanias, a Diodoro Siculo [...] Egeo fue hijo de Pandión Rey de Atenas, y no pudie[n]do alca[n]çar hijos para [que] le sucediessen en el Reyno, de algunas mugeres legítimas q[ue] tuuo, llegó a Trecen, y allí durmió con Etra hija de Piteo, con todo el secreto, y recato que pudo, y sospechando que la dexaua preñada, escondió debaxo de vna gran losa sus çapatos y espada, y dijo a Etra que si pariesse hijo, que le dixesse, que en teniendo fuerças para poder leuantar aquella lancha, la leuantasse y sacasse de allí aquellas prendas, y se le embiasse a su presencia. Nació Teseo, y desde su niñez dio muestras de su gran valor, y de ser hijo de quien era, y quando le pareció a la madre que tenía edad para hazer aquellas valentías, y embiarle para su padre, le descubrió el secreto, y le ma[n]dó sacar las pre[n]das escondidas. Sacolas, y con ellas, y con recaudos suyos le embió a su padre Egeo, y viendo las señas tan conocidas le recibió por hijo mostrándole mucho amor...» (*Primera Parte del Teatro de los dioses de la Gentilidad*, Valencia, 1646, Libro IV, cap. XXI, págs. 476-477).

ROSAURA

Una mujer.

CLOTALDO

¿Cómo se llama?

ROSAURA

Que calle
su nombre es fuerza.

CLOTALDO

¿De qué
infieres agora, o sabes,
que hay secreto en esta espada?

agora: ahora. Forma etimológica. Se usa con frecuencia a lo largo del texto.

ROSAURA

Quien me la dio, dijo: «Parte
a Polonia, y solicita
con ingenio, estudio o arte,
que te vean esa espada
los nobles y principales;
que yo sé que alguno dellos
te favorezca y ampare»;
que por si acaso era muerto
no quiso entonces nombrarle.

CLOTALDO

(Aparte.) (¡Válgame el cielo! ¿Qué [escucho?
Aun no sé determinarme
si tales sucesos son
ilusiones o verdades.
Esta espada es la que yo
dejé a la hermosa Violante,
por señas que el que ceñida
la trujera, había de hallarme
amoroso como hijo,
y piadoso como padre.
Pues ¿qué he de hacer, ¡ay de mí!,
en confusión semejante,
si quien la trae por favor

trujera: trajera. Coexistían las dos formas en el siglo XVII.

para su muerte la trae,
pues que sentenciado a muerte
llega a mis pies? ¡Qué notable
confusión! ¡Qué triste hado!
¡Qué suerte tan inconstante!
Éste es mi hijo, y las señas
dicen bien con las señales
del corazón, que por verle
llama al pecho, y en él bate
las alas, y no pudiendo
romper los candados, hace
lo que aquel que está encerrado,
y oyendo ruido en la calle
se arroja• por la ventana:
y él así, como no sabe
lo que pasa, y oye el ruido,
va a los ojos a somarse,
que son ventanas del pecho
por donde en lágrimas sale.
¿Qué he de hacer? ¡Válgame el cielo!•
¿Qué he de hacer? Porque llevarle
al Rey es llevarle, ¡ay, triste!,
a morir, pues ocultarle
al Rey no puedo, conforme
a la ley del homenaje.
De una parte el amor propio,
y la lealtad de otra parte
me rinden. Pero ¿qué dudo?
¿La lealtad al Rey no es antes
que la vida y que el honor?

homenaje: pacto de sometimiento.

---

[414] *dicen bien con. Decir con,* según *Aut.*, «vale también conformar, corresponder una cosa con otra».

[415] *verle. Vid.* nota al v. 286. Toda esta imagen continuada tiene por sujeto el «corazón», que se compara con un ave y sale al exterior convertido en lágrimas.

[433] *homenaje.* «obligación y servidumbre en que se constituye la persona libre, por razón de bienes u honor que recibe, o por pacto que hace con otra persona superior o igual, sometiéndose a la pena de infidelidad e infamia si no la cumple» *(Aut.).*

Pues ella viva y él falte.
Fuera de que, si ahora atiendo
a que dijo que a vengarse
viene de un agravio, hombre
que está agraviado, es infame.
No es mi hijo, no es mi hijo,
ni tiene mi noble sangre.
Pero si ya ha sucedido
un peligro de quien nadie
se libró, porque el honor
es de materia tan fácil•,
que con una acción se quiebra
o se mancha con un aire,
¿qué más puede hacer, qué más
el que es noble de su parte,
que a costa de tantos riesgos
haber venido a buscarle?
Mi hijo es, mi sangre tiene,
pues tiene valor tan grande;
y así, entre una y otra duda,
el medio más importante
es irme al Rey, y decirle
que es mi hijo, y que le mate.•
Quizá la misma piedad
de mi honor podrá obligarle;
y si le merezco vivo,
yo le ayudaré a vengarse
de su agravio. Mas si el Rey
en sus rigores constante,
le da muerte, morirá
sin saber que soy su padre.)
Venid conmigo, extranjeros.
No temáis, no, de que os falte
compañía en las desdichas;

fácil: sinónimo de «frágil».

[438] *Pues ella viva y él falte,* es decir, «viva la lealtad aunque falte el honor».

[446] *peligro.* «hablando de las cosas no materiales vale riesgo u contingencia de no conseguirse, u de malograrse, u de caer en algún perjuicio u daño espiritual o moral» *(Aut.).*

pues en duda semejante
de vivir o de morir,
no sé cualés son más grandes.
(Vanse.)

[ESCENA V]

(Sale por una parte ASTOLFO, *con acompañamiento de soldados, y por otra,* ESTRELLA, *con damas. Suena música.)*

ASTOLFO

Bien al ver los excelentes
rayos, que fueron cometas,
mezclan salvas diferentes

[475-494] Estas cuatro quintillas ofrecen algunos problemas difíciles de resolver. Parece seguro que «los excelentes rayos» de los vv. 475-476 son los ojos de Estrella, como observan M. de Riquer y Sloman, y como atestigua el v. 1741; aunque no tenga mucha relación con esto, quizá valga la pena recordar que, en el lenguaje de germanía «rayos» equivalía a «ojos», como anota *Aut.* Por otra parte, está claro que la imagen se constituye en tópico.

Los ojos de la dama como «rayos» no es sino una prolongación de la imagen primaria de la mujer como «sol» que hallaremos más adelante en los vv. 1593-1595, y que es también lugar común del teatro calderoniano (*vid.*, por ej., *No hay cosa como callar*, ed. A. Valbuena Briones, Clásicos Castellanos, pág. 122, v. 285; también *El mayor monstruo del mundo*, Aguilar, I, pág. 450, a, etc.). Para una interpretación de este tópico, véase el estudio de A. Valbuena Briones «la palabra sol en los textos calderonianos», en *Perspectiva crítica de los dramas de Calderón*, Madrid, Rialp, 1965, principalmente págs. 57 y sigs. Respecto a que sean «cometas», Martín de Riquer asegura que se debe a «su carácter fugaz y pasajero, ya que la dama le ha demostrado cierto desvío y ha evitado su vista, como se deduce por lo que inmediatamente le responde».

[477] *salvas*. Parece convenirnos el doble sentido que da *Aut.:* «1. Vale también disparo de armas de fuego en honor de algún Personaje, alegría de alguna festividad, o expresión de urbanidad y cortesía»; y «2. Por extensión significa también el canto y música que las aves hacen cuando empieza a amanecer». Cierto es que en nuestra obra se habla de *cajas y trompetas* (instrumentos musicales) y no de disparos de armas, pero es evidente que esta idea está implícita en estos versos, porque más adelante se habla de «balas» (v. 486).

cajas: tambores.

Aurora: Diosa del amanecer.
Palas: Atenea, diosa que presidía las batallas.
Flora: diosa de la Primavera.

las cajas y las trompetas,
los pájaros y las fuentes;
siendo con música igual,
y con maravilla suma,
a tu vista celestial,
unos, clarines de pluma,
y otras, aves de metal;
y así os saludan, señora,
como a su reina las balas,
los pájaros como a Aurora,
las trompetas como a Palas,
y las flores como a Flora;
porque sois, burlando el día,
que ya la noche destierra,
Aurora en el alegría,

[480-489] Continúa la dificultad que indicábamos. Aquí, en lo que se refiere a la correlación entre la primera quintilla y la tercera, «balas» se hace equivalente a «cajas», siendo obviamente cosas distintas. Veamos:

reina	———————	bajas
Aurora	———————	pájaros
Palas	———————	trompetas
Flora	———————	flores.

Aurora, Palas y Flora se corresponden con los elementos citados en los vv. 478-479, excepto «balas», que no tiene posible correspondencia más que con «cajas», pero esto no es posible por la rima con «Palas». La otra posibilidad es la de que la corrección se efectuara en el v. 478 y sustituir «cajas» por «balas»; aunque esto sería muy atrevido, parece una solución perfecta, porque encajaría admirablemente con el doble sentido de «salvas» mejor que «cajas». No obstante, cabe pensar que la irregularidad corresponda enteramente al autor y que la falta de correlación sea, por consiguiente, obra suya; por esto mismo, no nos atrevemos a corregir el texto y sólo hacemos observar la anomalía en la correspondencia de los elementos de la correlación. En cuanto a la imagen «clarines de pluma», tópico calderoniano de ascendencia gongorina, se refiere a los «pájaros» citados antes, y «aves de metal» debe referirse a «trompetas», aunque quedarían sin correspondencia «cajas» y «fuentes».

[490] *burlando el día.* Imagen que procede de la atribución a Estrella de cierto carácter solar. Es recurso frecuente en el teatro de Calderón (cf. los vv. 1741-1743; *vid.* también, en la nota a los vv. 475-494, la referencia a la comedia *No hay cosa como callar*).

[492] *el alegría.* Cf. vv. 1496, 2444.

Flora en paz, Palas en guerra,
y la reina en el alma mía.

Estrella

Si la voz se ha de medir
con las acciones humanas,
mal habéis hecho en decir
finezas tan cortesanas,
donde os pueda desmentir
todo ese marcial trofeo
con quien ya atrevida lucho;
pues no dicen, según creo,
las lisonjas que os escucho,
con los rigores que veo.
Y advertid que es baja acción,
que sólo a una fiera toca,
madre de engaño y traición,
el halagar con la boca
y matar con la intención.

Astolfo

Muy mal informada estáis,
Estrella, pues que la fe
de mis finezas dudáis,
y os suplico que me oigáis
la causa, a ver si la sé.
Falleció Eustorgio tercero,
Rey de Polonia, quedó•
Basilio por heredero,
y dos hijas, de quien yo

---

[500] *marcial trofeo.* Cilveti interpreta «las lisonjas de Astolfo»; creo que es claro error. Por el contrario, y en contraste con sus lisonjas, se refiere Estrella a la pompa bélica de la que viene acompañado Astolfo. En los vv. 503-504 creo que queda clara la oposición entre «las lisonjas» y «los rigores».

[502-504] *dicen... con. Vid.* nota al v. 414.

[515 sigs.] Los nombres de Eustorgio y Clorilene, como afirma Northup, bien pudieron haber sido tomados del libro de Enrique Suárez de Mendoza, *Eustorgio y Clorilene, historia moscovita* (1629); *vid. Romanic Review*, I (1910), pág. 422.

[518] *quien.* En los siglos XVI y XVII, podía llevar antecedente plural; *vid.* Keniston, 15, págs. 225-226. Cf. vv. 1076, 1742.

y vos nacimos. No quiero
causar con lo que no tiene
lugar aquí. Clorilene,
vuestra madre y mi señora,
que en mejor imperio agora
dosel de luceros tiene,
fue la mayor, de quien vos
sois hija. Fue la segunda,
madre y tía de los dos,
la gallarda Recisunda,
que guarde mil años Dios.
Casó en Moscovia, de quien
nací yo. Volver agora
al otro principio es bien.
Basilio, que ya, señora,
se rinde al común desdén
del tiempo, más inclinado
a los estudios que dado
a mujeres, enviudó
sin hijos; y vos y yo
aspiramos a este estado.
Vos alegáis que habéis sido
hija de hermana mayor;
yo, que varón he nacido,
y aunque de hermana menor,
os debo ser preferido.
Vuestra intención y la mía
a nuestro tío contamos.

[523-524] *agora. Vid.* nota al v. 384. Fijémonos en la curiosa perífrasis eufemística para evitar decir «que ya murió».

[528] Un Recisundo es citado en la comedia *La Virgen del Sagrario* (Aguilar, I, pág. 261, b).

[531] *agora. Vid.* nota al v. 384.

[534-535] También perífrasis para evitar la expresión directa «se hace viejo». *Desdén* creo que está utilizado en el sentido figurado que da *Aut.:* «Metaphoricamente se aplica a lo insensible: y assí se suele decir, los desdenes de la fortuna, del mar, etc.» Es decir, que es el desdén del tiempo el que rinde a Basilio; por ello, es él quien sufre la acción del tiempo. Según esto, no parece acertada la aclaración de Cilveti, cuando dice «común desdén del tiempo», «despego de los placeres sensibles que el ideal produce».

Él respondió que quería
componernos, y aplazamos
este puesto y este día.
Con esta intención salí
de Moscovia y de su tierra;
con ésta llegué hasta quí,
en vez de haceros yo guerra,
a que me la hagáis a mí.
¡Oh, quiera Amor, sabio dios,
que el vulgo, astrólogo cierto,
hoy lo sea con los dos,
y que pare este concierto.
en que seáis reina vos,
pero reina en mi albedrío,
dándoos, para más honor,
su corona nuestro tío,
sus triunfos vuestro valor,
y su imperio el amor mío!

componernos: ponernos de acuerdo.

pare: acabe, culmine.

ESTRELLA

A tan cortés bizarría
menos mi pecho no muestra,
pues la imperial monarquía,
para sólo hacerla vuestra,
me holgara que fuese mía;
aunque no está satisfecho
mi amor de que sois ingrato,
si en cuanto decís sospecho

bizarría: aquí significa «generosidad», aunque el valor más usual es «valentía».

548 *componernos:* «significa también concordar, unir, hacer amistades, conformar y poner en paz a los que están discordes» *(Aut);* éste creo que es el valor que tiene aquí.

553-554 Después de las alabanzas a la belleza de Estrella, parece que la idea de Astolfo se mueve en este terreno: «en vez de haceros yo guerra me la hacéis vos a mí por vuestra belleza», «con las armas de su hermosura», como apunta Sloman.

558 *pare*. De *parar* dice *Aut*.: «Vale assimismo ir a dar a algún término, o llegar al fin.» Es lo que creo que significa aquí.

565 *bizarría*. El significado que aquí le conviene es «generosidad de ánimo» *(Aut.)*.

que os desmiente ese retrato
que esté pendiente del pecho•.

ASTOLFO

Satisfaceros intento
con él… Mas lugar no da
tanto sonoro instrumento,
que avisa que sale ya
el Rey con su parlamento.

[ESCENA VI]

(Tocan, y sale el Rey BASILIO, *viejo, y acompañamiento.)*

ESTRELLA

Sabio Tales…

ASTOLFO

Docto Euclides…

ESTRELLA

que entre signos…

ASTOLFO

que entre estrellas…

ESTRELLA

hoy gobiernas…

ASTOLFO

hoy resides…

Tales: filósofo griego (c. 585 a. de C.), el más importante matemático antes de Euclides.
Euclides: matemático de Alejandría (c. 300 a. de C.), autor de *Elementos,* tratado fundamental de Geometría hasta el siglo XIX.

580 *Tales. Euclides.* Conocidas son las actividades de estos sabios en el campo de la cosmografía y geometría. Calderón, por medio de este saludo, resalta la afición de Basilio a las ciencias astronómicas, utilizando para ello una técnica de bimembraciones muy de su gusto, técnica estudiada sobre todo por Dámaso Alonso, «Versos plurimembres y poemas correlativos», en *Revista de la Biblioteca Archivo y Museo de Madrid*, XIII, 1944, págs. 177 y 178; y sobre todo, en «La correlación en la estructura del teatro calderoniano», publicado en *Seis calas en la expresión literaria española*, Madrid, Gredos, 1951.

ESTRELLA

y sus caminos...

ASTOLFO

sus huellas...

ESTRELLA

describes...

ASTOLFO

tasas y mides...

ESTRELLA

deja que en humildes lazos...

ASTOLFO

deja que en tiernos abrazos...

ESTRELLA

yedra dese tronco sea...

ASTOLFO

rendido a tus pies me vea.

BASILIO

Sobrinos, dadme los brazos,
y creed, pues que leales
a mi precepto amoroso,
venís con afectos tales,
que a nadie deje quejoso,
y los dos quedéis iguales.
Y así, cuando me confieso
rendido al prolijo peso,
sólo os pido en la ocasión
silencio, que admiración
ha de pedirla el suceso.
Ya sabéis (estadme atentos
amados sobrinos míos,
corte ilustre de Polonia,
vasallos, deudos y amigos),
ya sabéis que yo en el mundo

prolijo: cansancio por la edad y preocupaciones.

596 *prolijo*. Creo que aquí significa «molesto, impertinente y pesado» *(Aut.)*. El prolijo peso deben ser la edad y las preocupaciones.

Timantes: pintor griego (c. 400 a. de C.).
Lisipo: escultor griego (330 a. de C.), retratista de Alejandro.

por mi ciencia he merecido
el sobrenombre de docto;
pues, contra el tiempo y olvido,
los pinceles de Timantes,
los mármoles de Lisipo,
en el ámbito del orbe
me aclaman el gran Basilio.
Ya sabéis que son las ciencias
que más curso y más estimo,
matemáticas sutiles,
por quien al tiempo le quito,
por quien a la fama rompo
la jurisdicción y oficio
de enseñar más cada día;
pues cuando en mis tablas miro
presentes las novedades
de los venideros siglos,
le gano al tiempo las gracias
de contar lo que yo he dicho.
Esos círculos de nieve,
esos doseles de vidrio,
que el sol ilumina a rayos,
que parte la luna a giros,
esos orbes de diamantes,
esos globos cristalinos,
que las estrellas adornan
y que campean los signos,
son el estudio mayor

[608-609] Aquí los nombres del pintor y escultor clásicos respectivos están tomados en un sentido puramente genérico. Recordemos que Timantes es personaje del drama calderoniano *Darlo todo y no dar nada*, donde es vencido por Apeles en el famoso concurso del retrato de Alejandro.

[615-617] Quita al tiempo y a la fama la jurisdicción de enseñar, ya que lo hace él antes.

[622-623] Idea semejante a la de los versos anteriores. Se gana al tiempo, adelantándole, las gracias que él puede conferir.

[624-631] Imágenes relativas a la concepción astronómica ptolomeica que expone el autor; cf. vv. 331-336. *Campean los signos* es lo mismo que «lucen las constelaciones de estrellas, los signos del Zodíaco».

[632-639] El cielo, como libro escrito por Dios y que pueden leer los sabios

de mis años, son los libros
donde en papel de diamante,
en cuadernos de zafiros,
escribe con líneas de oro,
en caracteres distinsos,
el cielo nuestros sucesos,
ya adversos o ya benignos.
Éstos leo tan veloz,
que con mi espíritu sigo
sus rápidos movimientos
por rumbos y por caminos.
¡Pluguiera al cielo, primero
que mi ingenio hubiera sido
de sus márgenes comento
y de sus hojas registro,
hubiera sido mi vida
el primero desperdicio
de sus iras, y que en ellas
mi tragedia hubiera sido,
porque de los infelices
aun el mérito es cuchillo,
que a quien le daña el saber,
homicida es de sí mismo!
Dígalo yo, aunque mejor
lo dirán sucesos míos,
para cuya admiración
otra vez silencio os pido.
En Clorilene, mi esposa,
tuve un infelice hijo,
en cuyo parto los cielos
se agotaron de prodigios,
antes que a la luz hermosa
le diese el sepulcro vivo

Pluguiera: placiera.

Comento: comentario.

para interpretar sus designios, es imagen común en el teatro de Calderón. *Vid.* tambien vv. 3158-3171. Esta idea se expresa en el auto del mismo nombre (vv. 826-831), y en el drama *Apolo y Climene* (Aguilar, I, pág. 1876, b).

649 *primero.* Se puede encontrar tanto apocopado como sin apocopar en el Siglo de Oro. *Desperdicio:* «destrucción y malbarato de la hacienda u otra cosa» *(Aut.).*

de un vientre, porque el nacer
y el morir son parecidos.
Su madre infinitas veces,
entre ideas y delirios
del sueño, vio que rompía
sus entrañas atrevido
un monstruo en forma de ho[m]bre,
y entre su sangre teñido
le daba muerte, naciendo
víbora humana del siglo.
Llegó de su parto el día,
y los presagios cumplidos
(porque tarde o nunca son
mentirosos los impíos),
nació en horóscopo tal,
que el sol, en su sangre tinto,
entraba sañudamente
con la luna en desafío;
y siendo valla la tierra,
los dos faroles divinos
a luz entera luchaban,
ya que no a brazo partido.
El mayor, el más horrendo

[668-675] Esta imagen del ser que rompe las entrañas al nacer es muy frecuente en Calderón. Parece estar tomada de una leyenda acerca de la víbora, a juzgar por lo que nos cuenta Covarrubias: «Escriven della que concibe por la boca, y que en el mesmo acto corta la cabeça al macho, apretando los dientes, o por el gusto que recibe o por el disgusto que teme recibir después al parir los vivoreznos, los quales siendo en número muchos, los postreros que han tomado más cuerpo y fuerza, mal sufridos y cansados de esperar, rompen el pecho de la madre», según fuente de Plinio. Para las referencias en Calderón, consúltense *En la vida todo es verdad...* (ed. cit. de Cruickshank, pág. 232, nota a los vv. 862-863 de la tercera jornada). Además de las citas de Cruickshank, recuerdo otro texto en *La hija del aire*, *Primera parte* (*vid*. ed. cit. de G. Edwards, pág. 34, vv. 875-878).

[675] *víbora humana*. Alusión al parentesco del hombre que nace así con la víbora, no sólo por su maldad, sino por la anécdota del nacimiento (*vid*. nota anterior).

[676-699] Confróntese con el nacimiento de Semíramis, también acompañada de eclipses y otros trastornos (*La hija del aire*, *Primera parte*, ed. cit., página 34, vv. 849-868).

eclipse que ha padecido
el sol, desúés que con sangre
lloró la muerte de Cristo,
éste fue, porque, anegado,
el orbe entre incendios vivos,
presumió que padecía
el último parasismo.
Los cielos se escurecieron,
temblaron los edificios,
llovieron piedras las nubes,
corrieron sangre los ríos.
En este mísero, en este
mortal planeta o signo,
nació Segismundo, dando
de su condición indicios,
pues dio la muerte a su madre,
con cuya fiereza dijo:
«Hombre soy, pues que ya empiezo
a pagar mal beneficios.»
Yo, acudiendo a mis estudios,
en ellos y en todo miro
que Segismundo sería
el hombre más atrevido,
el príncipe más crüel
y el monarca más impío,
por quien su reino vendría
a ser parcial y diviso,
escuela de las traiciones
y academia de los vicios;
y él, de su furor llevado,
entre asombros y delitos,
había de poner en mí
las plantas, y yo rendido
a sus pies me había de ver

parasismo: paroxismo. Aquí «pérdida de sentido».

escurecieron: oscurecieron. Forma arcaica.

[695] *parasismo*. Término muy usual en Calderón, dice *Aut.*: «Accidente peligroso o quasi mortal, en que el paciente pierde el sentido y la acción, por largo tiempo.» Modernamente, prevaleció la forma culta «paroxismo». La deformación de los cultismos, por otra parte, era muy general en la literatura del Siglo de Oro (*vid.* R. Lapesa, *Historia de la Lengua*, *op. cit.*, pág. 249).

(¡con qué congoja lo digo!),
siendo alfombra de sus plantas
las canas del rostro mío.
¿Quién no da crédito al daño,
y más al daño que ha visto
en su estudio, donde hace
el amor propio su oficio?
Pues dando crédito yo
a los hados, que adivinos
me pronosticaban daños
en fatales vaticinios,
determiné de encerrar
la fiera que había nacido,
por ver si el sabio tenía
en las estrellas dominio.
Publicóse que el Infante
nació muerto; y, prevenido,
hice labrar una torre
entre las peñas y riscos
desos • montes, donde apenas
la luz ha hallado camino,
por defenderle la entrada
sus rústicos obeliscos.
Las graves penas y leyes,
que con públicos editos
declararon que ninguno
entrase a un vedado sitio
del monte, se ocasionaron
de las causas que os he dicho.
Allí Segismundo vive
mísero, pobre y cautivo,
adonde solo Clotaldo
le ha hablado, tratado y visto.
Éste le ha enseñado ciencias;
éste en la ley le ha instrüido
católica, siendo solo

editos: edictos. Forma arcaica.

[728-729] Hábilmente, Calderón sugiere la posibilidad de error, basándose en el amor propio «profesional» que ensoberbece al hombre, siendo en esto admirable psicólogo, y dejando así la puerta abierta a que la actitud de Basilio pueda no ser acertada.

de sus miserias testigo.
Aquí hay tres cosas: la una
que yo, Polonia, os estimo
tanto que os quiero librar
de la opresión y servicio
de un rey tirano, porque
no fuera señor benigno
el que a su patria y su imperio
pusiera en tanto peligro.
La otra es considerar•
que, si a mi sangre le quito
el derecho que le dieron
humano fuero y divino,
no es cristiana caridad;
pues ninguna ley ha dicho
que por reservar yo a otro
de tirano y de atrevido,
pueda yo serlo, supuesto
que si es tirano mi hijo,
porque él delitos no haga,
vengo yo a hacer los delitos.
Es la última y tercera
el ver cuánto yerro ha sido
dar crédito fácilmente
a los sucesos previstos;
pues aunque su inclinación
le dicte sus precipicios,
quizá no le vencerán,
porque el hado más esquivo,
la inclinación más violenta,

---

774 *reservas*. Sloman dice que aquí, lo mismo que en otros lugares de la comedia, equivale a «conservar». Creo que más bien el significado que le conviene es «eximir» o quizá «preservar». Covarrubias dice de este vocablo «reservar»: «Eximir y sacar de la cuenta alguna cosa, guardándola para sí.» *Vid*. también vv. 3120, 3122, 3221, 3224.

776-777 *supuesto que*: «modo adverbial, que vale puesto que, o bien que» *(Aut.)*. *Vid*. también vv. 879, 905.

785 *precipicios*. Aquí, tiene valor metafórico: «Metaphoricamente se toma por la ruina temporal o espiritual» *(Aut.)*.

787-791 Recuerda Cilveti lo que había dicho Olmedo (*Las fuentes de «La*

el planeta más impío,
sólo el albedrío inclinan,
no fuerzan el albedrío.
Y así, entre una y otra causa
vacilante y discursivo,
previne un remedio tal
que os suspenda los sentidos.
Yo he de ponerle mañana
sin que él sepa que es mi hijo
y rey vuestro, a Segismundo
(que aqueste su nombre ha sido)
en mi dosel, en mi silla,
y, en fin, en el lugar mío,
donde os gobierne y os mande,
y donde todos rendidos
la obediencia le juréis;
pues con aquesto consigo
tres cosas, con que respondo
a las otras tres que he dicho.
Es la primera, que siendo
prudente, cuerdo y benigno,
desmintiendo en todo al hado
que dél tantas cosas dijo,
gozaréis el natural
príncipe vuestro, que ha sido
cortesano de unos montes,
y de sus fieras vecino.
Es la segunda, que si él,
osado, soberbio, atrevido
y crüel, con rienda suelta
corre el campo de sus vicios,
habré yo piadoso entonces

discursivo: Aquí equivale a «pensativo, aplicado a la imaginación».

---

vida es sueño», Madrid, Edit. Voluntad, 1928, pág. 192): «La Iglesia había prohibido que se dijere que los astros podían forzar el libre albedrío, pero no que podían inclinarlo.» Precisamente, Basilio cuenta con esta posibilidad para hacer la prueba con su hijo y dudar de los augurios. *Vid.* también vv. 1110-1111, 1286-1287.

[793] *discursivo:* «vale también pensativo, o profundamente aplicado a su imaginación» *(Aut.)*.

con mi obligación cumplido;
y luego en desposeerle
haré como rey invicto,
siendo el volverle a la cárcel
no crueldad, sino castigo.
Es la tercera, que siendo
el príncipe como os digo,
por lo que os amo, vasallos,
os daré reyes más dignos
de la corona y el cetro,
pues serán mis dos sobrinos;
junto en uno el derecho
de los dos, y convenidos
con la fe del matrimonio
tendrán lo que han merecido.
Esto como rey os mando,
esto como padre os pido,
esto como sabio os ruego,
esto como anciano os digo;
y si el Séneca español,
que era humilde esclavo, dijo,
de su república un rey,
como esclavo os lo suplico.

ASTOLFO

Si a mí el responder me toca,
como el que en efeto ha sido
aquí el más interesado,
en nombre de todos digo
que Segismundo parezca, *parezca:* aparezca.
pues le basta ser tu hijo.

840-842 Entendámoslo así: «que un rey era humilde esclavo de su república». El texto de Séneca, que señaló Maccoll, creo que por primera vez, lo transcriben M. de Riquer, Sloman y Cilveti; pertenece al tratado *De clementia* (I, 8). Riquer cree que la frase de Calderón es traducción literal de un pasaje de Petrarca: «Bonus enim rex servus est publicus» (De remediis utriusque *fortunae*, I, 96).

845 *efeto*. *Vid.* nota al v. 747.

848 *parezca*. Lo mismo de «aparezca». Según *Aut.*: «Aparecer [*sic*] u dexarse ver alguna cosa.»

TODOS

Danos al príncipe nuestro,
que ya por rey le pedimos.

BASILIO

Vasallos, esa fineza
os agradezco y estimo.
Acompañad a sus cuartos
a los dos atlantes míos,
que mañana le veréis.

atlantes: personas que sustentan un gran peso. Por alusión a Atlas o Atlante, el gigante que sustentaba el firmamento con sus espaldas.

TODOS

¡Viva el grande rey Basilio!•
(Éntranse todos.)

[ESCENA VII]

(Antes que se entre el REY *sale* CLOTALDO, *con* RO-SAURA *y* CLARÍN, *y detiene al* REY.*)*

CLOTALDO

¿Podréte hablar?

BASILIO

¡Oh Clotaldo,
tú seas muy bien venido!

CLOTALDO

Aunque viniendo a tus pla[n]tas
es fuerza el haberlo sido,
esta vez rompe, señor,
el hado triste y esquivo,
el privilegio a la ley,
y a la costumbre el estilo.

---

855 *atlantes*. De «atlante», dice *Aut.:* «Voz mui usada de los Poetas, y algunas veces en la prosa para expressar aquello que real o metaphoricamente se dice de sustentar un gran peso, como quando para elogiar la sabiduría de un Ministro, o la valentía de un general se dice que es un Atlante de la Monarchía.» Creo que éste es el sentido que aquí le conviene. No olvidemos, por otra parte, que este nombre se relaciona con Atlante o Atlas, personaje mitológico que, convertido en montaña, sostenía el cielo sobre sus espaldas.

BASILIO

¿Qué tienes?

CLOTALDO

Una desdicha,
señor, que me ha sucedido,
cuando pudiera tenerla
por el mayor regocijo.

BASILIO

Prosigue.

CLOTALDO

Este bello joven,
osado o inadvertido,
entró en la torre, señor,
adonde al Príncipe ha visto,
y es…

BASILIO

No te aflijas, Clotaldo.
Si otro día hubiera sido,
confieso que lo sintiera;
pero ya el secreto he dicho,
y no importa que él lo sepa,
supuesto que yo lo digo,
Vedme después, porque tengo
muchas cosas que advertiros,
y muchas que hagáis por mí;
que habéis de ser, os aviso,
instrumento del mayor
suceso que el mundo ha visto;
y a esos presos, porque al fin
no presumáis que castigo
descuidos vuestros, perdono.
(Vase.)

supuesto que: puesto que.

CLOTALDO

¡Vivas, gran señor, mil siglos!

[879] *supuesto que*. *Vid.* nota al v. 776.

[ESCENA VIII]

CLOTALDO

(Aparte.) (Mejoró el cielo la suerte.
Ya no diré que es mi hijo,
pues que lo puedo excusar.)
Extranjeros peregrinos,
libres estáis.

ROSAURA

Tus pies beso
mil veces.

CLARÍN

viso: quizá «miro», jugando fonéticamente con «besar».

Y yo los viso,
que una letra más o menos
no reparan dos amigos.

ROSAURA

La vida, señor, me has dado;
y pues a tu cuenta vivo,

---

895 *viso.* Sloman aclara: «Stamp or endorse», siguiéndole acaso Cilveti, al escribir «endoso», probable traducción del «endorse» inglés. Martín de Riquer dice: «Juego de palabras de Clarín, bastante desgraciado, aunque sin duda alguna el verbo 'visar' debe tener algún sentido que yo ignoro y que debe dar pie a un chiste con 'besar'». La explicación que se me ocurre (de la que sólo conjeturo su validez) parte del término 'viso', arcaísmo utilizado incluso por Calderón en varias ocasiones (*vid.*, por ej., *En la vida todo es verdad...*, II jornada, V. 490, ed. Cruickshank, *op. cit.*, pág. 79). Si 'viso' era la 'vista', 'visar' equivaldría a 'ver' (modernamente ha adquirido el sentido de examinar documentación) en la aceptación calderoniana fundamentalmente crónica, no lo olvidemos. Si esto es así, el chiste simplemente procede del juego de palabras, fonéticamente semejantes, 'visar' y 'besar' («que una letra más o menos...»), con lo que sugiere Clarín a Clotaldo que él no le besa los pies como Rosaura, sin que sólo se los 'visa' o 'mira.' Otra posibilidad en Knowlton (Edgar C.) «'Viso' or 'piso' in Calderon's: *La vida es sueño*, line 895», en *BC* (1981), págs. 9-12.

898 Como observa Sloman, estas palabras tienen aquí doble sentido; de un lado, Rosaura expone su agradecimiento por darle la libertad Clotaldo; por otro, coinciden con la realidad del parentesco de Rosaura, que es hija de Clotaldo.

eternamente seré
esclavo tuyo.

CLOTALDO

No ha sido
vida la que yo te he dado,
porque un hombre bien nacido,
si está agraviado, no vive;
y supuesto que has venido
a vengarte de un agravio,
según tú propio me has dicho,
no te he dado vida yo,
porque tú no la has traído;
que vida infame no es vida.
(Aparte.) (Bien con aquesto le animo.)

propio: mismo.

ROSAURA

Confieso que no la tengo,
aunque de ti la recibo;
pero yo con la venganza
dejaré mi honor tan limpio,
que pueda mi vida luego,
atropellando peligros,
parecer dádiva tuya.

CLOTALDO

Toma el acero bruñido
que trujiste; que yo sé
que él baste, en sangre teñido•
de tu enemigo, a vengarte;
porque acero que fue mío
(digo este instante, este rato

---

905 *supuesto que. Vid.* nota al v. 776.

912-918 El sentido es claro. Rosaura no tiene vida porque está infamada, pero, cuando realice su venganza, la vida que entonces tenga procederá de la dádiva de Clotaldo que la ha salvado. De nuevo, aquí parece utilizado el doble sentido, pues no sólo la ha librado de la muerte, sino que realmente le ha dado vida como padre que es de ella.

920 *trujiste. Vid.* nota al v. 402.

924-925 Clotaldo quiere aclarar el posible equívoco de su frase, que tan directamente proclama su identidad.

que en mi poder le he tenido)
sabrá vengarte.

ROSAURA

En tu nombre
segunda vez me le ciño,
y en él juro mi venganza,
aunque fuese mi enemigo
más poderoso.

CLOTALDO

¿Eslo mucho?

ROSAURA

Tanto que no te lo digo;
no porque de tu prudencia
mayores cosas no fío,
sino porque no se vuelva
contra mí el favor que admiro
en tu piedad.

CLOTALDO

Antes fuera
ganarme a mí con decirlo;
pues fuera cerrarme el paso
de ayudar a tu enemigo
(Aparte.) (¡Oh, si supiera quién es!)

ROSAURA

Porque no pienses que estimo
tan poco esa confianza,
sabe que el contrario ha sido
no menos que Astolfo, duque
de Moscovia.

CLOTALDO

(Aparte.) (Mal resisto
el dolor, porque es más grave

926-927 Sloman reconoce que esta frase es deliberadamente ambigua, ya que puede significar: 1), «por segunda vez me ciño la espada en tu nombre», y 2), «en esta segunda ocasión que me ciño la espada lo hago en tu nombre».

que fue imaginado, visto.)
Apuremos más el caso.
Si moscovita has nacido,
el que es natural señor
mal agraviarte ha podido.
Vuélvete a tu patria, pues,
y deja el ardiente brío
que te despeña.

despeñas: metafóricamente «precipitas».

ROSAURA

Yo sé
que, aunque mi príncipe ha sido,
pudo agraviarme.

CLOTALDO

No pudo,
aunque pusiera, atrevido,
la mano en tu rostro,
(Aparte.) (¡Ay cielos!)

ROSAURA

Mayor fue el agravio mío.

CLOTALDO

Dilo ya, pues que no puedes
decir más que yo imagino.

ROSAURA

Sí dijera; mas no sé
con qué respeto te miro,
con que afecto te venero,

---

948 *apuremos. Vid.* nota al v. 103.

949-951 Si es súbdito de Astolfo, éste no ha podido agraviarle, porque el vasallo no recibe agravio de su señor natural. Esta idea, por muy peregrina que nos parezca hoy día, es la que aquí se expone. Admitir el agravio de un rey a un súbdito, sería tanto como admitir su injusticia, habida cuenta que «agravio» era «la acción injusta e injuriosa» *(Aut.).*

954 *despeña.* Del término «despeñarse» dice *Aut.:* «metaphoricamente vale precipitarse, desenfrenarse y entregarse ciegamente y sin consideración a alguna cosa: como a los vicios, maldades, etc.».

957-968 Este texto parece a Sloman eco de *Yerros...*, en donde el Príncipe Polidoro abofetea a Filipo.

con qué estimación te asisto,
que no me atrevo a decirte
que es este exterior vestido
enigma, pues no es de quien
parece. Juzga advertido,
si no soy lo que parezco,
y Astolfo a casarse vino
con Estrella, si podrá
agraviarme. Harto te he dicho.
(Vanse ROSAURA *y* CLARÍN.*)*

CLOTALDO

¡Escucha, aguarda, detente!
¿Qué confuso laberinto
es éste, donde no puede
hallar la razón el hilo?
Mi honor es el agraviado,
poderoso el enemigo,
yo vasallo, ella mujer.
Descubra el cielo camino;
aunque no sé si podrá,
cuando en tan confuso abismo
es todo el cielo un presagio,
y es todo el mundo un prodigio.

975-977 Alusión al Laberinto de Creta, donde penetró Teseo, ayudado de Ariadna, para matar al Minotauro (*vid.* nota al v. 140).

SEGUNDA JORNADA
de LA VIDA ES SUEÑO

[ESCENA PRIMERA]

(Salen el REY BASILIO *y* CLOTALDO.*)*

CLOTALDO

Todo, como lo mandaste,
queda efetuado.

BASILIO

Cuenta,
Clotaldo, cómo pasó.

CLOTALDO

Fue, señor, desta manera.
Con la apacible• bebida
que de confecciones llena
hacer mandaste, mezclando
la virtud de algunas hierbas,
cuyo tirano poder
y cuya secreta fuerza
así al humano discurso

---

987 *efetuado. Vid.* nota al v. 747.

991 *confecciones:* «compuesto de varios simples, preparado con el punto correspondiente al uso que ha de tener, o a la materia a que se ha de aplicar». *(Aut.).* Qué clase de compuesto sea, viene detallado más adelante (vv. 1023-1024).

996 *discurso:* «se toma muchas veces por el uso de la razón» *(Aut.).*

priva, roba y enajena,
que deja vivo cadáver
a un hombre, y cuya violencia,
adormecido, le quita
los sentidos y potencias...
(No tenemos que argüir
que aquesto posible sea,
pues tantas veces, señor,
nos ha dicho la experiencia,
y es cierto, que de secretos
naturales está llena
la medicina, y no hay
animal, planta ni piedra
que no tenga calidad
determinada; y si llega
a examinar mil venenos
la humana malicia nuestra
que den la muerte, ¿qué mucho
que, templada su violencia
pues hay venenos que maten,
haya venenos que aduerman?
Dejando aparte el dudar
si es posible que suceda,
pues que ya queda probado
con razones y evidencias...)
con la bebida, en efeto,
que el opio, la adormidera
y el beleño compusieron,
bajé a la cárcel estrecha
de Segismundo; con él
hablé un rato de las letras
humanas que le ha enseñado
la muda naturaleza

beleño: planta que como las anteriores produce efectos narcóticos.

1022 *efeto. Vid.* nota al v. 747.

1024 *beleño:* «planta solanácea, de fruto capsular con muchas semillas pequeñas, redondas y amarillentas. Toda la planta, especialmente la raíz, es narcótica» *(DRAE)*. Para más detalles sobre las variedades de esta planta puede verse Oleg Polunin, *Guía de campo de las flores de Europa*, Barcelona, Omega, 1974, pág. 430.

de los montes y los cielos,
en cuya divina escuela
la retórica aprendió
de las aves y las fieras.•
Para levantarle más
el espíritu a la empresa
que solicitas, tomé
por asumpto la presteza
de un águila caudalosa•

águila caudalosa: águila caudal o real.

[1038] *águila caudalosa*. Me atrevo a suponer que se refiere a la llamada «águila caudal». Nos resuelve el problema *Aut*. «La que tiene la pluma rubia encendida, semejante al color del león», definición que además conviene perfectamente con lo que Calderón nos dice más adelante de ella (vv. 1042-1043). El mismo *DRAE* advierte: «Águila caudal o *caudalosa*. Águila real.» Aquí se corrobora que *caudalosa* viene de *caudal*, como sospechábamos, y que sería a su vez una forma del águila real, de la que se dice que tiene cabeza, nuca y parte superior de las cobertoras secundarias de color dorado (*vid*. Roger Peterson, Guy Mountfort y P. a. D. Hollom, *Guía de campo de las aves de España y demás Países de Europa*, Barcelona, Omega, 1973, pág. 94). Lope también mencionó al «águila caudalosa» en *El perro del hortelano* (*vid*. ed. D. Kossof, Madrid, Castalia, 1970, pág. 131, v. 1362). Pero además, he encontrado alguna referencia del propio Calderón acerca del águila caudal o caudalosa. En *Hombre pobre todo es trazas* nos cuenta su historia que tiene evidentes puntos de concomitancia con lo que aquí se ha dicho de ella:

oíd lo que a una caudal
águila, le sucedió.
Esta, que con muestras graves
es, sin fatigado aliento,
en los imperios del viento
reina de todas las aves,
quiso que la esfera octava
hija del sol la presuma;
y siendo bajel de pluma,
ondas de fuego surcaba.
Llegó a la región dorada,
y con sedientos desmayos
anhelando por los rayos
del sol medio desmayada
se volvió a la tierra, y vio
que ninguna ave podía
seguir el vuelo que había
intentado, y dijo: Yo
sola penetré la esfera
de diamantes guarnedida;
que muriendo de atrevida,
no moriré cuando muera;
pues cuando rayo deshecho
y cometa desasido,
Fénix del Sol, baje herido
de rayos de luz mi pecho;
el despeñarme, el morir,
el abrasarme, el caer,
todos no podrán hacer
que ahora deje de subir:
pues a este aliento atrevido
que hasta el sol pudo llegar,
el caer no ha de quitar
la gloria de haber subido

(Aguilar, II, pág. 207, a-b).

que, despreciando la esfera
del viento, pasaba a ser,
en las regiones supremas
del fuego, rayo de pluma,
o desasido cometa.

También aparece la expresión en el auto *Los misterios de la misa* (*vid.* Aguilar, III, pág. 307), y en El *Príncipe Constante*, V. 2333, Ed. A. Porqueras, Madrid, Clásicos Castellanos, 1975).

Las imágenes «rayo de pluma» y «desasido cometa», por tanto, provienen de la configuración del «águila caudal o caudalosa», no de que sea la única ave a la que no deslumbra el sol, como sugiere Sloman, idea que seguramente ha tomado de Covarrubias, donde dice: «Fingen los poetas [se refiere al águila en general] ser la armígera del dios Júpiter, que le suministraba los rayos, y dio ocasión a esta fábula la naturaleza suya, por quanto, según algunos autores, entre todas las demás aves, ella sola no es herida del rayo y los del sol mira de hito en hito.»

1039-1040 *esfera del viento.* Recordemos que la concepción del universo, según Ptolomeo, suponía la existencia de una tierra esférica que ocuparía un punto fijo del espacio, envuelta inmediatamente por las esferas del aire y del fuego, etc. Calderón supone que el águila caudalosa ha traspasado la esfera del aire y ha llegado hasta el fuego. La puntuación de Sloman es así:

...pasaba a ser
en las regiones supremas
del fuego rayo de pluma.

Pero creo que el sentido, tal como acabamos de ver, exige una puntuación (comas) que aísle el complemento: «en las regiones supremas del fuego»; si no, parecería, como debe creer Sloman, que «fuego» depende de «rayo de pluma». Para la concepción ptolomeica del universo, pueden confrontarse otros textos. Por ej., el que sigue:

Qué es ver, sin mortal desmayo,
una garza, cuyo aliento
átomo es de pluma al viento,
al fuego es de pluma rayo,
y de una y otra suprema
región el término errante
escala que en un instante
ya se hiela, o ya se quema?
(*Luis Pérez el Gallego*, Aguilar, I, pág. 151).

Consúltese Otis H. Green, *España y la tradición occidental,* Madrid, Gredos, 1969, II, págs. 237-238.

Encarecí el vuelo altivo,
diciendo: «Al fin eres reina
de las aves, y así a todas
es justo que te prefieras.»
Él no hubo menester más,
que en tocando esta materia
de la majestad, discurre
con ambición y soberbia;
porque en efecto la sangre
le incita, mueve y alienta
a cosas grandes, y dijo:
«¡Que en la república inquieta
de las aves también haya
quien les jure la obediencia!
En llegando a este discurso
mis desdichas me consuelan;
pues, por lo menos, si estoy
sujeto, lo estoy por fuerza,
porque voluntariamente
a otro hombre no me rindiera.»
Viéndole ya enfurecido
con esto, que ha sido el tema
de su dolor, le brindé
con la pócima, y apenas
pasó desde el vaso al pecho
el licor, cuando las fuerzas
rindió al sueño, discurriendo
por los miembros y las venas
un sudor frío, de modo
que a no saber yo que era

discurso: aquí «razonamiento».

1058 *discurso.* «facultad racional con que se infieren unas cosas de otras» *(Aut.).* Creo que aquí conviene una definición más o menos semejante a la que nos da *Aut.* No veo, sin embargo, coincidencia entre el sentido que aquí tiene «discurso» con el del v. 996, como sostiene Sloman, que inexplicablemente mezcla dos definiciones distintas de *Aut.,* como si fueran sinónimas o complementarias. En un caso (el del v. 996), se refiere al uso de la razón, como facultad humana; aquí, se refiere al razonamiento, como acto de esa misma facultad.

1070 *discurriendo.* Aquí, «discurrir» es: «andar, caminar, correr por diversas partes o parages» *(Aut.).*

muerte fingida, dudara
de su vida. En eso llegan
las gentes de quien tú fías
el valor desta experiencia,
y poniéndole en un coche
hasta tu cuarto le llevan,
donde prevenida estaba
la majestad y grandeza
que es digna de su persona.
Allí en tu cama le acuestan,
donde al tiempo que el letargo
haya perdido la fuerza,
como a ti mismo, señor,
le sirvan, que así lo ordenas.
Y si haberte obedecido
te obliga a que yo merezca
galardón, sólo te pido
(perdona mi inadvertencia)
que me digas qué es tu intento,
trayendo desta manera
a Segismundo a palacio.

BASILIO

Clotaldo, muy justa es esa
duda que tienes, y quiero
solo a vos satisfacerla.
A Segismundo, mi hijo,
el influjo de su estrella
(vos lo sabéis) amenaza

1076 *quien. Vid.* nota a los vv. 518 y 615.

1077 *valor*. Creo que aquí conviene la siguiente definición: «Significa también fuerza, actividad, eficacia, o virtud de las cosas, para producir sus efectos» *(Aut.)*.

1095-1101 Aquí hay una mezcla de tratamientos que ya observaron Riquer y Sloman.

1097 *solo*. Puesto que Basilio ya ha revelado a la Corte con anterioridad sus intenciones con respecto a Segismundo, piensa Sloman que este «solo» debe equivaler a «a solas». Tampoco sería nada raro encontrar una inconsecuencia en el autor. De todas formas, no tengo la certeza de que el significado sea realmente el aducido por Sloman.

mil desdichas y tragedias.
Quiero examinar si el cielo
(que no es posible que mienta,
y más habiéndonos dado
de su rigor tantas muestras
en su crüel condición)
o se mitiga o se templa
por lo menos, y vencido
con valor y con prudencia
se desdice; porque el hombre
predomina en las estrellas.
Esto quiero examinar,
trayéndole donde sepa
que es mi hijo, y donde haga
de su talento la prueba.
Si magnánimo se vence
reinará; pero si muestra
el ser crüel y tirano,
le volveré a su cadena•.
Ahora preguntarás
que para aquesta experiencia,
¿que importó haberle traído
dormido desta manera?
Y quiero satisfacerte,
dándote a todo respuesta.
Si él supiera que es mi hijo
hoy, y mañana se viera
segunda vez reducido
a su prisión y miseria,
cierto es de su condición
que desesperara en ella;
porque sabiendo quién es

[1106] *condición:* «natural o genio de los hombres». *(Aut.).*

[1111] Es decir, «tiene mayor fuerza que el hado».

[1115] *talento.* Aquí, creo que significa «caudal de dones naturales» *(Aut.)*, sin especificar el resultado positivo de ellos, prueba de lo cual son los versos siguientes, donde opone la calidad positiva «magnánimo» a la negativa «cruel y tirano». La otra definición de *Aut.*, elegida por Sloman, significa tomar partido por la evidente positividad, que aquí no aparece como necesaria.

¿qué consuelo habrá que tenga?
Y así he querido dejar
abierta al daño esta• puerta
del decir que fue soñado
cuanto vio. Con esto llegan
a examinarse dos cosas.
Su condición, la primera;
pues él despierto procede
en cuanto imagina y piensa.
Y el consuelo, la segunda;
pues aunque agora se vea
obedecido, y después
a sus prisiones se vuelva,
podrá entender que soñó
y hará bien cuando lo entienda;
porque en el mundo, Clotaldo,
todos los que viven sueñan.

CLOTALDO

Razones no me faltaran
para probar que no aciertas.
Mas ya no tiene remedio;
y según dicen las señas,
parece que ha despertado,
y hacia nosotros se acerca.

BASILIO

Yo me quiero retirar.
Tú, como ayo suyo, llega,
y de tantas confusiones
como su discurso cercan
le saca con la verdad.

CLOTALDO

En fin, ¿que me das licencia
para que lo diga?

BASILIO

Sí;
que podrá ser, con saberla,

1159 *discurso*. *Vid.* nota al v. 1058.

que, conocido el peligro,
más fácilmente se venza.
(Vase, y sale CLARÍN.*)*

[ESCENA II]

CLARÍN

(Aparte.) (A costa de cuatro palos
que el llegar aquí me cuesta
de un alabardero rubio
que barbó de su librea,
tengo de ver cuanto pasa;
que no hay ventana más cierta
que aquella que, sin rogar
a un ministro de boletas,
un hombre se trae consigo;
pues para todas las fiestas
despojado y despejado
se asoma a su desvergüenza.)

barbó de su librea: que le salieron barbas de su traje, alusión cómica al mismo color de traje y barbas.

ministro de boletas: empleado que reparte entradas.

CLOTALDO

(Aparte.) (Éste es Clarín, el criado
de aquella, ¡ay, cielos, de aquella!
que, trantante de desdichas,
pasó a Polonia mi afrenta.)
Clarín, ¿qué hay de nuevo?

1169 *que barbó de su librea.* Es decir, «que le salieron barbas de su librea», aludiendo al color igual de la barba del alabardero que le golpeó y de la librea.

1171-1177 No sé si tiene razón Sloman en considerar que «la ventana más cierta» sean los «ojos». Creo que es mejor la «desvergüenza» por el hecho de asomarse a ella (*vid.* v. 1177). También Cilveti piensa que son los «ojos»; evidentemente, sigue a Sloman. Los «boletos» parecen «entradas» para ver un espectáculo. Nadie justifica el v. 1176 («despojado y despejado»); probablemente se refiera al hombre que, por sus medios naturales y su desvergüenza, asiste a todas las fiestas y que, por tanto, va sin nada necesario para esa fiesta (despojado), y desembarazado de lo que le sobra (despejado).

1180-1181 *tratante.* Se toma, evidentemente, en un sentido metafórico de «comerciante»; y «pasó» deriva de ese sentido figurado, significando el hecho de «transferir la mercancía». Observemos cómo un valor figurado genera otro.

CLARÍN

Hay,
señor, que tu gran clemencia,
dispuesta a vengar agravios
de Rosaura, la aconseja
que tome su propio traje.

CLOTALDO

Y es bien, porque no parezca
liviandad.

CLARÍN

Hay que, mudando
su nombre y tomando, cuerda,
nombre de sobrina tuya,
hoy tanto honor se acrecienta
que dama en palacio ya
de la singular Estrella
vive.

CLOTALDO

Es bien que de una vez
tome su honor por mi cuenta.

CLARÍN

Hay que ella se está esperando
que ocasión y tiempo venga
en que vuelvas por su honor.

vuelvas por: defiendas.

1185-1188 *parezca liviandad.* Porque no parecía decente que una mujer fuese disfrazada de hombre. Calderón no utilizó mucho este recurso, contra lo que suele creerse (sobre todo, si se compara con Lope o Tirso), como ha señalado A. Valbuena Briones (*vid.* ed. de *La dama duende*, Clásicos Castellanos, 1962, págs. XVII-XVIII): «El que en su drama más conocido *La vida es sueño*, Rosaura se disfrace de hombre no indica una pauta. Nosotros no recordamos nada más que dos casos entre las comedias de capa y espada, y no son precisamente las más típicas...» Se refiere a *Las manos blancas no ofenden* y *El castillo de Lindabridis*. Para el tema de la mujer vestida de hombre, véase C. Bravo-Villasante, *La muler vestida de hombre en el teatro español*, Madrid, S.G.E.L., 1976.

1188-1190 Es decir, «cambiando el nombre y prudentemente pasando por sobrina suya».

1198 *vuelvas por*. De «volver» dice *Aut.*: «Junto con la partícula por, significa defender, u patrocinar el sugeto, u otra de que se trata.»

CLOTALDO

Prevención segura es ésa;
que al fin el tiempo ha de ser
quien haga esas diligencias.

CLARÍN

Hay que ella está regalada,
servida como una reina,
en fe de sobrina tuya.
Y hay que, viniendo con ella,
estoy yo muriendo de hambre,
y naide de mí se acuerda,
sin mirar que soy Clarín,
y que si el tal Clarín suena,
podrá decir cuanto pasa
al Rey, a Astolfo y a Estrella;
porque Clarín y crïado
son dos cosas que se llevan
con el secreto muy mal;
y podrá ser, si me deja
el silencio de su mano,
se cante por mí esta letra:

en fe de: en calidad de.

naide: nadie. Vulgarismo.

1204 *en fe de:* «vale lo mismo que en consequencia, en fuerza, en inteligencia de alguna cosa» *(Aut.)*.

1207 *naide.* Aquí, parece vulgarismo más claro que en v. 294 (*vid.* nota a este verso).

1218-1219 Como recuerda Sloman, estos versos son parte de un romance de Góngora que empieza *Contando estaban sus rayos:*

¡Ay cómo gime, más ay cómo suena,
gime y suena
el remo a que nos condena
el niño amor!
Clarín que rompe el albor
no suena mejor.

(*Vid.* Luis de Góngora, *Obras completas*, ed. Millé, Madrid, Aguilar, 1961[5], pág. 197, romance, 72).

Esta cancioncilla gongorina tiene una gran aceptación en Calderón. La utiliza en las obras *En la vida todo es verdad y todo mentira, Céfalo y Procris, ¿Cuál es mayor Perfección?*, y de ella han hecho adaptaciones otros autores también (para todo esto, *vid. Poesías líricas en las obras dramáticas*

Clarín que rompe el albor
no suena mejor.

CLOTALDO

Tu queja está bien fundada;
yo satisfaré tu queja,
y en tanto sírveme a mí.•

CLARÍN

Pues ya Segismundo llega.

[ESCENA III]

(Salen músicos cantando, y criados, dando de vestir a SEGISMUNDO, *que sale como asombrado.)*

SEGISMUNDO

¡Válgame el cielo, qué veo!
¡Válgame el cielo, qué miro!

---

de Calderón, ed. E. M. Wilson y J. Sage, ed. cit., pág. 13). Otra adaptación recuerda Cruickshank en Sor Juana Inés de la Cruz (*vid. En la vida todo es verdad...* ed. cit., pág. 225).

1222-1223 Sobre este texto, especula Sloman si no sería alusión a Lope de Vega (el Fénix), y estaría fuera de lugar («es cosa vieja») el hacer esta referencia una vez muerto el gran dramaturgo. De ahí, la supresión en otras ediciones. Pero, sin rechazar esto, no creo que sea necesario acudir a tal alusión. Es bien sabido que el ave fénix no moría realmente nunca, pues siempre renacía de sus cenizas; el aludir a esto se constituyó en un verdadero tópico, y, de ahí, puede venir la idea de ser «cosa vieja» el utilizarlo.

1224-1247 Pasaje paralelo en el auto *La vida es sueño* (vv. 833 y sigs.). Forma parte de un sistema de expresión calderoniano un tanto estereotipado (*vid.*, por ej., *Cada uno para sí*, Aguilar, II, pág. 1683), tanto que el propio Calderón toma conciencia de ello y se autoimita irónicamente (*vid. El acaso y el error,* Aguilar, II, pág. 742).

¡Yo mósicas y yo galas!
¡Yo dorados paramentos!
¡Yo cama blanda y mullida!
¡Yo damas! Si bien me acuerdo,
parece quiere este paso
algo de «La vida es sueño»;

Con poco espanto lo admiro
con mucha duda lo creo.
   ¿Yo en palacios suntüosos?
¿Yo entre telas y brocados?
¿Yo cercado de crïados
tan lucidos y brïosos?
   ¿Yo despertar de dormir•
en lecho tan excelente?
¿Yo en medio de tanta gente
que me sirva de vestir?
   Decir que sueño es engaño;
bien sé que despierto estoy.
¿Yo Segismundo no soy?
Dadme, cielos, desengaño.
   Decidme: ¿qué pudo ser
esto que a mi fantasía
sucedió mientras dormía,
que aquí me he llegado a ver?
   Pero sea lo que fuere,
¿quién me mete en discurrir?
Dejarme quiero servir,
y venga lo que viniere.

[CRIADO] 2

¡Qué melancólico está!

[CRIADO] 1

Pues ¿a quién le sucediera
esto, que no lo estuviera?

CLARÍN

A mí.

[CRIADO] 2

Llega a hablarle ya.•

---

mas dure lo que durare,
Diana soy mientras despierto.

Así, la sirvienta Gileta, convertida por un acaso en princesa, parodia a Segismundo.

[CRIADO] 1

¿Volverán a cantar?

SEGISMUNDO

No,
no quiero que canten más.

[CRIADO] 2

Como tan suspenso estás,
quise divertirte.

SEGISMUNDO

yo
no tengo de divertir
con sus voces mis pesares;
las músicas militares
sólo he gustado de oír.

CLOTALDO

Vuestra Alteza, gran señor,
me dé su mano a besar;
que el primero le ha de dar
esta obediencia mi honor.

SEGISMUNDO

(Aparte.) Clotaldo es; pues ¿como así
quien en prisión me maltrata
con tal respeto me trata?
¿Qué es lo que pasa por mí?

CLOTALDO

Con la grande confusión
que el nuevo estado te da,
mil dudas padecerá
el discurso y la razón.
Pero ya librarte quiero
de todas, si puede ser,

discurso: razonamiento.

[1255-1259] La preferencia por la música militar de Segismundo también se produce en Eraclio, el personaje de *En la vida todo es verdad...* (ed. cit. de Cruickshank, pág. 82, vv. 550-551).

[1271] *discurso*. *Vid.* nota al v. 1058.

porque has, señor, de saber
que eres príncipe heredero
de Polonia. Si has estado
retirado y escondido,
por obedecer ha sido
a la inclemencia del hado,
que mil tragedias consiente
a este imperio, cuando en él
el soberano laurel
corone tu augusta frente.
Mas fiando a tu atención
que vencerás las estrellas,•
porque es posible vencellas
a un magnánimo varón,
a palacio te ha traído
de la torre en que vivías,
mientras al sueño tenías
el espíritu rendido.
Tu padre, el Rey mi señor,
vendrá a verte, y dél sabrás,
Segismundo, lo demás.

SEGISMUNDO

Pues vil, infame y traidor•,
¿qué tengo más que saber,
después de saber quién soy,
para mostrar desde hoy,
mi soberbia y mi poder?
¿Cómo a tu patria le has hecho
tal traición, que me ocultaste
a mí, pues que me negaste,
contra razón y derecho,
este estado?

CLOTALDO

¡Ay de mí, triste!

1284 *atención*. Aquí, debe significar «cuidado, precaución». *Vid*. v. 2361.

1300 Una situación y expresión parecidas en la obra *En la vida todo es verdad…*, ed. cit., pág. 143, vv. 650-653, III jornada.

SEGISMUNDO

Traidor fuiste con la ley,
lisonjero con el Rey,
y crüel conmigo fuiste;
y así el Rey, la ley y yo,
entre desdichas tan fieras,
te condenan a que mueras
a mis manos.

[CRIADO] 2

Señor…

SEGISMUNDO

No
me estorbe nadie, que es vana
diligencia; y ¡vive Dios!
si os ponéis delante vos
que os eche por la ventana.

[CRIADO] 1

Huye, Clotaldo.

CLOTALDO

¡Ay de ti,
qué soberbia vas mostrando,
sin saber que estás soñando!
(Vase.)

[CRIADO] 2

Advierte…

SEGISMUNDO

Apartad• de aquí.

[CRIADO] 2

…que a su Rey obedeció.

SEGISMUNDO

En lo que no es justa ley
no ha de obedecer al Rey;
y su príncipe era yo.

[CRIADO] 2

Él no debió examinar
si era bien hecho o mal hecho.

SEGISMUNDO

Que estáis mal con vos, sospecho,
pues me dais que replicar.

CLARÍN

Dice el Príncipe muy bien,
y vos hicistes muy mal.

hicistes: hiciste. Por analogía con las formas de plural (hicisteis), como ocurre hoy en el habla vulgar.

[CRIADO] 1

¿Quién os dio licencia igual?

CLARÍN

Yo me la he tomado.

SEGISMUNDO

¿Quién
eres tú?, di.

CLARÍN

Entremetido,
y deste oficio soy jefe,
porque soy el mequetrefe
mayor que se ha conocido.

SEGISMUNDO

Tú solo en tan nuevos mundos
me has agradado.

CLARÍN

Señor,
soy un grande agradador
de todos los Segismundos.

1334 *mequetrefe.* «el hombre entremetido, bullicioso, y de poco provecho» *(Aut.)*. Viene a ser, por tanto, sinónimo del «entremetido» del v. 1332.

[ESCENA IV]

(Sale Astolfo.)

ASTOLFO

¡Feliz mil veces el día,
oh, Príncipe, que os mostráis,
sol de Polonia, y llenáis
de resplandor y alegría
todos estos horizontes
con tan divino arrebol;
pues que salís como el sol
de debajo• de los montes!
Salid, pues, y aunque tan tarde
se corona vuestra frente
del laurel resplandeciente,
tarde muera.

arrebol: color rojo del amanecer.

SEGISMUNDO

Dios os guarde.

ASTOLFO

El no haberme conocido
sólo por disculpa os doy
de no honrarme más. Yo soy
Astolfo, duque he nacido
de Moscovia, y primo vuestro;
haya igualdad en los dos.

1345 *arrebol.* «color roxo, que toman las nubes heridas con los rayos del Sol: lo que regularmente sucede al salir o al ponerse» *(Aut.)*.

1351 *Dios os guarde.* Sloman aduce un texto de las *Epístolas Familiares* de Antonio de Guevara que puede explicar el sentido de la incorrección cortesana cometida por Segismundo: «Acá, en nuestra Castilla, es cosa de espantar y aun para se reír las maneras y diversiones que tienen en se saludar... Unos dicen *Dios mantenga,* otros *Mantengaos Dios,* otros *en buena hora estéis.* Todas estas maneras de saludar se usan solamente entre los aldeanos y plebeyos, y no entre los cortesanos y ombres polidos; porque si, por malos de sus pecados, dijese uno a otro en la Corte *Dios o Dios os guarde,* le lastimarían en la honra y le dejarían una grita. El estilo de la corte es decirse unos a otros: *Beso las manos de vuestra merced.*»

SEGISMUNDO

Si digo que os guarde Dios,
¿bastante agrado no os muestro?
Pero ya que, haciendo alarde
de quien sois•, desto os quejáis
otra vez que me veáis
le diré a Dios que no os guarde.

[CRIADO] 2

(A Astolfo.) Vuestra Alteza considere
que como en montes nacido
con todos ha procedido.
(A Segismundo.) Astolfo, señor, prefiere…

SEGISMUNDO

Cansóme como llegó
grave a hablarme; y lo primero
que hizo, se puso el sombrero.

[CRIADO] 2

Es Grande.

SEGISMUNDO

Mayor soy yo.

[CRIADO] 2

Con todo eso, entre los dos
que haya más respeto es bien
que entre los demás.

SEGISMUNDO

¿Y quién
os mete conmigo a vos?

1369-1371 Se refiere al conocido privilegio de los Grandes de España de poder estar cubiertos ante el Rey. *Aut*. indica: «El que por su nobleza y merecimiento tiene en España la preeminencia de poderse cubrir delante del Rey.» Segismundo juega con el doble valor de la palabra «grande».

[ESCENA V]

(Sale Estrella.)

ESTRELLA

Vuestra Alteza, señor, sea
muchas veces bien venido
al dosel, que agradecido
le recibe y le desea,
adonde, a pesar de engaños,
viva augusto y eminente,
donde su vida se cuente
por siglos, y no por años.

dosel: la cortina con techo.

SEGISMUNDO

Dime tú agora, ¿quién es
esta beldad soberana?
¿Quién es esta diosa humana,
a cuyos divinos pies
postra el cielo su arrebol?
¿Quién es esta mujer bella?

CLARÍN

Es, señor, tu prima Estrella.

SEGISMUNDO

Mejor dijeras el sol.
Aunque el parabién es bien
darme del bien que conquisto,
de sólo haberos hoy visto
os admito el parabién;
y así, del llegarme a ver
con el bien que no merezco,

1378 *dosel:* «la cortina con su cielo, que ponen a los reyes y después a los titulados, y lo mesmo es en el estado eclesiástico, entre los prelados» (Cov.).

1392-1395 Para ser mejor comprendido este juego de palabras, puede construirse así: «Aunque es bien darme el parabién del bien que conquisto.» Es decir, «aunque está bien que me deis el parabién, sólo lo admito por haberos visto». De «parabién» dice *Aut.*: «Expresión que se hace a otro, para manifestar el gusto y el placer que se tiene de que se haya logrado algún buen suceso.»

el parabién agradezco,
Estrella; que amanecer
podéis, y dar alegría
al más luciente farol.
¿Qué dejáis que hacer al sol,
si os levantáis con el día?
Dadme a besar vuestra mano,
en cuya copa de nieve
el aura candores bebe.

aura: aire leve; *candores:* blancura que resplandece.

ESTRELLA

Sed más galán cortesano.

ASTOLFO

(Aparte.) Si él toma la mano, yo
soy perdido•.

[CRIADO] 2

(Aparte.) El pesar sé
de Astolfo, y le estorbaré.
Advierte, señor, que no
es justo atreverte así,
y estando Astolfo...

1405 *aura:* «aire leve, suave, lo más blando y sutil del viento, que sin ímpetu se dexa sentir. Es voz más usada en la Poesía» *(Aut.)*. El mismo Diccionario cita estos versos de *La vida es sueño* (auto):

La tierra sus flores,
el agua su espejo,
sus auras el aire,
sus luces el fuego.
(vv. 826-829).

1406 *candores:* «la blancura, no entendida simplemente como color, sino la que está unida y tiene en sí resplandor, y arroja de sí una como luz» *(Aut.)*.

1407 No tengo más referencias de que el besar la mano en la Corte a una mujer fuese de poca galanura, pero el contexto no deja aquí lugar a dudas sobre este hecho. Quizá sea debido a la circunstancia de ser prometida de otro. En la penúltima representación que vi de la obra, la actitud simplemente descortés en este acto, tal como lo realizaba el actor, no dejaba lugar a dudas de su incorrección. Son ventajas de la representación con relación al mero texto.

SEGISMUNDO

¿No digo
que vos no os metáis conmigo?

[CRIADO] 2

Digo lo que es justo.

SEGISMUNDO

A mí
todo eso me causa enfado.
Nada me parece justo
en siendo contra mi gusto.

[CRIADO] 2

Pues yo, señor, he escuchado
de ti que en lo justo es bien
obedecer y servir

SEGISMUNDO

También oíste decir
que por un balcón, a quien
me canse, sabré arrojar.

[CRIADO] 2

Con los hombres como yo
no puede hacerse eso.

SEGISMUNDO

¿No?
¡Por Dios, que lo he de probar!

(Cógele en los brazos y éntrase,
y todos tras él, y torna a salir.)

ASTOLFO

¿Qué es esto que llego a ver?

1422-1424 En *Yerros de naturaleza y aciertos de la fortuna* hay una escena parecida, en que Matilde amenaza con lo mismo al gracioso Tabaco:

Matilde: *¿Esto sufro? Si en tu vida*
me entras aquí ¡vibe el cielo!
que te eche por vn balcón.

(*Ed. E. Juliá*, Madrid, Hernando, 1930, pag. 123, vv. 1996-1999).

ESTRELLA

Llegad todos a ayudar.
(Vase.)

SEGISMUNDO

Cayó del balcón al mar.
¡Vive Dios que pudo ser!

ASTOLFO

Pues medid con más espacio
vuestras acciones severas;
que lo q[ue] hay de hombres a fieras
hay desde un monte a palacio.

SEGISMUNDO

Pues en dando tan severo
en hablar con entereza,

1430 Sobre el «mar» de Polonia, escribió Hartzenbusch: «Polonia no tenía puertos: Calderón por consiguiente no pudo colocar la acción del drama en una ciudad marítima. A este cargo que se ha hecho al autor por estos dos versos, creo que se responde muy fácilmente. *Mar* se llamaba en tiempo de Calderón al de *Ontígola,* que es un estanque; *Mar* se llamó después al estanque grande de los jardines de la Granja. *Cayó del balcón al mar* querrá, según esto, decir: "cayó a un estanque de los jardines de palacio, cayó al estanque que está debajo del balcón".» M. de Riquer, por su parte, enjuicia así esta cuestión: «Hartzenbusch anota que Polonia no tenía puertos, y que, por lo tanto, este *mar* debería de ser algún estanque de los jardines de palacio. El hecho no tiene ninguna importancia, pues Calderón no se fijaba en los detalles geográficos de poca monta. No obstante, quien se equivocó fue Hartzenbusch, pues Polonia, a partir de 1577, tuvo salida al mar por Dantzig y, al incorporarse la Livonia en 1582, dispuso de una franja de costa en el Báltico. Adviértase que en los versos 2995-2997 Segismundo da a entender que el sol se pone en el mar.» Sloman afirma también que Polonia tenía acceso al Báltico en tiempos de Calderón, pero que también *mar* puede significar lago o extensión de agua. La expresión de Calderón, pues, no parece fácil de interpretar; incluso algún comentarista, como Rafael Gastón (*La vida es sueño,* Zaragoza, Ed. Ebro, 1972[15], pág. 73), sugiere que las *verdinegras ondas* del v. 2997 «pudieron también referirse al oscuro verdear de un bosque...». En resumen, creemos difícil dar una única respuesta satisfactoria. Calderón pudo muy bien ignorar la situación real de Polonia desde el punto de vista geográfico, porque no es raro encontrar en su obra inexactitudes, anacronismos, etc. La acepción de *mar* por *estanque* en Calderón está también por probar.

quizá no hallaréis cabeza
en que se os tenga el sombrero.
(Vase Astolfo y sale el Rey.)

[ESCENA VI]

BASILIO

¿Qué ha sido esto?

SEGISMUNDO

Nada ha sido.
A un hombre que me ha cansado
de ese balcón he arrojado.

CLARÍN

Que es el Rey está advertido.

BASILIO

¿Tan presto una vida cuesta
tu venida el• primer día?

SEGISMUNDO

Díjome que no podía
hacerse, y gané la apuesta.

CLARÍN

Pésame mucho que cuando,
príncipe, a verte he venido,
pensando hallarte advertido,
de hados y estrellas triunfando,
con tanto rigor te vea,
y que la primera acción
que has hecho en esta ocasión
un grave homicidio sea.
¿Con qué amor llegar podré
a darte agora mis brazos,
si de sus soberbios lazos,

[1443] *está.* Sloman lo considera imperativo; *vid.* nota al v. 1319. De todas formas, aunque creo que tiene razón, bien pudiera no dirigirse necesariamente a Segismundo, sino simplemente hacer un aparte.

que están enseñados sé
a dar muertes?• ¿Quién llegó
a ver desnudo el puñal
que dio una herida mortal,
que no temiese? ¿Quién vio
sangriento el lugar, adonde
a otro hombre dieron muerte,
que no sienta? Que el más fuerte
a su natural responde.
Yo así, que en tus brazos miro
desta muerte el instrumento,
y miro el lugar sangriento,
de tus brazos me retiro;
y aunque en amorosos lazos
ceñir tu cuello pensé,
sin ellos me volveré,
que tengo miedo a tus brazos.

SEGISMUNDO

Sin ellos me podré estar
como me he estado hasta aquí,
que un padre que contra mí
tanto rigor sabe usar
que con condición ingrata
de su lado me desvía,
como a una fiera me cría,
y como a un monstruo me trata,
y mi muerte solicita
de poca importancia fue
que los brazos no me dé,
cuando el ser de ho[m]bre me quita.

BASILIO

Al cielo y a Dios pluguiera

1467 *natural:* «el genio, índole o inclinación propia de cada uno» *(Aut.)*.

1475 *que tengo miedo a tus brazos.* El significado simbólico de los brazos, como signo de amistad o de venganza, ha sido señalado por E. R. Cepeda en «Sentido de los personajes en "La serrana de la Vera"» (*Segismundo*, 1973, 17-18, pág. 172). En la nota 12 de dicho estudio se enlaza tal motivo con este de *La vida es sueño*.

que a dártele no llegara;
pues ni tu voz escuchara
ni tu atrevimiento viera.

SEGISMUNDO

Si no me le hubieras dado,
no me quejara de ti;
pero una vez dado, sí,
por habérmele quitado;
que aunque el dar el acción es
más noble y más singular,
es mayor bajeza dar,
para quitarlo después.

BASILIO

¡Bien me agradeces el verte,
de un humilde y pobre preso,
príncipe ya!

SEGISMUNDO

Pues en eso
¿qué tengo que agradecerte?
Tirano de mi albedrío•,
si viejo y caduco estás•,
muriéndote, ¿qué me das?
¿Dasme más de lo que es mío?
Mi padre eres y mi rey;
luego toda esta grandeza
me da la naturaleza
por derechos de su ley.
Luego, aunque esté en este estado,
obligado no te quedo,
y pedirte cuentas puedo
del tiempo que me has quitado
libertad, vida y honor;
y así, agradéceme a mí

1496 *el acción. Vid.* nota al v. 492.

1502 sigs. Una situacion semejante aparece en *En la vida todo es verdad...* (ed. cit., pág. 103, vv. 1039-1048), en palabras de Leónido, uno de los protagonistas.

que yo no cobre de ti,
pues eres tú mi deudor.

BASILIO

Bárbaro eres y atrevido;
cumplió su palabra el cielo;
y así, para él mismo apelo,
soberbio, desvanecido.

desvanecido: envanecido.

Y aunque sepas ya quién eres,
y desengañado estés,
y aunque en un lugar te ves
donde a todos te prefieres,
mira bien lo que te advierto:
que seas humilde y blando,
porque quizá estás soñando,
aunque ves que estás despierto.
(Véase.)

SEGISMUNDO

¿Que quizá soñando estoy,
aunque despierto me veo?
No sueño, pues toco y creo
lo que he sido y lo que soy.
Y aunque agora te arrepientas,
poco remedio tendrás;
sé quién soy, y no podrás,
aunque suspires y sientas,
quitarme el haber nacido
desta corona heredero;
y si me viste primero
a las prisiones rendido,
fue porque ignoré quién era.
Pero ya informado estoy

1523 *desvanecido.* Aquí, «desvanecido» se relaciona con «desvanecimiento»: «vanidad, presunción, altanería, soberbia» *(Aut.). Vid.* el final de *El hijo del Sol Faetón:*

> *... y los discretos*
> *sacarán cuán peligroso*
> *es desvanecerse...*

de quién soy, y sé quién soy:•
un compuesto de hombre y fiera.

[ESCENA VII]

(Sale ROSAURA, *dama.)*

ROSAURA

Siguiendo a Estrella vengo,
y gran temor de hallar a Astolfo tengo;
que Clotaldo desea
que no sepa quién soy, y no me vea,
porque dice que importa el honor mío;
y de Clotaldo fío
su efeto, pues le debo agradecida
aquí el amparo de mi honor y vida.

CLARÍN

¿Qué es lo que te ha agradado
más de cuanto hoy has visto y admirado?

SEGISMUNDO

Nada me ha supendido,
que todo lo tenía prevenido;
mas si admirar hubiera
algo en el mundo, la hermosura fuera
de la mujer. Leía
una vez en los libros que tenía,
que a lo que • Dios mayor estudio debe
era el hombre, por ser un mundo breve.
Mas ya que lo es recelo

1554 *efeto*. *Vid.* nota al v. 757. De «efecto» dice *Aut.:* «vale también aprecio, calidad, ser y estimación». *Vid.* también nota al v. 2549.

1565 sigs. Esta idea del microcosmos es casi un tópico en Calderón. Se halla en múltiples lugares: *La gran cenobia* (Aguilar, I, pág. 72 a), *Amor, honor y poder* (*ibidem*, II, pág. 61, b), *Hombre pobre todo es trazas* (*ibidem*, II, página 204, b). *Nadie fíe su secreto* (*ibidem*, II, pág. 94, a), *El gran Duque de Gandía* (Ed. V. Cerny, Praga, 1963, I, pág. 642), *El gran teatro del mundo* (Ed. D. Ynduráin, Madrid, Istmo, 1973, pág. 144, v. 1038), *No hay más fortuna que Dios* (Aguilar, III, pág. 625, a), *La vida es sueño* (auto, v. 604), *La Virgen del Sagrario* (I, pág. 587, a), *En la vida todo es verdad…* (ed. cit. de

la mujer, pues ha sido un breve cielo;
y más beldad encierra
que el hombre, cuanto va de cielo a tierra;
y más si es la que miro.

ROSAURA

El Príncipe está aquí; yo me retiro.

SEGISMUNDO

Oye, mujer, deténte.
No juntes el ocaso y el oriente,
huyendo al primer paso;
que juntas el oriente y el ocaso,
la lumbre y sombra fría,
serás sin duda síncopa del día.
(Aparte.) Pero ¿qué es lo que veo?

síncopa: abreviación.

ROSAURA

(Aparte.) Lo mismo que estoy viendo, dudo
[y creo.

SEGISMUNDO

(Aparte.) Yo he visto esta belleza
otra vez.

ROSAURA

(Aparte.) Yo, esta pompa, esta grandeza
he visto reducida
a una estrecha prisión.

SEGISMUNDO

(Aparte.) (Ya hallé mi vida.)
Mujer, que aqueste nombre

Cruickshank, I, pág. 35, vv. 867-868. Calderón usa la misma comparación del hombre y la mujer). *Vid.* también la nota de Cruickshank a su ed., páginas 217-218. Otros estudios importantes son: J. G. Fucilla, «"Un mundo breve" and "un breve cielo"», en *Romance Notes*, V, 1963-1964, págs. 53-54; Otis H. Green, *España y la tradición occidental*, *op. cit.*, II, págs. 166-167; Francisco Rico, *El pequeño mundo del hombre*, Madrid, Castalia, 1970 (*vid.* principalmente págs. 244 sigs.).

1572-1577 La imagen es algo complicada: juntando la llegada y la ida con su breve presencia, hace el día sincopado o demasiado breve.

es mejor requiebro para el hombre,
¿quién eres? Que sin verte
adoración me debes; y de suerte
por la fe te conquisto
que me persuado a que otra vez te he visto.
¿Quién eres, mujer bella?

ROSAURA

(Aparte.) (Disimular me importa.) Soy de
[Estrella
una infelice dama.

SEGISMUNDO

No digas tal; di el sol, a cuya llama
aquella estrella vive,
pues de tus rayos resplandor recibe.
Yo vi en reino de olores
que presidía entre comunes flores
la deidad de la rosa;
y era su emperatriz por más hermosa.
Yo vi entre piedras finas
de la docta academia de sus minas
preferir el diamante,
y ser su emperador por más brillante.
Yo en esas cortes bellas
de la inquieta república de estrellas
vi en el lugar primero
por rey de las estrellas el lucero.

lucero: Venus, estrella precursora del día.

[1586-1589] Me parece que el autor quiere decir: «Sin yo haberte visto, tú me debes la adoración que te tengo, y así, como te he conquistado por la fe, me persuado de haberte tenido que ver antes», pero no estoy seguro de haber entendido correctamente estos versos.

[1593-1595] Para la concepción tópica de la mujer como «sol», *vid.* la nota a los vv. 475-494.

[1602] *preferir*. Aquí, parece significar «exceder». El mismo ejemplo que da *Aut.*, tomado del propio Calderón, parece atestiguarlo:

> *Nadie me ha de preferir*
> *en humildad...*
> (*Primero y segundo Isaac*, Aguilar, III, pág. 814, b).

[1607] *lucero*. Quizá convenga la siguiente definición: «la Estrella que comúnmente se llama de Venus, precursora del día, quando antecede al Sol» *(Aut.)*.

Yo en esferas perfetas,
llamando el sol a cortes los planetas,
le vi que presidía
como mayor oráculo del día.
Pues ¿cómo, si entre flores, entre estrellas•,
piedras, signos, planetas, las más bellas
prefieren, tú has servido
la de menos beldad, habiendo sido
por más bella y hermosa,
sol, lucero, diamante, estrella y rosa?

[ESCENA VIII]

(Sale CLOTALDO.*)*

CLOTALDO

(Aparte.) A Segismundo reducir deseo,
porque en fin le he crïado. Mas ¿qué veo?

reducir: equivale a «persuadir con razones».

ROSAURA

Tu favor reverencio.
Respóndate retórico el silencio;
cuando tan torpe la razón se halla•,
mejor habla, señor, quien mejor calla.

SEGISMUNDO

No has de ausentarte, espera.
¿Cómo quieres dejar desa manera
a escuras mi sentido?•

ROSAURA

Esta licencia a Vuestra Alteza pido.

SEGISMUNDO

Irte con tal violencia
no es pedir, es tomarte la licencia.

1608 *perfetos. Vid.* nota al v. 747.

1618 *reducir:* «vale también persuadir o atraher a alguno, con razones y argumentos, a su dictamen» *(Aut.)*. *Vid.* también v. 1667.

1626 *escuras. Vid.* nota al v. 696.

Rosaura

Pues, si tú no la das, tomarla espero.

Segismundo

Harás que de cortés pase a grosero;
porque la resistencia
es veneno crüel de mi paciencia.

Rosaura

Pues cuando ese veneno,
de furia, de rigor y saña lleno,
la paciencia venciera,
mi respeto no osara, ni pudiera.

Segismundo

Sólo por ver si puedo
harás que pierda a tu hermosura el miedo,
que soy muy inclinado
a vencer lo imposible. Hoy he arrojado
dese balcón a un hombre que decía
que hacerse• no podía;
y así, por ver si puedo, cosa es llana
que arrojaré tu honor por la ventana.

llana: fácil.

Clotaldo

(Aparte.) Mucho se va empeñando.
¿Qué he de hacer, cielos, cuando
tras un loco deseo
mi honor segunda vez a riesgo veo?•

Rosaura

No en vano prevenía•
a este reino infeliz tu tiranía
escándalos tan fuertes
de delitos, traiciones, iras, muertes.
Mas ¿qué ha de hacer un hombre,
que de humano no tiene más que el nombre

1634-1637 Es decir, «si ese veneno venciera tu paciencia, no osaría ni podía vencer mi respeto».

1644 *cosa es llana*. De «llano» dice *Aut.*: «Metaphoricamente significa fácil, corriente, y que no tiene embarazo, dificultad ni impedimento.»

atrevido, inhumano,
crüel, soberbio, bárbaro y tirano,
nacido entre las fieras?

SEGISMUNDO

Porque tú ese baldón no me dijeras
tan cortés me mostraba,
pensando que con esto te obligaba;
mas, si lo soy hablando deste modo,
has de decirlo, ¡vive Dios!, por todo.
¡Hola!, dejadnos solos, y esa puerta
se cierre y no entre nadie.
(Vase CLARÍN.*)*

ROSAURA

(Aparte.) Yo soy muerta
Advierte…

SEGISMUNDO

Soy tirano,
y ya pretendes reducirme en vano.

CLOTALDO

(Aparte.) ¡Oh qué lance tan fuerte!
Saldré a estorbarlo, aunque me dé la muerte.
Señor, atiende, mira.

SEGISMUNDO

Segunda vez me has provocado a ira,
viejo caduco y loco.
¿Mi enojo y mi rigor tienes en poco?
¿Cómo hasta aquí has llegado?

CLOTALDO

De los acentos desta voz llamado,
a decirte que seas
más apacible, si reinar deseas;
y no, por verte ya de todos dueño,
seas crüel, porque quizá es un sueño.

SEGISMUNDO

A rabia me provocas,
cuando la luz del desengaño tocas.

Veré, dándote muerte,
si es sueño o si es verdad.

(Al ir a sacar la daga, se la tiene CLOTALDO, *y se arrodilla.)*

CLOTALDO

Yo desta suerte
librar mi vida espero.

SEGISMUNDO

Quita la osada mano del acero.

CLOTALDO

Hasta que gente venga,
que tu rigor y cólera detenga,
no he de soltarte.

ROSAURA

¡Ay, cielos!

SEGISMUNDO

Suelta, digo,
caduco, loco, bárbaro, enemigo,
o será desta suerte *(Luchan.)*
el darte agora entre mis brazos muerte.

ROSAURA

Acudid todos presto•,
que matan a Clotaldo.
(Vase.)

[ESCENA IX]

(Sale ASTOLFO *a tiempo que cae* CLOTALDO *a sus pies, y él se pone en medio.)*

ASTOLFO

Pues ¿qué es esto,
príncipe generoso?
¿Así se mancha acero tan brïoso

en una sangre helada?
Vuelva a la vaina tu lucida espada.

SEGISMUNDO

En viéndola teñida
en esa infame sangre.

ASTOLFO

Ya su vida
tomó a mis pies sagrado;
y de algo ha de servirme haber llegado.

sagrado: sitio que asegura de algún peligro.

SEGISMUNDO

Sírvate de morir; pues desta suerte
también sabré vengarme con tu muerte
de aquel pasado enojo.

ASTOLFO

Yo defiendo
mi vida; así la majestad no ofendo.
(Sacan las espadas, y salen el REY BASILIO *y* ESTRELLA.*)*

CLOTALDO

No le ofendas, señor.

[ESCENA X]

BASILIO

Pues ¿aquí
espadas?

ESTRELLA

(Aparte.) Astolfo es. ¡Ay de mí, penas
[airadas

1696 *helada.* Sugiere Cilveti que la razón de que se llame a la sangre de Clotaldo «helada», es debido a su vejez.

1700 Clara alusión metafórica a «acogerse a lugar sagrado». Dice *Aut.*: «Metaphoricamente significa qualquiera recurso, o sitio que assegura de algún peligro, aunque no sea lugar sagrado.»

BASILIO

Pues, ¿qué es lo que ha pasado?

ASTOLFO

Nada, señor, habiendo tú llegado.
(Envainan.)

SEGISMUNDO

Mucho, señor, aunque hayas tú venido;
yo a ese viejo matar he pretendio.

BASILIO

¿Respeto no tenías
a estas canas?

CLOTALDO

Señor, ved que son mías;
que no importa veréis.

SEGISMUNDO

Acciones vanas,
querer que tenga yo respeto a canas;
pues aun ésas podría

[1709] Parece que sacar una espada en los recintos de palacio era una grave ofensa, y más si se hacía delante del rey; *vid. El médico de su honra*:

Rey: *¿Qué es esto?*
¿Cómo las manos tenéis
en las espadas, delante
de mí? ¿No tembláis de ver
mi semblante? Donde estoy
¿hay soberbia ni altivez?
Presos los llevad al punto;
y agradeced que no os pongo
las cabezas a los pies.
(Aguilar, I, pág. 637, b).

También en *El galán fantasma* (Aguilar, II, pág. 639, b). Tomo las referencias de Maccoll.

[1715] Ciriaco Morón encuentra un «perfecto paralelo» entre la negación de respeto de Segismundo a Basilio y las relaciones de Hamlet con Polonius en el drama de Shakespeare.

[1716-1717] Fijémonos en cómo Segismundo adelanta de palabra la previsión astrológica que había anunciado Basilio (vv. 720-722).

ser que viese a mis plantas algún día;
porque aún no estoy vengado
del modo injusto con que me has crïado.
(Vase.)

BASILIO

Pues antes que lo veas,
volverás a dormir adonde creas
que cuanto te ha pasado,
como fue bien del mundo, fue soñado.

(Vanse el REY *y* CLOTALDO. *Quedan* ESTRELLA *y* ASTOLFO.*)*

[ESCENA XI]

ASTOLFO

¡Qué pocas veces el hado
que dice desdichas miente,
pues es tan cierto en los males
cuanto dudoso en los bienes!
¡Qué buen astrólogo fuera,
si siempre casos crüeles
anunciara, pues no hay duda
que ellos fueran verdad siempre!
Conocerse esta experiencia
en mí y Segismundo puede,
Estrella, pues en los dos
hizo muestras diferentes.
En él previno rigores,
soberbias, desdichas, muertes,
y en todo dijo verdad,
porque todo, al fin, sucede.
Pero en mí, que al ver, señora,
esos rayos excelentes,
de quien el sol fue una sombra

1724-1727 Idea semejante expuso Basilio antes (vv. 678-679).

1741-1743 Para la idea metafórica de los rayos-ojos, *vid.* nota a los versos 475-494.

amago: significaba en la época «imitación, remedo».

y el cielo un amago breve•,
que me previno venturas,
trofeos, aplausos, bienes,
dijo mal y dijo bien;
pues sólo es justo que acierte
cuando amaga con favores
y ejecuta con desdenes.

ESTRELLA

No dudo que esas finezas
son verdades evidentes;
mas serán por otra dama,
cuyo retrato pendiente
trujistes al cuello• cuando
llegastis, Astolfo, a verme;
y siendo así, esos requiebros•
ella sola los merece.
Acudid a que ella os pague;
que no son buenos papeles
en el consejo de amor
las finezas ni las fees
que se hicieron en servicio
de otras damas y otros reyes.

fees: fes. Aquí parece convenir el significado de «testimonio o certificación», por la referencia anterior a «papeles».

1744 *que* pleonástico: «La conjunción *que* solía repetirse, como en la conversación, al final de cada inciso». (R. Lapesa , *Historia de la Lengua Española, op. cit.,* pág. 262.)

1754 *trujistis. Vid.* nota al v. 402.

1755 *llegastis.* Una de las posibilidades de la desinencia *-stis; vid.* nota al v. 1329.

1761 *fees.* Se podía escribir «fe» o «fee», aunque ya *Aut.* dice que esto último «es abuso». Aquí, en el plural era obligado conservar la doble «e» (hoy no); además, conviene para la asonancia. *Fe* podía significar «palabra o promessa que se da de hacer alguna cosa, con cierta circunstancia, como de juramento u pleito homenage...» *(Aut.)*, o bien «el testimonio o certificación que se da de ser cierta alguna cosa». A. E. Sloman parece tener en cuenta este último significado, por la referencia anterior de «papeles» (v. 1759).

[ESCENA XII]

(Sale ROSAURA *al paño.)*

ROSAURA

(Aparte.) ¡Gracias a Dios q[ue] han llegado
ya mis desdichas crüeles
al término suyo, pues
quien esto ve nada teme!

ASTOLFO

Yo haré que el retrato salga
del pecho, para que entre
la imagen de tu hermosura.
Donde entra Estrella no tiene
lugar la sombra, ni estrella
donde el sol; voy a traerle.
(Aparte.) Perdona, Rosaura hermosa,
este agravio, porque ausentes,
no se guardan más fe que ésta
los hombres y las mujeres.
(Vase.)

ROSAURA

(Aparte.) Nada he podido escuchar,
temerosa que me viese.

ESTRELLA

Astrea.

ROSAURA

Señora mía.

ESTRELLA

Heme golgado que tú fueses
la que llegaste hasta aquí;
porque de ti solamente
fiera un secreto.

ROSAURA

Honras,
señora, a quien te obedece.

ESTRELLA

En el poco tiempo, Astrea,
que ha que te conozco, tienes
de mi voluntad las llaves;
por esto, y por ser quien eres,
me atrevo a fiar de ti
lo que aun de mí muchas veces
recaté.

ROSAURA

Tu esclava soy.

ESTRELLA

Pues, para decirlo en breve,
mi primo Astolfo (bastara
que mi primo te dijese,
porque hay cosas que se dicen
con pensarlas solamente)
ha de casarse conmigo,
si es que la fortuna quiere
que con una dicha sola
tantas desdichas descuente.
Pesóme que el primer día
echado al cuello trajese
el retrato de una dama.
Habléle en él cortésmente;
es galán y quiere bien;
fue por él, y ha de traerle
aquí. Embarázame• mucho
que él a mí a dármele llegue.
Quédate aquí y cuando venga
le dirás que te le entregue
a ti. No te digo más.
Discreta y hermosa eres;
bien sabrás lo que es amor.
(Vase.)

Habléle en él: Habléle de él.

[1805] *habléle en él*. Equivale a «habléle de él».

[ESCENA XIII]

ROSAURA

¡Ojalá no lo supiese!
¡Válgame el cielo! ¿Quién fuera
tan atenta y tan prudente
que supiera aconsejarse
hoy en ocasión tan fuerte?
¿Habrá persona en el mundo
a quien el cielo inclemente
con más desdichas combata
y con más pesares cerque?
¿Qué haré en tantas confusiones,
donde imposible parece
que halle razón que me alivie,
ni alivio que me consuele?
Desde la primer desdicha •
no hay suceso ni accidente
que otra desdicha no sea;
que unas a otras suceden,
herederas de sí mismas.
A la imitación del Fénix,
unas de las otras nacen,
viviendo de lo que mueren;
y siempre de sus cenizas
está el sepulcro caliente.
Que eran cobardes, decía

Fénix: Ave fabulosa que renace de sus propias cenizas.

1833 *fénix*. *Vid.* nota a los vv. 1222-1223.

1838 Sigue refiriéndose a las «desdichas».

1838-1847 Como observan Maccoll y Riquer, esta idea aparece con frecuencia en Calderón. Ya sea, por ej., en *La niña de Gómez Arias*:

> *¡Otra desdicha, Fortuna!*
> *¡Otro ahogo! pero ¿cuándo*
> *te quedaste en una sola,*
> *si te dijo aquel sabio*
> *filósofo, que tenerte*
> *por diosa era necio engaño...*
> (Aguilar, I, pág. 1093, a),

donde se relaciona con la Fortuna y se aplica el dicho a un sabio filósofo, o ya en *El gran Príncipe de Fez*:

un sabio, por parecerle
que nunca andaba una sola;
yo digo que son valientes,
pues siempre van adelante,
y nunca la espalda vuelven.
Quien las llevase consigo,
a todo podrá atreverse,
pues en ninguna ocasión
no haya miedo que le dejen.
Dígalo yo, pues en tantas
como a mi vida suceden,
nunca me he hallado sin ellas,
ni se han cansado hasta verme,
herida de la fortuna
en los brazos de la muerte.
¡Ay de mí! ¿Qué debo hacer
hoy en la ocasión presente?
Si digo quién soy, Clotaldo,
a quien mi vida le debe
este amparo y este honor,
conmigo ofenderse puede;
pues me dice que callando
honor y remedio espere.
Si no he de decir quién soy
a Astolfo y él llega a verme,
¿cómo he de disimular?
Pues aunque fingirlo intenten

... ¡qué bien aquel
gran cortesano decía,
contra el sentir de quien dijo
ser valientes las desdichas,
en fe de atreverse a todos!
Pues al ver cuán de cuadrilla
lidian tan acompañadas,
que nunca una sola lidia,
las motejó de cobardes.
(Aguilar, I, pág. 1431, a),

donde se destaca una variante en relación con las afirmaciones de *La vida es sueño*, la de la cobardía de las desdichas, y se aplica el dicho a un cortesano.

la voz, la lengua y los ojos,
les dirá el alma que mienten.
¿Qué haré? Mas ¿para qué estudio
lo que haré, si es evidente
que por más que lo prevenga,
que lo estudie y que lo piense,
en llegando la ocasión
ha de hacer lo que quisiere
el dolor? Porque ninguno
imperio en sus penas tiene.
Y pues a determinar
lo que ha de hacer no se atreve
el alma, llegue el dolor
hoy a su término, llegue
la pena a su extremo, y salga
de dudas y pareceres
de una vez; pero hasta entonces,
¡valedme, cielo, valedme!
(Sale ASTOLFO *con el retrato.)*

[ESCENA XIV]

ASTOLFO

Éste es, señora, el retrato;
mas ¡ay, Dios!

ROSAURA

¿Qué se suspende
Vuestra Alteza? ¿Qué se admira?

ASTOLFO

De oírte, Rosaura, y verte.

ROSAURA

¿Yo Rosaura? Hase engañado
Vuestra Alteza, si me tiene
por otra dama; que yo

[1885-1886] Desde antiguo, la partícula *que* podía asumir distintos valores. Aquí, equivale a «de qué».

soy Astrea, y no merece
mi humildad tan grande dicha
que esa turbación le cueste.

ASTOLFO

Basta, Rosaura, el engaño,
porque el alma nunca miente;
y aunque como a Astrea te mire,
como a Rosaura te quiere.

ROSAURA

No he entendido a V[uest]ra Alteza,
y así no sé responderle.
Sólo lo que yo diré
es que Estrella (que lo puede
ser de Venus) me mandó
que en esta parte le espere,
y de la suya le diga
que aquel retrato me entregue,
que está muy puesto en razón,
y yo misma se lo lleve.
Estrella lo quiere así,
porque aun las cosas más leves,
como sean en mi daño,
es Estrella quien las quiere.

ASTOLFO

Aunque más esfuerzos hagas,
¡oh, qué mal, Rosaura, puedes
disimular! Di a los ojos
que su música concierten
con la voz; porque es forzoso
que desdiga y que disuene
tan destemplado instrumento,
que ajustar y medir quiere
la falsedad de quien dice
con la verdad de quien siente.

[1911] El autor juega con la palabra «estrella» y sus posibles significados; aquí, el equívoco es entre el «hado» y el personaje de «Estrella».

ROSAURA

Ya digo que sólo espero
el retrato.

ASTOLFO

Pues que quieres
llevar al fin el engaño,
con él quiero responderte.
Dirásle, Astrea, a la Infanta
que yo la estimo de suerte
que, pidiéndome un retrato,
poca fineza parece
envïársele; y así,
porque le estime y le precie,
le envió el original:
y tú llevársele puedes,
pues ya le llevas contigo,
como a ti misma te lleves.

ROSAURA

Cuando un hombre se dispone,
restado, altivo y valiente,
a salir con una empresa,
aunque por trato le entreguen
lo que valga más, sin ella
necio y desairado vuelve.
Yo vengo por un retrato,
y aunque un original lleve
que vale más, volveré
desairada; y así, déme
Vuestra Alteza ese retrato,
que sin él no he de volverme.

restado: resuelto.

1926-1935 El motivo del retrato también aparece en *La hija del aire, Primera Parte* (*vid.* ed. cit. de G. Edwards, pág. 79, vv. 2081 y sigs.). Hay, por otra parte, muchos puntos de contacto entre esta obra y *La vida es sueño* (*vid.* ed. cit., nota 2081).

1937 *restado.* Equivale a «arrestado», de «arrestarse»: «determinarse, resolverse, y entrarse con arrojo a alguna acción ardua, o empressa de grande contingencia y riesgo» *(Aut.)*. Significa, por tanto, «arrojado, resuelto».

ASTOLFO

Pues ¿cómo, si no he de darle,
le has de llevar?

ROSAURA

Desta suerte.
Suéltale, ingrato.

ASTOLFO

Es en vano.

ROSAURA

¡Vive Dios que no ha de verse
en manos de otra mujer!

ASTOLFO

Terrible estás.

ROSAURA

aleve: traidor.

Y tú aleve.

ASTOLFO

Ya basta, Rosaura mía.

ROSAURA

¿Yo tuya, villano? Mientes.•

[ESCENA XV]

(Sale ESTRELLA.*)*

ESTRELLA

Astrea, Astolfo, ¿qué es esto?

ASTOLFO

Aquésta es Estrella.

ROSAURA

(Aparte.) (Déme,
para cobrar mi retrato,

1953 De *aleve*, *Aut*. encuentra los siguientes sinónimos: «infiel, desleal, pérfido, alevoso y traidor».

ingenio el amor.) Si quieres
saber lo que es, yo, señora,
te lo diré.

ASTOLFO

¿Qué pretendes?

ROSAURA

Mandásteme que esperase
aquí a Astolfo, y le pidiese
un retrato de tu parte.
Quedé sola, y como vienen
de unos discursos a otros
las noticias fácilmente,
viéndote hablar de retratos,
con su memoria acordéme
de que tenía uno mío
en la manga. Quise verle,
porque una persona sola
con locuras se divierte.
Cayóseme de la mano
al suelo. Astolfo, que viene
a entregarte el de otra dama,
le levantó, y tan rebelde
está en dar el que le pides
que, en vez de dar uno, quiere
llevar otro. Pues el mío

manga: «manga», pero también «cierto tipo de maletín».

1966 *discursos*. *Vid.* nota al v. 1058.

1970 *manga*. Riquer explica: «Las mangas arrocadas o acuchilladas, que llevaban las damas, servían de bolsillos; como en *La banda y la flor* de Calderón: "Traes un papel en la manga?"» Pero, a la luz de la definición de *Aut.*, «se llama también cierto género de coxín o maleta, abierta por las dos cabeceras por donde se cierra y assegura con unos cordones»; quizá no sea necesario acudir a la idea de M. de Riquer. Así parece pensarlo Sloman, que acepta como buena esta definición para este caso. Maccoll da una referencia de *Mañanas de abril y mayo*:

Yo voy tras ella, porque no sea ganga,
y se eche alguna sábana en la manga.
(Aguilar, II, pág. 575).

aun no es posible volverme
con ruegos y persuasiones,
colérica e impaciente
yo se le quise quitar.
Aquel que en la mano tiene
es mío; tú lo verás
con ver si se me parece.

ESTRELLA

Soltad, Astolfo, el retrato.
(Quítasele.)

ASTOLFO

Señora...

ESTRELLA

No son cüeles
a la verdad los matices.

matices: unión de colores para embellecer la pintura.

ROSAURA

¿No es mío?

ESTRELLA

¿Qué duda tiene?

ROSAURA

Di que ahora te entregue el otro.

ESTRELLA

Toma tu retrato, y vete.

ROSAURA

(Aparte.) Yo he cobrado mi retrato;
venga ahora lo que viniere.
(Vase.)

1981 *volverme*. De «volver» dice *Aut.*: «Significa también restituir lo que se ha tomado u quitado». Aquí equivale, pues, a «devolver».

1989-1990 *matices: «la* mixtura, o unión de colores diversas, que se mezclan en las pinturas, texidos, bordados, y otras cosas, con tan admirable proporción que las hermosean y hacen resaltar» *(Aut.)*. La frase, por tanto, debe querer decir: «No son desproporcionados en verdad los colores del retrato», o algo semejante, quizá aludiendo al parecido con el original.

[ESCENA XVI]

ESTRELLA

Dadme ahora el retrato vos
que os pedí: que aunque no piense
veros ni hablaros jamás,
no quiero, no, que se quede
en vuestro poder, siquiera
porque yo tan neciamente
le he pedido.

ASTOLFO

(Aparte.) (¿Cómo puedo
salir de lance tan fuerte?)
Aunque quiera, hermosa Estrella,
servirte y obedecerte,
no podré darte el retrato
que me pides, porque…

ESTRELLA

Eres
villano y grosero amante.
No quiero que me le entregues;
porque yo tampoco quiero,
con tomarle, que me acuerdes
de que yo te le he pedido.
(Vase.)

ASTOLFO

¡Oye, escucha, mira, advierte!
¡Válgate Dios por Rosaura!
¿Dónde, cómo o de qué suerte
hoy a Polonia has venido
a perderme y a perderte?
(Vase.)

2014 *válgate:* «esta voz junto con algunos nombres… se usa como interjección de admiración, extrañeza, enfado u pesar» *(Aut.)*.

[ESCENA XVII]

(Descúbrese SEGISMUNDO *como al principio, con pieles y cadena, durmiendo en el suelo. Salen* CLOTALDO, CLARÍN *y los dos criados.)*

CLOTALDO

Aquí le habéis de dejar,
pues hoy su soberbia acaba
donde empezó.

[CRIADO] 1

Como estaba,
la cadena vuelvo a atar.

CLARÍN

No acabes de despertar,
Segismundo, para verte
perder, trocada la suerte,
siendo tu gloria fingida
una sombra de la vida
y una llama• de la muerte.

CLOTALDO

A quien sabe discurrir
así, es bien que se prevenga
una estancia donde tenga
harto lugar de argüir.
Éste es el que habéis de asir
y en ese cuarto encerrar.

CLARÍN

¿Por qué a mí?

CLOTALDO

Porque ha de estar
guardado en prisión tan grave
Clarín que secretos sabe,
donde no pueda sonar.

2036-2037 Vuelve a jugar con la palabra «Clarín».

CLARÍN

¿Yo, por dicha, solicito
dar muerte a mi padre? No.
¿Arrojé del balcón yo
al Ícaro de poquito?
¿Yo muero ni resucito?
¿Yo sueño o duermo? ¿A qué fin
me encierran?

CLOTALDO

Eres Clarín.

CLARÍN

Pues ya digo que seré
corneta, y que callaré;
que es instrumento rüín.
(Llévanle.)

por dicha: por suerte, por casualidad.

Ícaro: hijo de Dédalo. Se fabricó unas alas de cera para volar, pero lo hizo tan alto que se derritieron con el Sol y cayó al mar; *de poquito:* de poca habilidad.

2038 *por dicha:* «frase adverbial, que vale lo mismo que por suerte, por ventura, por casualidad» *(Aut.)*.

2041 *Ícaro de poquito.* Ícaro, como es sabido, era hijo de Dédalo, el cual fabricó unas alas de madera y cera, según es habitual afirmar, para huir de la prisión en que le tenía Minos (para el simbolismo de este mito, *vid.* Paul Diel, *El simbolismo en la mitología griega*, cap. I de la segunda parte, Barcelona, Labor, 1976, págs 43 y sigs.). Acerca de la inexactitud de muchos datos habituales sobre los mitos antiguos, previene M. Fernández Galiano en una reseña del citado libro de Diel, donde afirma, precisamente refiriéndose al mito de Ícaro: «Las alas de Ícaro no eran de cera, sino probablemente de pluma, y no era cera, sino cola, lo que adhería al cuerpo» (*vid.* el diario *El País*, 18-VII-1976). Pero a nosotros no nos preocupa tanto la exactitud de los hechos como la manera en que estos hechos fueron entendidos en la época de Calderón, y por supuesto que en la mayor parte de los textos de la época se siguen los motivos tradicionales (aunque éstos sean incorrectos). Siguiendo con el mito de Ícaro, Minos le recomendó que no volara tan alto que el calor del sol pudiera derretir la cera. No hizo caso al consejo, sus alas se deshicieron y cayó al mar. La expresión «de poquito» es un «apodo que se da al que es pusilánime, o tiene corta habilidad en lo que maneja. Úsase regularmente en estilo familiar» *(Aut.)*. Este Diccionario aduce un ejemplo de Moreto: «callad que sois ladrones de poquito» (*Entremés de las Bruxas*). También podrían encontrarse en Calderón. Maccoll da dos referencias: *El maestro de danzar* (*BAE*, II, pág. 93, c) y Mañana será otro día (*BAE*, I, pág. 531, a). En esta última comedia dirá «Don Esplandián de poquito».

2046-2047 De la *corneta* dice Covarrubias: «La bozina, hecha de cuerno, de

[ESCENA XVIII]

rebozado: embozado, cubierto el rostro hasta los ojos.

(Sale el REY BASILIO *rebozado.)*

BASILIO

¿Clotaldo?

CLOTALDO

Señor, ¿así
viene Vuestra Majestad?

BASILIO

La necia curiosidad
de ver lo que pasa aquí
a Segismundo, ¡ay de mí!,
deste modo me ha traído.

CLOTALDO

Mírale allí reducido
a su miserable estado.

BASILIO

¡Ay, príncipe desdichado,
y en triste punto nacido!
Llega a despertarle ya,
que fuerza y vigor perdió
ese lotos que bebió•.

lotos: al «lotos» o «loto» se le atribuía la propiedad de hacer olvidar.

---

que usan los caçadores monteros y los postillones. También es instrumento músico que se tañe con los demás y con las vozes». Sloman piensa que Clarín le llama «instrumento ruin» debido a su relación con «cuernos». También podría referirse simplemente a su menor calidad sonora o musical, aunque es difícil especificar el instrumento al que se refiere Calderón, puesto que la corneta moderna data de principios del siglo XIX. De los llamados «cornetti» antiguos existía una gran variedad (*vid.* Robert Donington, *Los instrumentos de la música,* Madrid, Alianza, 1967, págs. 188 y sigs.).

2048-2049 Alude al rebozo del rey.

2060 Científicamente, que yo sepa, el loto o lotos no tiene propiedades narcóticas; sin embargo, la leyenda, desde antiguo, hizo correr la fama de una propiedad del loto, que describe así Baltasar de Vitoria: «Enamorose Príapo de vna Nymfa, que se llamaua Lotos, y como ella le aborreciesse, ora por su fealdad, ora por su deshonestidad, topola vna vez, y ella fuesse huyendo dél, y como se viesse cansada y rendida, pidió a los dioses que se compadeciessen della y la librassen de semejante fuerça, y compadeciéndose della, la conuir-

CLOTALDO

Inquieto, señor, está
y hablando.

BASILIO

¿Qué soñará
agora? Escuchemos, pues.

SEGISMUNDO

(En sueños.) Piadoso príncipe es
el que castiga tiranos.
Muera Clotaldo a mis manos,
bese mi padre mis pies.

CLOTALDO

Con la muerte me amenaza.

BASILIO

A mí con rigor y afrenta.

CLOTALDO

Quitarme la vida intenta.

BASILIO

Rendirme a sus plantas traza.

SEGISMUNDO

(En sueños.) Salga a la anchurosa plaza
del gran teatro del mundo

---

tieron en vn árbol llamado Lotos. Y es symbolo del oluido [...], deste árbol y de su propiedad escriue Pierio, Manobio, Teofrasto, Estrabón, Textor, Plinio, Polybio; y Alciato hizo un emblema deste árbol [...], dizen que es su fruta sabrosíssima, pero al que le gusta, le haze que sea muy falto de memoria, de tal suerte, que de nada se le acuerda...» (*Primera Parte del Theatro de los dioses de la gentilidad*, ed. cit., pág. 222). La pérdida de memoria es, pues, según la leyenda, la propiedad del loto, que Calderón, sin duda, debió de confundir con cierto carácter narcótico, o, al menos, tomarlo como análogo. La referencia clásica más antigua que conozco, relativa a esta propiedad del loto, se halla en la *Odisea*, y se centra en el episodio del país de los lotófagos, los cuales acogieron a Ulises y sus compañeros y les hicieron probar el loto, con lo que éstos dejaron de sentir urgencia por volver a Ítaca (*Vid. Odisea,* IX, 82 a 104).

sin segundo: sin igual.

este valor sin segundo•
porque mi venganza cuadre,
vean triunfar de su padre
al príncipe Segismundo.
(Despierta.)
Mas ¡ay de mí!, ¿dónde estoy?

BASILIO

(A Clotaldo.) Pues a mí no me ha de ver.
Ya sabes lo que has de hacer.
(Aparte.) Desde allí a escucharte• voy.
(Retírase.)

SEGISMUNDO

¿Soy yo por ventura? ¿Soy
el que preso y aherrojado
llego a verme en tal enfado?
¿No sois mi sepulcro vos,
torre? Sí. ¡Válgame Dios,
qué de cosas he soñado!

CLOTALDO

hacer la deshecha: disimular.

(Aparte.) A mí me toca llegar
a hacer la deshecha ahora.
¿Es ya de despertar hora?

SEGISMUNDO

Sí, hora es ya de despertar.

CLOTALDO

¿Todo el día te has de estar
durmiendo? ¿Desde que yo
el águila que voló
con tarda vista seguí,
y te quedaste tú aquí,
nunca has despertado?

[2089] *deshecha:* «dissimulo, fingimiento y arte con que se finge y disfraza alguna cosa» *(Aut.)*.

[2093-2097] Se refiere a lo narrado por Clotaldo en los vv. 1034 y sigs.

SEGISMUNDO

No,
ni aun agora he despertado;
que según, Clotaldo, entiendo,
todavía estoy durmiendo,
y no estoy muy engañado.
Porque si ha sido soñado
lo que vi palpable y cierto,
lo que veo será incierto;
y no es mucho que rendido,
pues veo estando dormido,
que sueñe estando despierto.

CLOTALDO

Lo que soñaste me di.

SEGISMUNDO

Supuesto que sueño fue,
no diré lo que soñé;
lo que vi, Clotaldo, sí.
Yo desperté, y yo me vi
(¡qué crueldad tan lisonjera!)
en un lecho que pudiera,
con matices y colores,
ser el catre de las flores
que tejió la primavera.
Aquí mil nobles rendidos
a mis pies nombre me dieron
de su príncipe, y sirvieron
galas, joyas y vestidos.
La calma de mis sentidos
tú trocaste en alegría,
diciendo la dicha mía;
que, aunque estoy desta manera,
príncipe en Polonia era.

2107 *que* pleonástico. *Vid.* nota al v. 1744.
2108 *me di. Vid.* nota al v. 291.
2122 *calma. vid.* nota al v. 130.

CLOTALDO

Buenas albricias tendría.

SEGISMUNDO

No muy buenas; por traidor,
con pecho atrevido y fuerte,
dos veces te daba muerte.

CLOTALDO

¿Para mí tanto rigor?

SEGISMUNDO

De todos era señor,
y de todos me vengaba.
Sólo a una mujer amaba;
que fue verdad, creo yo,
en que todo se acabó,
y esto solo no se acaba.
(Vase el REY.*)*

CLOTALDO

(Aparte.) (Enternecido se ha ido
el Rey de haberle escuchado.)
Como habíamos hablado
de aquella águila, dormido,
tu sueño imperios han sido;
mas en sueños fuera bien
entonces honrar a quien
te crió en tantos empeños,
Segismundo; que aun en sueños
no se pierde el hacer bien.
(Vase.)

[ESCENA XIX]

SEGISMUNDO

Es verdad; pues reprimamos
esta fiera condición,

esta furia, esta ambición
por si alguna vez soñamos.
Y sí haremos, pues estamos
en mundo tan singular,
que el vivir sólo es soñar;
y la experiencia me enseña
que el hombre que vive sueña
lo que es hasta despertar.
Sueña el rey que es rey, y vive
con este engaño mandando,
disponiendo y gobernando;
y este aplauso que recibe
prestado, en el viento escribe,
y en cenizas le convierte
la muerte (¡desdicha fuerte!);
¡que hay quien intente reinar,
viendo que ha de despertar
en el sueño de la muerte!

Sueña el rico en su riqueza
que más cuidados le ofrece;
sueña el pobre que padece
su miseria y su pobreza;
sueña el que a medrar empieza,
sueña el que afana y pretende,
sueña el que agravia y ofende;
y en el mundo, en conclusión,
todos sueñan lo que son,
aunque ninguno lo entiende.

Yo sueño que estoy aquí
destas prisiones cargado,
y soñé que en otro estado
más lisonjero me vi.
¿Qué es la vida? Un frenesí.
¿Qué es la vida? Una ilusión,

[2150] Este verso, exactamente igual, puede verse en *Yerros de naturaleza...* (ed. E. Juliá, pág. 40).

[2173] *afana*. De *afanar* dice *Aut.*: «fatigar, congoxar, hacer alguna cosa con demasiado trabajo y fatiga».

[2179] *prisiones*. *Vid.* nota al v. 97.

una sombra, una ficción,
y el mayor bien es pequeño;
que toda la vida es sueño,
y los sueños, sueños son.

[2187] *y los sueños, sueños son.* Este verso forma parte de una antigua cancioncilla que ha sufrido con el tiempo innumerables glosas. Ya aparece en varios códices salmantinos (*vid.* Félix G. Olmedo, *Las fuentes de la «La vida es sueño»*, Madrid, 1928, págs. 207-213). También la recogen Wilson y Sage (*Poesías líricas en las obras dramáticas de Calderón,* ed. cit., pág. 135, canción número 172), donde dan referencias de interés. Fue glosada por Lope de Vega, Tirso, Villamediana (*Obras*, ed. J. M. Rozas, Madrid, Castalia, 1969, pág. 354 y nota), Quiñones de Benavente, Valdivielso (*vid. Psiques y Cupido*, ed. E. Rull, *Segismundo*, II, 1966, pág. 152, v. 74 y nota).

TERCERA JORNADA
de LA VIDA ES SUEÑO

[ESCENA PRIMERA]

(Sale CLARÍN.*)*•

CLARÍN

En una encantadora torre,
por lo que sé, vivo preso.
¿Qué harán por lo que ignoro,
si por lo que sé me han muerto?
¡Que un hombre con tanta ha[m]bre
viniese a morir viviendo!
Lástima tengo de mí.
Todos dirán: «Bien lo creo»,
y bien se puede creer;
pues para mí este silencio
no conforma con el nombre
Clarín, y callar no puedo.
Quien me hace compañía
aquí, si a decirlo acierto,
son arañas y ratones.
¡Miren qué dulces jilgueros!
De los sueños desta noche
la triste cabeza tengo
llena de mil chirimías

chirimías: instrumento musical de la familia del oboe.

[2206] *chirimías*: «instrumento de viento, de la familia del oboe, con nueve o diez agujeros. Las había de varios tamaños, destinadas a doblar el canto de

embelecos: engaños.

Nicomedes... Niceno: juego de palabras (Ni-como, ni-ceno) para indicar el hambre que pasa.

llaman santo al callar: variante del proverbio «al buen callar llaman Sancho».

no le huelgo: no disfruta de la fiesta de San Secreto, pues está encarcelado.

de trompetas y embelecos;
de procesiones, de cruces,
de disciplinantes; y éstos,
unos suben, otros bajan,
unos se desmayan viendo
la sangre que llevan otros.
Mas yo, la verdad diciendo•,
de no comer me desmayo;
que en esta prisión me veo,
donde ya todos los días
en el filósofo leo
Nicomedes, y las noches
en el concilio Niceno.
Si llaman santo al callar•,
como en calendario nuevo,
San Secreto es para mí,
pues le ayuno y no le huelgo;
aunque está bien merecido
el castigo que padezco,
pues callé, siendo crïado,
que es el mayor sacrilegio.

---

las iglesias españolas; ha sido adoptada por las bandas indígenas de México y otros lugares de América. Es, en realidad, el tiple de la familia de los bajones» (Percy A. Scholes, *Diccionario Oxford de la música*, Buenos Aires, Edit. Sudamericana, 1964, pág. 387). Es instrumento muy frecuente en la época de Calderón, como atestiguan las acotaciones de los autos sacramentales, al señalar su utilización habitual en momentos en que interviene la música.

[2207] *embelecos:* «embuste, fingimiento engañoso, mentira disfrazada con razones aparentes» *(Aut.)*.

[2218-2219] Se juega con las palabras Nicomedes=ni como, y Niceno=ni ceno. Chiste usado por Calderón en otros lugares, como en *Hombre pobre todo es trazas* (Aguilar, II, pág. 222, a).

[2220] A veces, hay una variante del proverbio: «Al buen callar llaman Sancho».

[2220-2223] Cilveti explica así el texto: «Clarín cree hallarse en la cárcel por no haber divulgado el secreto de Rosaura y Clotaldo, y así guarda el ayuno de San Secreto sin celebrar su fiesta, siguiendo en esto un nuevo calendario que separa el ayuno del santo y su fiesta.»

[ESCENA II]

(Ruido de cajas y gente, y dicen dentro.)

[SOLDADO] 1

Ésta es la torre en que está.
Echad la puerta en el suelo;
entrad todos.

CLARÍN

¡Vive Dios!
que a mí me buscan es cierto
pues que dicen que aquí estoy.
¿Qué me querrán?
(Salen los soldados que pudieren.)

[SOLDADO] 1

Entrad
[dentro

[SOLDADO] 2

Aquí está.

CLARÍN

No está.

TODOS

Señor...

CLARÍN

¿Si vienen borrachos éstos?

[SOLDADO] 2

Tú nuestro príncipe eres;
ni admitimos ni queremos
sino al señor natural,
y no príncipe extranjero.
A todos nos da los pies.

TODOS

¡Viva el gran príncipe nuestro!

2240 *nos da. Vid.* nota al v. 291.

CLARÍN

(Aparte.) ¡Vive Dios, que va de veras!
¿Si es costumbre en este reino
prender uno cada día
y hacerle príncipe, y luego
volverle a la torre? Sí,
pues cada día lo veo;
fuerza es hacer mi papel.

SOLDADOS

Danos tus plantas.

CLARÍN

No puedo,
porque las he menester
para mí, y fuera defeto
ser príncipe desplantado.

[SOLDADO] 2

Todos a tu padre mesmo
le dijimos que a ti solo
por príncipe conocemos,
no al de Moscovia.

CLARÍN

¿A mi padre
le perdistis el respeto?
Sois unos tales por cuales.

tales por cuales: de poco valor, indignos.

[SOLDADO] 1

Fue lealtad de nuestros pechos.

CLARÍN

Si fue lealtad, yo os perdono.

[SOLDADO] 2

Sal a restaurar tu imperio.
¡Viva Segismundo!

2257 *perdistis. Vid.* nota al v. 1329.

2258 *tales por cuales:* «tal por cual. Expressión de desprecio, que equivale a cosa de poco más o menos, o indigna» *(Aut.)*.

TODOS

¡Viva!

CLARÍN

(Aparte.) ¿Segismundo dicen? Bueno.
Segismundos llaman todos
los príncipes contrahechos.

contrahechos: imitados.

[ESCENA III]

(Sale SEGISMUNDO.*)*

SEGISMUNDO

¿Quién no[m]bra aquí a Segismundo?

CLARÍN

(Aparte.) ¡Mas que soy príncipe huero!

[SOLDADO] 2

¿Quién es Segismundo?

SEGISMUNDO

Yo.

[SOLDADO] 2

Pues ¿cómo, atrevido y necio,
tú te hacías Segismundo?

CLARÍN

¿Yo Segismundo? Eso niego.
Que vosotros fuistis quien
me segismundasteis•, luego

2265 *contrahechos:* «lo assí imitado y assimilado» *(Aut.)*. De *contrahacer* dice el mismo Diccionario: «hacer una cosa tan semejante a otra, que dificultosamente se pueda distinguir la verdadera de la falsa».

2272 Cf. 2257.

2273 Los juegos con los nombres para hacer un chiste son frecuentes en Calderón. Así, por ej., en *La hija del aire. Primera parte*:

Menón: ¿*Sabes dónde*
Semíramis está?
Chato: *Pienso...*,

vuestra ha sido solamente
necedad y atrevimiento.

[SOLDADO] 1

Gran príncipe Segismundo
(que las señas que traemos
tuyas son, aunque por fe
te aclamamos señor nuestro),
tu padre, el gran rey Basilio,
temeroso que los cielos
cumplan un hado, que dice
que ha de verse a tus pies puesto,
vencido de ti, pretende
quitarte acción y derecho
y dársela• a Astolfo, duque
de Moscovia. Para esto
juntó su corte, y el vulgo,
penetrando ya y sabiendo
que tiene rey natural,
no quiere que un extranjero
venga a mandarle. Y así,
haciendo noble desprecio
de la inclemencia del hado,
te ha buscado donde preso
vives, para que, valido•

valido: amparado, defendido.

---

seis maravedís, no sé
donde

(ed. cit. de G. Edwards, pág. 72, vv. 1947-1949, y nota a estos versos).

Vid. también *El mayor monstruo del mundo*, donde, con los nombres de Aristóbolo y Polidoro, crea el gracioso Malacuca las formas verbales «me aritoboló» y «me polidoré» (*vid.* Aguilar, I, pág. 457, b). No es sólo Calderón el que utiliza derivados cómicos de nombres propios. Moreto, por ej., lo hace también en *El desdén con el desdén* (*vid.* ed. de F. Rico en Castalia, pág. 211, vv. 2141-2148, y nota al v. 2146, donde da más referencias de Moreto, recogidas ya por Ruth Kennedy, *The Dramatic Art of Moreto,* Filadelfia, 1932, pág. 51).

[2277-2279] Estos versos quieren significar: «aunque las señas que traemos se corresponden contigo, te aclamamos como señor nuestro por la fe que en ti tenemos».

[2296] De «valido» dice *Aut.:* «favorecido, amparado u ofendido».

de sus armas y saliendo
desta torre a restaurar
tu imperial corona y cetro,
se la quites a un tirano.
Sal, pues; que en ese desierto
ejército numeroso
de bandidos y plebeyos
te aclama. La libertad
te espera; oye sus acentos.

bandidos: más en el sentido de «miembro de una banda» que en el de «delincuente».

VOCES

(Dentro.) ¡Viva Segismundo, viva!

SEGISMUNDO

¿Otra vez (¿qué es esto, cielos?),
queréis que sueñe grandezas
que ha de deshacer el tiempo?
¿Otra vez queréis que vea
entre sombras y bosquejos
la majestad y la pompa
desvanecida del viento?
¿Otra vez queréis que toque
el desengaño, o el riesgo
a que el humano poder
nace humilde y vive atento?
Pues ¡no ha de ser, no ha de ser!
Miradme otra vez sujeto
a mi fortuna. Y pues sé
que toda esta vida es sueño,
idos, sombras, que fingís
hoy a mis sentidos muertos

bosquejos: cosas no acabadas, confusas.

[2303] *bandidos.* Creo que, aquí, está empleado en el sentido de «banderizo»: «el que hace parcialidad o bando, o le sigue» *(Aut.).*

[2306] Hay similitudes entre algunos aspectos de esta jornada y *Los cabellos de Absalón,* según notó A. Farinelli (La *vita é un sogno*, ed. cit., II, páginas 430-434). Tomo la referencia de Riquer.

[2311] *bosquejos:* «translaticiamente es la cosa no acabada, o no bien distinta» (*Aut.*).

[2312-2313] *la majestad y la pompa/desvanecida:* «Una palabra referida a varios términos podía concertar sólo con uno de ellos» (R. Lapesa, *Historia de la Lengua Española*, *op. cit.*, pág. 262).

cuerpo y voz, siendo verdad
que ni tenéis voz ni cuerpo;
que no quiero majestades
fingidas, pompas no quiero
fantásticas, ilusiones
que al soplo menos ligero
del aura han de deshacerse,
bien como el florido almendro,
que por madrugar sus flores,
sin aviso y sin consejo,
al primer soplo se apagan,
marchitando y desluciendo
de sus rosados capillos
belleza, luz y ornamento.
Ya os conozco, ya os conozco,
y sé que os pasa lo mesmo
con cualquiera que se duerme.
Para mí no hay fingimientos;
que, desengañado ya,
sé bien que la vida es sueño.

capillo: capullo.

[SOLDADO] 2

Si piensas que te engañamos,
vuelve a ese monte soberbio
los ojos, para que veas
la gente que aguarda en ellos
para obedecerte.

2327-2328 Sigo la puntuación de Sloman. Riquer puntúa con coma tras «no quiero», y sin coma «fantásticas ilusiones».

2331-2337 Riquer recuerda la fábula del almendro, tal como la expuso bellamente Calderón en *Hombre pobre todo es trazas* (*vid.* Aguilar, II, página 207, a).

2336 *capillos:* «el botón de la rosa u de otra flor, quando está aún cerrado. Es voz más usada en lo Poético, pues en prosa se dice Capullo» *(Aut.)*.

2345-2348 Es decir: «vuelve los ojos para que veas la gente que aguarda en ellos (los ojos) para obedecerte»; si no entendemos esto, hemos de pensar que «ellos» se refiere a «montes», aunque el antecedente gramatical es el singular «monte». También podría ser esto, y entonces pensar en un descuido de concordancias del autor.

SEGISMUNDO

Ya
otra vez vi aquesto mesmo
tan clara y distintamente
como agora lo estoy viendo,
y fue sueño.

[SOLDADO] 1

Cosas grandes
siempre, gran señor, trujeron
anuncios; y esto sería,
si lo soñaste primero.

SEGISMUNDO

Dices bien, anuncio fue;
y caso que fuese cierto,
pues que la vida es tan corta
soñemos, alma, soñemos
otra vez; pero ha de ser
con atención y consejo
de que hemos de despertar
deste gusto al mejor tiempo;
que llevándolo sabido,
será el desengaño menos;
que es hacer burla del daño
adelantarle el consejo.
Y con esta prevención
de que, cuando fuese cierto,
es todo el poder prestado
y ha de volverse a su dueño,
atrevámonos a todo.
Vasallos, yo os agradezco
la lealtad; en mí lleváis
quien os libre, osado y diestro,
de extranjera esclavitud.
Tocad al arma, que presto
veréis mi inmenso valor.
Contra mi padre pretendo

2361 *consejo*. *Vid*. nota al v. 1284.

2367 *consejo*. *Vid*. nota anterior.

tomar armas y sacar
verdaderos a los cielos.
Presto• he de verle a mis plantas.
(Aparte.) Mas si antes desto despierto,
¿no será bien no decirlo,
supuesto que no he de hacerlo?

TODOS

¡Viva Segismundo, viva!

[ESCENA IV]

(Sale CLOTALDO.*)*

CLOTALDO

¿Qué alboroto es éste, cielos?

SEGISMUNDO

Clotaldo.

CLOTALDO

Señor... *(Aparte.)* En mí
su crueldad• prueba.

CLARÍN

(Aparte.) Yo apuesto
que le despeña del monte.
(Vase.)

CLOTALDO

A tus reales plantas llego,
ya sé que a morir.

SEGISMUNDO

Levanta,
levanta, padre, del suelo
que tú has de ser norte y guía
de quien fíe mis aciertos;
que ya sé que mi crïanza

2380-2381 Es decir, hacer valer la predicción.

a tu mucha lealtad debo.
Dame los brazos.

CLOTALDO

¿Qué dices?

SEGISMUNDO

Que estoy soña[n]do, y que quiero
obrar bien, pues no se pierde
obrar bien, aun entre sueños. •

CLOTALDO

Pues, señor, si el obrar bien
es ya tu blasón, es cierto
que no te ofenda el que yo
hoy solicite lo mesmo.
¿A tu padre has de hacer guerra?
Yo aconsejarte no puedo •
contra mi Rey, ni valerte.
A tus plantas estoy puesto;
dame la muerte.

SEGISMUNDO

¡Villano,
traidor, ingrato! *(Aparte.)* Mas ¡cielos!
reportarme me conviene •
que aún no sé si estoy despierto.
Clotaldo, vuestro valor
os envidio y agradezco.
Idos a servir al Rey,
que en el campo nos veremos.
Vosotros, tocad al arma.

CLOTALDO

Mil veces tus plantas beso.
(Vase.)

SEGISMUNDO

A reinar, fortuna, vamos;
no me despiertes, si duermo,

2398 *Vid.* nota al v. 1475.

y si es verdad, no me duermas.
Mas, sea verdad o sueño,
obrar bien es lo que importa.
Si fuere verdad, por serlo;
si no, por ganar amigos
para cuando despertemos.
(Vanse, y tocan al arma.)

[ESCENA V]

(Salen el REY BASILIO *y* ASTOLFO.*)*

BASILIO

¿Quién, Astolfo, podrá parar prudente
la furia de un caballo desbocado?
¿Quién detener de un río la corriente.•
que corre al mar, soberbio y despeñado?
¿Quién un peñasco suspender, valiente,
de la cima de un monte, desgajado?
Pues todo fácil de parar ha sido•,
y un vulgo no, soberbio y atrevido.
   Dígalo en bandos el rumor partido,
pues se oye resonar en lo profundo
de los montes el eco repetido,
unos «Astolfo» y otros «Segismundo».
El dosel de la jura, reducido
a segunda intención, a horror segundo,
teatro funesto es, donde importuna
representa tragedias la fortuna.

ASTOLFO

   Suspéndase, señor, el alegría,
cese el aplauso y gusto lisonjero

2440-2443 Parece que la idea es que «el dosel de la jura ha servido para otros fines (segunda intención) relacionados con la revuelta de Segismundo y la guerra que prepara».

2444 *el alegría.* Aun cuando no fuera acentuada la «a» inicial de palabra, era frecuente el uso del artículo *él.* «Sólo queda *el* como femenino delante de palabras que empiezan con vocal *a (el altura, el arena),* sobre todo acentuada *(el agua, el águila)»,* (*vid.* R. Lapesa, *op. cit.*, pág. 250).

que tu mano feliz me prometía;
que si Polonia (a quien mandar espero)
hoy se resiste a la obediencia mía,
es porque la merezca yo primero.
Dadme un caballo, y de arrogancia lleno,
rayo decienda• el que blasona trueno.
(Vase.)

decienda: descienda.

BASILIO

Poco reparo tiene lo infalible,
y mucho riesgo lo previsto tiene;
si ha de ser, la defensa es imposible,
que quien la excusa más, más la previene.
¡Dura ley! ¡Fuerte caso! ¡Horror terrible!
Quien piensa que huye el riesgo, al riesgo [viene.
Con lo que yo guardaba me he perdido;
yo mismo, yo, mi patria he destrüido.

reparo: remedio.

excusa: trata de evitar; *previene:* anticipa.

[ESCENA VI]

(Sale ESTRELLA.*)*

ESTRELLA

Si tu presencia, gran señor, no trata
de enfrenar el tumulto sucedido,
que de uno en otro bando se dilata,
por las calles y plazas dividido,
verás tu reino en ondas de escarlata
nadar, entre la púrpura teñido
de su sangre; que ya con triste modo,
todo es desdichas y tragedias todo.

enfrenar: refrenar, reprimir.

2450-2451 Así explica estos versos M. Riquer: «El caballo, que con su inquietud, sus resoplidos y su cocear presume de trueno, conviértese en rayo con su rapidez y poder fulminante.»

2452 *reparo:* «restauración, recuperación o remedio» *(Aut.).*

2454 *defensa:* «reparo, resguardo con que se resiste o propulsa algún riesgo» *(Aut.).*

2455 Es decir, que «quien más quiere guardarse de lo infalible más lo anticipa», idea que repite en el verso siguiente.

un pirámide: una pirámide. Fue ambiguo durante mucho tiempo. Lope de Vega también lo usó como masculino.

Tanta es la ruina de tu imperio, tanta
la fuerza del rigor duro y sangriento,
que visto admira y escuchado espanta.
El sol se turba y se embaraza el viento;
cada piedra un pirámide levanta•
y cada flor construye un monumento;
cada edificio es un sepulcro altivo,
cada soldado un esqueleto vivo.

[ESCENA VII]

(Sale CLOTALDO.*)*

CLOTALDO

¡Gracias a Dios que, vivo, a tus pies
[llego!

BASILIO

Clotaldo, pues ¿qué hay de Segismundo?

CLOTALDO

Que el vulgo, monstruo despeñado y ciego,
la torre penetró, y de lo profundo
della sacó su príncipe, que luego
que vio segunda vez su honor segundo,
valiente se mostró, diciendo fiero
que ha de sacar al cielo verdadero.

BASILIO

Dadme un caballo, porque yo en persona
vencer valiente a un hijo ingrato quiero;
y en la defensa ya de mi corona,
lo que la ciencia erró venza el acero.
(Vase.)

2472-2473 Creo que estas dos imágenes tienen un contenido funerario. *Pirámide*, porque era frecuente realizar construcciones funerarias con esta forma. *Monumento* equivale a sepulcro en que todo se convierte, según el autor, por efecto del trágico tumulto.

2474 *altivo*. Hablando de cosas, «altivo» tiene el sentido de «elevado».

2483 Recordemos lo que Segismundo dijo en los vv. 2380-2381.

ESTRELLA

Pues yo al lado del sol seré Belona.
Poner mi nombre junto al tuyo espero;
que he de volar sobre tendidas alas
a competir con la deidad de Palas.
(Vase, y tocan al arma.)

Belona: diosa que presidía las batallas.

Palas: Atenea en su característica función guerrera.

[ESCENA VIII]

(Sale ROSAURA *y detiene a* CLOTALDO.*)*

ROSAURA

Aunque el valor q[ue] se encierra
en tu pecho desde allí
da voces, óyeme a mí;
que yo sé que todo es guerra.
Ya sabes que yo llegué
pobre, humilde y desdichada
a Polonia, y amparada
de tu valor, en ti hallé
piedad. Mandásteme ¡ay cielos!
que disfrazada viviese
en palacio, y pretendiese,
disimulando mis celos,
guardarme de Astolfo. En fin
él me vio, y tanto atropella
mi honor q[ue], viéndome, a Estrella
de noche habla en un jardín.
Déste la llave he tomado,

2488 *Belona:* «la Diosa Belona presidía a las batallas, a las guerras, a las muertes, a los incendios, y estragos, que suelen exercitarse en las guerras...» (Baltasar de Vitoria, *Segunda Parte del Theatro de los dioses de la gentilidad*, 1738, pág. 491). Lo que reconozco no comprender de este verso es la afirmación de que ella será como Belona «al lado del Sol», pues como la misma obra de Vitoria dice: «Y assí los poetas dixeron que ella era la que guiaba el Carro del Dios Marte, y le acompañaba» *(op. cit., ibidem)*. Así, pues, parece que la compañía de Belona sería Marte, no el Sol, como afirma Calderón, por lo menos mitológicamente hablando.

2491 *Palas.* Atenea o Minerva, diosa de la guerra. *Vid.* vv. 488, 493, y 2888-2889.

y te podré dar lugar
de que en él puedas entrar
a dar fin a mi cuidado.
Aquí, altivo, osado y fuerte,
volver por honor podrás,
pues que ya resuelto estás
a vengarme con su muerte.

CLOTALDO

Verdad es que me incliné,
desde el punto que te vi,
a hacer, Rosaura, por ti
(testigo tu llanto fue),
cuanto mi vida pudiese.
Lo primero que intenté,
quitarte aquel traje fue,
porque, si Astolfo te viese,
te viese en tu propio traje,
sin juzgar a liviandad
la loca temeridad
que hace del honor ultraje.
En este tiempo trazaba
cómo cobrar se pudiese
tu honor perdido, aunque fuese
(tanto tu honor me arrestaba),
dando muerte a Astolfo. ¡Mira
qué caduco desvarío!
Si bien, no siendo rey mío,
ni me asombra ni me admira.
Darle pensé muerte, cuando
Segismundo pretendió
dármela a mí, y él llegó,
su peligro atropellando,
a hacer en defensa mía
muestras de su voluntad

cobrar: recobrar.

[2513] *volver por*. *Vid*. nota al v. 1198.

[2525] *liviandad*. *Vid*. nota a los vv. 1185-1188.

[2529] *cobrar,* en el sentido de «recobrar». De *cobrar* dice *Aut*.: «Vale también adquirir, y en cierta manera recuperar y recobrar lo perdido.»

[2531] *arrestaba*. *Vid*. nota al v. 1937. Hartzenbusch corrige «arrastraba».

que fueron temeridad,
pasando de valentía.
Pues, ¿cómo yo agora (advierte),
teniendo alma agradecida,
a quien me ha dado la vida
le tengo de dar la muerte?
Y así, entre los dos partido
el efeto• y el cuidado,
viendo que• a ti te la he dado,
y que dél la he recibido,
no sé a qué parte acudir,
no sé qué parte ayudar;
si a ti me obligué con dar,
dél lo estoy con recibir.
Y así, en la acción que se ofrece,
nada a mi amor satisface,
porque soy persona que hace
y persona que padece.

ROSAURA

No tengo que prevenir
que en un varón singular,
cuanto es noble acción el dar
es bajeza el recibir.
Y este principio asentado
no has de estarle agradecido,
supuesto que si él ha sido
el que la vida te ha dado,
y tú a mí, evidente cosa
es que él forzó tu nobleza
a que hiciese una bajeza,
y yo una acción generosa.
Luego estás dél ofendido,
luego estás de mí obligado,
supuesto que a mí me has dado

singular: en el sentido encomiástico de «excelente».

[2550] Aquí continúa el juego equívoco de conceptos de la frase «dar vida», iniciado en la primera jornada, vv. 888-918.

[2559] Este conflicto interior se encuentra en otros personajes calderonianos (*vid.* según referencia de Maccoll, *Mañanas de abril y mayo*, *BAE*, II, 292, c).

[2561] *singular*. Aquí, debe tener el sentido encomiástico de «excelente».

lo que dél has recibido;
y así debes acudir
a mi honor en riesgo tanto,
pues yo le prefiero cuanto
va de dar a recibir.

CLOTALDO

Aunque la nobleza vive
de la parte del que da,
el agradecerla está
de parte del que recibe;
y pues ya dar he sabido,
ya tengo con nombre honroso
el nombre de generoso.
Déjame el de agradecido,
pues le puedo conseguir
siendo agradecido cuanto
liberal, pues honra tanto
el dar como el recibir.

ROSAURA

De ti recibí la vida,
y tú mismo me dijiste,
cuando la vida me diste,
que la que estaba ofendida
no era vida. Luego yo
nada de ti he recibido;

[2579] Todo este párrafo muestra el gusto silogístico de los personajes teatrales calderonianos, cuando entran en controversia; a veces, el conceptismo de tales fórmulas requiere un esfuerzo de comprensión, como creo que sucede en este caso. Recordemos además que el autor juega constantemente con cierto doble sentido (*vid.* nota al v. 2550). El significado, si no me equivoco, es aquí el siguiente: Rosaura parte de una proposición —que es más noble dar que recibir—, puesto que Astolfo «ha dado» a Clotaldo, y éste ha sido obligado en su nobleza a cometer la «bajeza» de recibir; como, de nuevo y en consecuencia, el dar es más noble que el recibir, el reparar el honor de Rosarura (dar) será hazaña más valiosa que el corresponder al agradecimiento por haber recibido beneficio de Astolfo. De tal sofisma sabe salir Clotaldo en los versos que siguen (vv. 2580-2591).

[2592-2607] Vuelve nuevamente Rosaura a torcer el argumento de «dar vida» a su conveniencia.

pues vida no vida ha sido
la que tu mano me dio.
Y si debes ser primero
liberal que agradecido
(como de ti mismo he oído),
que me des la vida espero,
que no me la has dado, y pues
el dar engrandece más,
sé antes liberal; serás
agradecido después.

CLOTALDO

Vencido de tu argumento,
antes liberal seré.
yo, Rosaura, te daré
mi hacienda, y en un convento
vive; que está bien pensado
el medio que solicito;
pues huyendo de un delito
te recoges a un sagrado;
que cuando, tan dividido,
el reino desdichas siente,
no he de ser quien las aumente,
habiendo noble nacido.
Con el remedio elegido
soy con el reino leal,
soy contigo liberal,
con Astolfo agradecido;
y así escogerle te cuadre,
quedándose entre los dos,

2615 sigs. *Vid.* v. 1700. Nuevo juego de conceptos. Recogerse a sagrado para huir de un delito era costumbre de la época; sabido es que el propio Calderón intervino en un episodio muy sonado de este género (*vid.* el *Estudio preliminar*). Aquí, el «recogerse a un convento» se entiende analógico con «recogerse a sagrado». Clotaldo, para salir del atolladero en que le ha puesto Rosaura, argumenta de forma tan sofística como había argumentado antes la propia Rosaura.

2625 Sloman asegura que «entre los dos» se refiere a «remedios» («that which he has proposed and her own»), de lo que no estoy muy seguro. Pienso incluso si no estará más claro aceptar la referencia «a los dos» como a las dos

que no hiciera ¡vive Dios!
más, cuando fuera tu padre.

ROSAURA

cuando: si. Con valor condicional.

Cuando tú mi padre fueras,
sufriera esa injuria yo;
pero no siéndolo, no.

CLOTALDO

Pues ¿qué es lo q[ue] hacer esperas?

ROSAURA

Matar al Duque.

CLOTALDO

Una dama
que padres no ha conocido
¿tanto valor ha tenido?

ROSAURA

Sí.

CLOTALDO

¿Quién te alienta?

ROSAURA

Mi fama.

CLOTALDO

Mira que a Astolfo has de ver…

ROSAURA

Todo mi honor lo atropella.

CLOTALDO

…tu rey, y esposo de Estrella.

ROSAURA

¡Vive Dios que no ha de ser!

---

personas (Clotaldo y Rosaura). Quizá «quedándose entre los dos» se refiera al hecho de escogerle. En cualquier caso, parece dudoso.

2627-2628 *cuando,* con valor de condición *(si): vid.* Keniston, 29, 731, página 400.

CLOTALDO

Es locura.

ROSAURA

Ya lo veo.

CLOTALDO

Pues véncela.

ROSAURA

No podré.

CLOTALDO

Pues perderás…

ROSAURA

Ya lo sé.

CLOTALDO

…vida y honor.

ROSAURA

Bien lo creo.

CLOTALDO

¿Qué intentas?

ROSAURA

Mi muerte.

CLOTALDO

Mira
que eso es despecho.

ROSAURA

Es honor.

CLOTALDO

Es desatino.

ROSAURA

Es valor.

CLOTALDO

Es frenesí.

ROSAURA

Es rabia, es ira.

CLOTALDO

En fin, ¿que no se da medio
a tu ciega pasión?

ROSAURA

No.

CLOTALDO

¿Quién ha de ayudarte?

ROSAURA

Yo.

CLOTALDO

¿No hay remedio?

ROSAURA

No hay remedio.

CLOTALDO

Piensa bien si hay otros modos…

ROSAURA

Perderme de otra manera.
(Vase.)

CLOTALDO

Pues has de perderte, espera,
hija, perdámonos todos.
(Vase.)

[ESCENA IX]

(Tocan y salen, marchando, soldados, CLARÍN *y* SEGISMUNDO, *vestido de pieles.)*

SEGISMUNDO

Si este día me viera

2653 Es decir, «(he de) perderme (también) de otra manera».

Roma en los triunfos de su edad primera,
¡oh, cuánto se alegrara,
viendo lograr una ocasión tan rara
de tener una fiera
que sus grandes ejércitos rigiera,
a cuyo altivo aliento
fuera poca conquista el firmamento!
Pero el vuelo abatamos,
espíritu. No así desvanezcamos
aqueste aplauso incierto,
si ha de pesarme, cuando esté despierto,
de haberlo conseguido
para haberlo perdido;
pues mientras menos fuere,
menos se sentirá si se perdiere.
(Dentro, un clarín.)

CLARÍN

En un veloz caballo
(perdóname, que fuerza es el pintallo
en viniéndome a cuento),
en quien un mapa se dibuja atento,
pues el cuerpo es la tierra;
el fuego, el alma que en el pecho encierra;
la espuma, el mar; el aire, su suspiro,
en cuya confusión un caos admiro;
pues en el alma, espuma, cuerpo, aliento,
monstruo es de fuego, tierra, mar y viento,
de color remendado,
rucio, y a su propósito rodado

remendado: que tiene la piel manchada.
rucio... rodado: caballo de color pardo claro.

[2665] *Vid.* nota al v. 1523.

[2672-2687] *Vid.*, para esta descripción del caballo, la nota a los vv. 3-8.

[2682] *de color remendado.* De «remendado» dice *Aut.*: «se aplica también al animal que tiene la piel manchada».

[2683-2864] Es posible que, además del sentido literal de «movido a su gusto por el que bate la espuela», *rodado* aquí haga referencia también al color del animal, habida cuenta de lo que dice *Aut.* sobre el «rucio rodado»: «El caballo de color pardo claro, que comúnmente se llama tordo, y se dice rodado quando sobre su piel aparecen a la vista ciertas ondas o ruedas, formadas de su pelo.» Sería uno de los muchos juegos de doble sentido que encontramos

del que bate la espuela
y en vez de correr llega
airosa una mujer.

SEGISMUNDO

Su luz me ciega.

CLARÍN

¡Vive Dios que es Rosaura!
(Vase.)

SEGISMUNDO

El cielo a mi presencia la restaura.

[ESCENA X]

vaquero: vestido largo parecido al usado por los pastores.

(Sale ROSAURA, *con vaquero, espada y daga.)*

ROSAURA

Generoso Segismundo,
cuya majestad heroica
sale al día de sus hechos
de la noche de sus sombras;
y como el mayor planeta
que en los brazos de la aurora
se restituye luciente
a las flores y a las rosas,
y sobre mares y montes,
cuando coronado asoma,

---

en el texto calderoniano. En *El alcalde de Zalamea* aparece un equívoco semejante (*vid.* Ed. A. Cortina, Madrid, Clásicos Castellanos, pág. 120, acto I, escena IV):

Don Mendo: ¿Cómo va el rucio?
Nuño: Rodado,
pues no puede menearse

Aunque aquí el sentido no es exactamente el mismo, sí persiste la situación de equívoco.

luz esparce, rayos brilla,
cumbres baña, espumas borda;
así amanezcas al mundo,
luciente sol de Polonia,
que a una mujer infelice,
que hoy a tus plantas se arroja,
ampares por ser mujer
y desdichada; dos cosas
que, para obligar a un hombre
que de valiente blasona,
cualquiera de las dos basta,
de las dos cualquiera sobra.
Tres veces son las que ya
me admiras, tres las que ignoras
quién soy, pues las tres me has visto
en diverso traje y forma.
La primera me creíste
varón, en la rigurosa
prisión, donde fue tu vida
de mis desdichas lisonja.
La segunda me admiraste
mujer, cuando fue la pompa
de tu majestad un sueño,
una fantasma, una sombra.
La tercera es hoy, que siendo
monstruo de una especie y otra,
entre galas de mujer
armas de varón me adornan.
Y porque compadecido
mejor mi amparo dispongas,
es bien que de mis sucesos
trágicas fortunas oigas.
De noble madre nací

una fantasma: femenino como «centinela» y «guarda».

2700 Riquer resalta el uso transitivo del verbo *brillar,* que le parece aquí licencia de gran belleza poética.

2719 *lisonja:* «metaphoricamente se toma por lo que agrada, deleita y da gusto a los sentidos» *(Aut.).*

2723 *fantasma.* Era del género femenino en el siglo XVII, como «guarda», «centinela», etc. *Vid.* v. 276.

en la corte de Moscovia,
que, según fue desdichada,
debió de ser muy hermosa.
En ésta puso los ojos
un traidor, que no le nombra
mi voz por no conocerle,
de cuyo valor me informa
el mío; pues siendo objeto
de su idea, siento ahora
no haber nacido gentil,
para persuadirme loca,
a que fue algún dios de aquellos
que en metamorfosis lloran,
lluvia de oro, cisne y toro,
Dánae, Leda y Europa.
Cuando pensé que alargaba,
citando aleves historias,
el discurso, hallo que en él
te he dicho en razones pocas
que mi madre, persuadida
a finezas amorosas,
fue como ninguna bella,
y fue infeliz como todas.
Aquella necia disculpa

Dánae, Leda y Europa: las tres hermosas princesas conquistadas por Júpiter mediante sus sucesivas metamorfosis.

aleves: normalmente «traidores», aquí parece más bien «falsos».

[2734-2735] Alusión al común proverbio que supone que la mujer hermosa debe ser desgraciada. Es idea frecuente en Calderón. Maccoll da dos referencias: *El médico de su honra* (*BAE*, I, 351, a) y *La niña Gómez Arias* (*BAE*, IV, 32, b).

[2739-2741] Confieso que estos versos no me parecen claros. M. de Riquer los explica así: «Rosaura deduce de su propio *valor,* o nobleza, el de su padre; éste es la *idea,* ella el *objeto:* luego éste debe parecerse a aquélla y viceversa.»

[2744-2747] Claras alusiones a los conocidos mitos clásicos que refieren las conquistas amorosas de Júpiter. De los tres existen además famosas reproducciones pictóricas. Rosaura es explícita en el significado metafórico de los mitos; estableciéndose la correspondencia ordenada de los personajes con los disfraces respectivos de Júpiter. M. de Riquer cree que la mención de las «metamorfosis» no alude a éstas en sí, sino al famoso libro de Ovidio.

[2749] *aleve.* Normalmente significa «traidor». Covarrubias dice que era vocablo muy usado. *Vid.* nota al v. 1953.

de fe y palabra de esposa
la alcanza tanto que aun hoy
el pensamiento la cobra,
habiendo sido un tirano
tan Eneas de su Troya
que la dejó hasta la espada.
Envéinese aquí su hoja,
que yo la desnudaré
antes que acabe la historia.
Deste, pues, mal dado nudo
que ni ata ni aprisiona,
o matrimonio o delito,
si bien todo• es una cosa,
nací yo tan parecida,
que fui un retrato, una copia,
ya que en la hermosura no,
en la dicha y en las obras;
y así no habré menester
decir que, poco dichosa
heredera de fortunas,
corrí con ella una propia.
Lo más que podré decirte
de mí es el dueño que roba
los trofeos de mi honor,
los despojos de mi honra.
Astolfo... ¡Ay de mí!, al nombrarle

la cobra: la repara.

[2758-2759] M. de Riquer explica estos versos así: «la imaginación *cobra,* o sea repara, la injuria cometida contra el honor (es decir: el incumplimiento de la palabra). Confirman los versos 2529 y 2530».

[2760-2762] Hay evidente confusión de Troya con Cartago, algo explicable dada la relación del héroe Eneas con ambas ciudades. Este tipo de errores es frecuente incluso en poetas modernos. Riquer especula sobre si el error no habrá nacido de unos versos del romance *Eneas y Dido (Romancero General).* El motivo de la *espada* también aparece en el romance. Es muy conocida la muerte de la infeliz Dido con la espada que le dejó Eneas al abandonarla, episodio referido en la *Eneida* (L, IV); a este hecho alude Calderón en el v. 2762.

[2777] *correr fortuna* tenía un sentido náutico, con el que juega aquí Calderón. *Aut.* dice: «phrase náutica, que explica padecer tormenta la embarcación, y peligrar en ella, o llegar a pique de perderse».

se encoleriza y se enoja
el corazón, propio efeto
de que enemigo se nombra.•
Astolfo fue el dueño ingrato,
que olvidado de las glorias
(porque en un pasado amor
se olvida hasta la memoria),
vino a Polonia, llamado
de su conquista famosa,
a casarse con Estrella,
que fue de mi ocaso antorcha.
¿Quién creerá que, habiendo sido
una estrella quien conforma
dos amantes, sea una Estrella
la que los divida agora?
Yo ofendida, yo burlada,
quedé triste, quedé loca,
quedé muerta, quedé yo,
que es decir que quedó toda
la confusión del infierno
cifrada en mi Babilonia;
y declarándome muda
(porque hay penas y congojas
que las dicen los afectos
mucho mejor que la boca)
dije mis penas callando,
hasta que una vez a solas
Violante mi madre, ¡ay, cielos!,
rompió la prisión, y en tropa
del pecho salieron juntas,
tropezando unas con otras.
No me embaracé en decirlas;
que en sabiendo una persona
que a quien sus flaquezas cuenta
ha sido cómplice en otras,

Babilonia: símbolo de confusión.

2803 *cifrada*. Todavía hoy, en sentido figurado, vale por compendiar, reducir muchas cosas a una, significado que también recoge *Aut.*, *Babilonia* se hizo sinónimo de «confusión» desde hace mucho tiempo. Calderón lo usa frecuentemente en este sentido.

parece que ya le hace
la salva y le desahoga;
que a veces el mal ejemplo
sirve de algo. En fin, piadosa
oyó mis quejas, y quiso
consolarme con las propias.
Juez que ha sido delincuente,
¡qué fácilmente perdona!
Y escarmentando en sí misma,
y por negar a la ociosa
libertad, al tiempo fácil,
el remedio de su honra,
no le tuvo en mis desdichas.
Por mejor consejo toma
que le siga y que le obligue,
con finezas prodigiosas,
a la deuda de mi honor;
y para que a menos costa
fuese, quiso mi fortuna
que en traje de hombre me ponga.
Descolgó una antigua espada
que es esta que ciño. Agora
es tiempo que se desnude,

hace la salva: le pide permiso.

a menos costa: con menos trabajo.

2818-2819 *le hace salva.* Creo que aquí significa «le da permiso». De «hacer la salva» dice *Aut.*: «Vale assimismo pedir la venia, permisso, y licencia para hablar, contradecir, o representar alguna cosa.» Curiosamente, este Diccionario ofrece como autoridad un texto de Calderón, la loa del auto *A Dios por razón de estado*:

...Por vía
de argumentación, haciendo
salva a la Fe (salva dixe)
desta manera argumento.

(*Vid.* para el texto completo: *Pando, Parte Primera,* 1717, pág. 3, a-b).

2826-2830 No veo el sentido muy claro; quizá quiera significar que no tuvo al tiempo «por remedio en mis desdichas». Algo así es lo que parece entender también Sloman: «she did not regard it (time) to be the remedy in my misfortunes».

2835 *menos costa:* «con menos trabajo». Ya en *Aut.* éste era el valor metafórico de «costa».

como prometí, la hoja,
pues confiada en sus señas
me dijo: «Parte a Polonia,
y procura que te vean
ese acero que te adorna
los más nobles; que en alguno
podrá ser que hallen piadosa
acogida tus fortunas,
y consuelo tus congojas.»
Llegué a Polonia en efeto.
Pasemos, pues que no importa
el decirlo, y ya se sabe
que un bruto que se desboca
me llevó a tu cueva, adonde
tú de mirarme te asombras.
Pasemos que allí Clotaldo
de mi parte se apasiona,
que pide mi vida al Rey,
que el Rey mi vida le otorga,
que informado de quién soy,
me persuade a que me ponga
mi propio traje, y que sirva
a Estrella, donde ingeniosa
estorbé el amor de Astolfo
y el ser Estrella su esposa.
Pasemos que aquí me viste
otra vez confuso, y otra
con el traje de mujer
confundiste entrambas formas;
y vamos a que Clotaldo,
persuadido a que le importa
que se casen y que reinen
Astolfo y Estrella hermosa,
contra mi honor me aconseja
que la pretensión disponga.
Yo, viendo que tú, ¡oh, valiente
Segismundo!, a quien hoy toca
la venganza, pues el cielo
quiere que la cárcel rompas
desa rústica prisión,

donde ha sido tu persona
al sentimiento una fiera,
al sufrimiento una roca,
las armas contra tu patria
y contra tu padre tomas,
vengo a ayudarte, mezclando
entre las galas costosas
de Dïana, los arneses
de Palas, vistiendo agora
ya la tela y ya el acero,
q[ue] entrambos juntos me adornan.
Ea, pues, fuerte caudillo,
a los dos juntos importa
impedir y deshacer
estas concertadas bodas;
a mí porque no se case
el que mi esposo se nombra,
y a ti porque, estando juntos
sus dos estados, no pongan
con más poder y más fuerza
en duda nuestra vitoria.
Mujer, vengo a persuadirte
el remedio de mi honra,
y varón, vengo a alentarte
a que cobres tu corona.
Mujer, vengo a enternecerte
cuando a tus plantas me ponga,
y varón, vengo a servirte
cuando a tus gentes socorra.
Mujer, vengo a que me valgas
en mi agravio y mi congoja,
y varón, vengo a valerte
con mi acero y mi persona.
Y así piensa que si hoy
como a mujer me enamoras,
como varón te daré

Diana: diosa de la caza; arneses: armadura.
Palas: la diosa guerrera.

2887-2888 El vaquero, más propio de Diana, la diosa de la caza, y los arneses característicos de la belicosa Palas Atenea.

2912 *Vid.* nota al v. 2296.

la muerte en defensa honrosa
de mi honor: porque he de ser,
en su conquista amorosa,
mujer para darte quejas,
varón para ganar honras.

SEGISMUNDO

(Aparte.) Cielos, si es verdad que sueño,
suspendedme la memoria,
que no es posible que quepan
en un sueño tantas cosas.
¡Válgame Dios! ¡Quién supiera
o saber salir de todas,
o no pensar en ninguna!
¿Quién vio penas tan dudosas?
Si soñé aquella grandeza
en que me vi, ¿cómo agora
esta mujer me refiere
unas señas tan notorias?
Luego fue verdad, no sueño;
y si fue verdad, que es otra
confusión y no menor,
¿cómo mi vida le nombra
sueño? Pues ¿tan parecidas
a los sueños son las glorias
que las verdaderas son
tenidas por mentirosas,
y las fingidas por ciertas?
¿Tan poco hay de unas a otras
que hay cuestión sobre saber
si lo que se ve y se goza
es mentira o es verdad?
¿Tan semejante es la copia

[2919] No comprendo bien este verso. Sloman afirma que *su* se refiere *a honor* del verso anterior. En cualquier caso, el sentido parece ser: «en la conquista amorosa de mi honor he de ser...». *Amorosa,* al igual que *amorosamente,* puede significar simplemente «con toda voluntad».

[2923] *suspendedme:* «significa también arrebatar el ánimo, y detenerlo con la admiración de lo extraño, o lo inopinado de algún objeto, o sucesso» *(Aut.).*

al original que hay duda
en saber si es ella propia?
Pues si es así, y ha de verse
desvanecida entre sombras
la grandeza y el poder,
la majestad y la pompa,
sepamos aprovechar
este rato que nos toca,
pues sólo se goza en ella
lo que entre sueños se goza.
Rosaura está en mi poder,
su hermosura el alma adora.
Gocemos, pues, la ocasión;
el amor las leyes rompa
del valor y confianza
con que a mis plantas se postra.
Esto es sueño y pues lo es,
soñemos dichas agora
que después serán pesares.
Mas con mis razones propias
vuelvo a convencerme a mí.
Si es sueño, si es vanagloria,
¿quién por vanagloria humana
pierde una divina gloria?
¿Qué pasado bien no es sueño?
¿Quién tuvo dichas heroicas
que entre sí no diga, cuando
las revuelve en su memoria:
«sin duda que fue soñado
cuanto vi»? Pues si esto toca
mi desengaño, si sé
que es el gusto llama hermosa

toca: en el sentido de «sabe con certeza».

2951 *desvanecida*. Parece que se refiere a *grandeza* del verso siguiente, aunque, dada la pluralidad de elementos concordantes, esperaríamos un plural masculino.

2956 *ella*. Según la concordancia del v. 2951, *ella* se referirá también a *grandeza*, como opina Martín de Riquer.

2977 *toca*. De *tocar* dice *Aut.*: «vale assimismo saber alguna cosa ciertamente, o por experiencia que se ha tenido de ella».

vividora: duradera.

que le convierte en cenizas
cualquiera viento que sopla,
acudamos a lo eterno;
que es la fama vividora,
donde ni duermen las dichas,
ni las grandezas reposan.•
Rosaura está sin honor;
más a un príncipe le toca
el dar honor que quitarle.
¡Vive Dios! que de su honra
he de ser conquistador
antes que de mi corona.
Huyamos de la ocasión,
que es muy fuerte.—Al arma toca,
que hoy he de dar la batalla,
antes que a las negras sombras•
sepulten los rayos de oro
entre verdinegras ondas.

ROSAURA

Señor, ¿pues así te ausentas?
¿Pues ni una palabra sola
no te debe mi cuidado,
no• merece mi congoja?
¿Cómo es posible, señor,
que ni me mires ni oigas?
¿Aun no me vuelves el rostro?

SEGISMUNDO

Rosaura, al honor le importa,
por ser piadoso contigo,
ser crüel contigo agora.
No te responde mi voz,
porque mi honor te responda;
no te hablo, porque quiero
que te hablen por mí mis obras;
ni te miro, porque es fuerza,

2983 *vividora:* «se aplica como adjetivo a las cosas que no son vivientes, pero duran largo tiempo» *(Aut.)*.

2995 *Vid.* nota al v. 1430.

en pena tan rigurosa,
que no mire tu hermosura
quien ha de mirar tu honra.
(Vanse.)

ROSAURA

¿Qué enigmas, cielos, son éstas?
Después de tanto pesar,
¡aún me queda que dudar
con equívocas respuestas!

enigmas: femenino como «fantasma», «centinela», etc.

[ESCENA XI]

(Sale CLARÍN.*)*

CLARÍN

Señora, ¿es hora de verte?

ROSAURA

¡Ay, Clarín! ¿Dónde has estado?

CLARÍN

En una torre encerrado,
brujuleando mi muerte,
si me da, o no me da;
y a figura que me diera,
pasante quínola fuera

pasante quínola: cierta forma de jugar a los naipes.

3016 *enigmas. Vid.* notas a los vv. 276 y 2723. *Enigma*, igual que «fantasma», «centinela», etc., era femenino en el siglo XVII.

3022-3028 Clarín utiliza una terminología propia del juego de naipes para describir sus tribulaciones, cosa muy frecuente en los personajes graciosos (también en la visión satírica de algunas obras picarescas), que, de esta manera, trivializan la realidad.

3023 *brujuleando*. De la palabra *bruxulear* dice *Aut.:* «mirar y acechar con cuidado: y en los juegos de naipes es ir el jugador descubriendo poco a poco las cartas, y por la pinta conocer de qué palo es». También lo explica de modo semejante Covarrubias.

3024-3025 *dar*, en el sentido de «dar una mano», propio del juego de cartas. *Figura* tiene, en dicho juego, el mismo sentido que hoy.

3026 *pasante quínola*. De *passante* dice *Aut.:* «cierto modo de jugar a las quínolas, en el jugador que gana dos tantos o piedras se lleva y tira lo que se

mi vida; que estuve ya
para dar un estallido.

ROSAURA

¿Por qué?

CLARÍN

Porque sé el secreto
de quién eres, y en efeto,
(Dentro, cajas.)
Clotaldo... Pero ¿qué ruido
es éste?

ROSAURA

¿Qué puede ser?

CLARÍN

Que del palacio sitiado
sale un escuadrón armado
a resistir y vencer
el del fiero Segismundo.

ROSAURA

Pues ¿cómo cobarde estoy
y ya a su lado no soy
un escándalo del mundo,
cuando ya tanta crueldad
cierra sin orden ni ley?
(Vase.)

cierra: acomete, embiste.

juega, lo que gana más bien, si el juego o la quínola es Passante de este número, y vale quatro piedras». «Quínola»: «Juego de naipes en que el lance principal consiste en hacer quatro cartas, cada una de su palo, y si las hacen dos, gana la que incluye más punto.»

3027-3028 *Estar para dar un estallido* es definido así por *Aut.*: «phrase exagerativa con que se explica se teme y espera suceda algún gravísimo daño».

3039 *escándalo. Vid.* nota al v. 308.

3041 *cierra.* «metaphoricamente. Embestir, acometer un exercito a otro» *(Aut.)*.

[ESCENA XII]

DENTRO UNOS

¡Viva n[uest]ro invicto Rey!

DE[N]TRO OTROS

¡Viva nuestra libertad!

CLARÍN

¡La libertad y el Rey vivan!
Vivan muy enhorabuena,
que a mí nada me da pena,
como en cuenta me reciban;
que yo, apartado este día
en tan grande confusión,
haga el papel de Nerón
que de nada se dolía.
Si bien me quiero doler
de algo, y ha de ser de mí;
escondido, desde aquí
toda la fiesta he de ver.
El sitio es oculto y fuerte
entre estas peñas. Pues ya
la muerte no me hallará,
¡dos higas para la muerte!

(Escó[n]dese. Suena ruido de armas.)

(Salen el REY, CLOTALDO *y* ASTOLFO, *huyendo.)*

higas: gesto de burla.

3050-3051 Estos dos versos aluden a un conocidísimo y citadísimo romance:

Mira Nero de Tarpeya
A Roma cómo se ardía;
gritos dan niños y viejos,
y él de nada se dolía...

Estos cuatro primeros versos ya son recordados por Sempronio en *La Celestina* (*vid.* ed. M. Criado de Val y G. D. Trotter, Madrid, CSIC, 1958, páginas 26-27). Su mención en el Siglo de Oro, que yo sepa, llega, por lo menos, hasta *El Diablo Cojuelo*, de Vélez de Guevara (*vid.* ed. E. R. Cepeda y E. Rull, Madrid, Ed. Alcalá, 1968, pág. 165).

3059 Sabido es el valor de amuleto que tenía la higa, pero también tenía un sentido de burla cuando «hacer una higa» significaba el gesto que describe

[ESCENA XIII]

BASILIO

¿Hay más infelice rey?
¿Hay padre más perseguido?

CLOTALDO

Ya tu ejército vencido
baja sin tino ni ley.

ASTOLFO

Los traidores vencedores
quedan.

BASILIO

En batallas tales
los que vencen son leales,
los vencidos los traidores.
Huyamos, Clotaldo, pues,
del crüel, del inhumano
rigor de un hijo tirano.
(Disparan dentro, y cae CLARÍN, *herido, de donde está.)*

CLARÍN

¡Válgame el cielo!

ASTOLFO

¿Quién es
este infelice soldado
que a nuestros pies ha caído
en sangre todo teñido?

CLARÍN

Soy un hombre desdichado,

---

así *Aut.:* «Se llama también la acción que se hace con la mano cerrado el puño, mostrando el dedo pulgar por entre el dedo índice y el de en medio, con la qual se señalaba a las personas infames y torpes, o se hacía burla y desprecio de ellas. También se usaba contra el aojo...»

[3063] Hoy diríamos «sin orden ni concierto».

[3066-3067] Idea que se encuentra en otras obras de Calderón. Maccoll remite a *Para vencer a amor, querer vencerle* (*BAE*, III, 171, a).

que por quererme guardar
de la muerte, la busqué.
Huyendo della, topé
con ella, pues no hay lugar
para la muerte secreto.
De donde claro se arguye
que quien más su efeto huye
es quien se llega a su efeto.
Porque eso tornad, tornad
a la lid sangrienta luego;
que entre las armas y el fuego
hay mayor seguridad
que en el monte más guardado;
que no hay seguro camino
a la fuerza del destino
y a la inclemencia del hado.
Y así, aunque a libraros vais
de la muerte con hüir,
mirad que vais a morir,
si está de dios que muráis.
(Cae dentro.)

BASILIO

Mirad que vais a morir,
si está de Dios que muráis.
¡Qué bien, ay, cielos, persuade
nuestro error, nuestra ignorancia,
a mayor conocimiento
este cadáver que habla
por la boca de una herida,
siendo el humor que desata

3076-3077 No sé si en el fondo pesa aquí el dicho evangélico «si uno quiere salvar su vida, la perderá» (*Lucas*, 9, 24).

3090-3095 Es curioso que en tan corto párrafo se refieran paralelamente y, en cierto sentido, parezcan equiparados los conceptos pagano (del hado) y cristiano (de la providencia de Dios). No creo, sin embargo, que el autor quiera identificarlos, aunque sí quizá sus efectos. De cualquier manera, el manejar los dos conceptos nos pone en la pista de las dos líneas de la trama: un hado falsamente entendido, y un hado verdadero (que es la voluntad de Dios); cuestiones que se van a debatir a partir de los versos siguientes.

sangrienta lengua que enseña
que son diligencias vanas
del hombre cuantas dispone
contra mayor fuerza y causa!
Pues yo, por librar de muertes
y sediciones mi patria,
vine a entregarla a los mismos
de quien pretendí librarla.

CLOTALDO

Aunque el hado, señor, sabe
todos los caminos, y halla
a quien busca entre lo espeso
de dos peñas, no es cristiana
determinación decir
que no hay reparo a su saña.
Sí hay, que el prudente varón
vitoria del hado alcanza;
y si no estás reservado
de la pena y la desgracia,
haz por donde te reserves.

ASTOLFO

Clotaldo, señor, te habla
como prudente varón
que madura edad alcanza,
yo como joven valiente.
Entre las espesas ramas
dese monte está un caballo,
veloz aborto del aura;
huye en él, que yo entre tanto
te guardaré las espaldas.

3120-3122 Para el valor de *reservar*, *vid.* nota al v. 774.

3129 Para *aborto, vid.* v. 144 y nota. Es bien sabido que *aura* era una clase de viento apacible, pero aquí es posible que Calderón tenga presente el sentido mitológico del vocablo, ya que *Aura* podía ser el nombre de una cazadora compañera de Artemisa, distinguida por su velocidad; Dionisio se enamoró de ella y trató de alcanzarla a la carrera sin conseguirlo. La reminiscencia mitológica en el texto calderoniano parece clara, habida cuenta de la imagen que se trata de comunicar con dicho término. Para *aura*, véase nuestra nota al v. 1405.

BASILIO

Si está de Dios que yo muera,
o si la muerte me aguarda,
aquí, hoy la quiero buscar,
esperando cara a cara.

[ESCENA XIV]

(Tocan al arma, y sale SEGISMUNDO *y toda la compañía.)*

SEGISMUNDO

En lo intrincado del monte,
entre sus espesas ramas,
el Rey se esconde. Seguilde,
no quede en sus cumbres planta
que no examine el cuidado,
tronco a tronco, y rama a rama.

CLOTALDO

¡Huye, señor!

BASILIO

¿Para qué?

ASTOLFO

¿Qué intentas?

BASILIO

Astolfo, aparta.

CLOTALDO

¿Qué intentas?•

BASILIO

Hacer, Clotaldo,
un remedio que me falta.

3138 *seguilde* por «seguidle», Juan de Valdés, en *Diálogo de la lengua,* desaconseja esta metátesis que, sin embargo, es frecuente en el Siglo de Oro (*vid.* Keniston, 3044, pág. 407). Véase también nuestra nota al v. 286.

Si a mí buscándome vas,
ya estoy, príncipe, a tus plantas;
sea dellas blanca alfombra
esta nieve de mis canas.
Pisa mi cerviz, y huella
mi corona; postra, arrastra
mi decoro y mi respeto;
toma de mi honor venganza;
sírvete de mí cautivo;
y tras prevenciones tantas,
cumpla el hado su homenaje,
cumpla el cielo su palabra.

homenaje: en el sentido figurado de «promesa, pacto».

SEGISMUNDO

Corte ilustre de Polonia,
que de admiraciones tantas
sois testigos, atended,
que vuestro príncipe os habla.
Lo que está determinado
del cielo, y en azul tabla
Dios con el dedo escribió,
de quien son cifras y estampas
tantos papeles azules
que adornan letras doradas,
nunca mienten, nunca engañan;
porque quien miente y engaña
es quien, para usar mal dellas,
las penetra y las alcanza.

admiraciones: maravillas, prodigios.

alcanza: entiende, comprende.

3146-3157 Basilio se entrega a Segismundo y a lo que cree dispuesto por el hado que él tan bien conoce y en el que parece haber creído de una manera fatalista (cf. vv. 720-725).

3156 *homenaje. Vid.* nota al v. 432. Aquí tiene sentido figurado, equivalente a «promesa, pacto».

3159 *admiraciones* en el sentido de «maravillas, prodigios». En una de las acepciones de *admirar* dice *Aut.*: «mirar una cosa con espanto de su calidad, de su valor u de su grandeza».

3162-3171 Para la imagen del cielo como libro azul escrito con letras doradas (estrellas), *vid.* nota a los vv. 632-639.

3171 *alcanza:* «metaphoricamente vale también saber, entender, comprehender» *(Aut).*

Mi padre, que está presente,
por excusarse a la saña
de mi condición, me hizo
un bruto, una fiera humana;
de suerte que, cuando yo
por mi nobleza gallarda,
por mi sangre generosa,
por mi condición bizarra,
hubiera nacido dócil
y humilde, sólo bastara
tal género de vivir,
tal linaje de crïanza,
a hacer fieras mis costumbres.
¡Qué buen modo de estorbarlas!
Si a cualquier hombre dijesen:
«Alguna fiera inhumana
te dará muerte», ¿escogiera
buen remedio en despertallas
cuando estuviesen durmiendo?
Si dijeran: «Esta espada
que traes ceñida ha de ser
quien te dé la muerte», vana
diligencia de evitarlo
fuera entonces desnudarla
y ponérsela a los pechos.
Si dijesen: «Golfos de agua

Golfos: en el sentido general de «abundancia».

3173 *excusarse*: «negarse uno a hacer lo que se le pide, no querer condescender ni venir en ello» *(Aut.)*.

3189 *despertallas y estuviesen* en plural, cuando el sentido y la concordancia exigen singular, si suponemos como sujeto *fiera*. No obstante, cabe la posibilidad de que tal sujeto sea «costumbres» (v. 3184); así piensa M. de Riquer. Sloman también respeta la lectura en plural de la primera edición.

3197 *golfo:* «se toma latamente por toda la latitud del mar» *(Aut.),* aunque quizá convenga más aquí otra definición: «significa también multitud, y abundancia, lo que es usado en la poesía»; o, quizá mejor, la que prefiere M. de Riquer: «lo profundo del río, por donde se va calando y revolviendo el agua, que por otro nombre se llama madre del río» (Cov.). La duda reside en si los «golfos» son: *o grandes cantidades de agua o profundidad;* por la idea de «sepultura» parece que conviene esta última significación, pero por la imagen «monumentos de plata» o «de cristal crespas montañas», parece relacionarse mejor con el valor de «gran cantidad de agua».

han de ser tu sepultura
en monumentos de plata»,
mal hiciera en darse al mar,
cuando soberbio levanta
rizados montes de nieve,
de cristal crespas montañas.
Lo mismo le ha sucedido
que a quien•, porque le amenaza
una fiera, la despierta;
que a quien, temiendo una espada,
la desnuda; y que a quien mueve
las ondas de una borrasca;
y cuando fuera (escuchadme),
dormida fiera mi saña,
templada espada mi furia,
mi rigor quieta bonanza,
la fortuna no se vence
con injusticia y venganza,
porque antes se incita más.
Y así, quien vencer aguarda
a su fortuna, ha de ser
con prudencia y con templanza.
No antes de venir el daño
se reserva ni se guarda
quien le previene; que aunque
puede humilde (cosa es clara),
reservarse dél, no es
sino después que se halla

3199 *monumentos de plata,* como observa M. de Riquer, es metáfora elocuente en Calderón para significar el agua del mar o del río. *Vid.*, por ej., *El mágico prodigioso*:

cuando el sol cayendo vaya
a sepultarse en las ondas,
que entre oscuras nubes pardas
al gran cadáver de oro
son monumentos de plata
(Aguilar, I, pág. 811, b).

3221 Para *reservarse*, *vid.* nota al v. 774. Cf. vv, 3120-3133.

3224 *Vid.* nota al v. 3221.

en la ocasión, porque aquesta
no hay camino de estorbarla.
Sirva de ejemplo este raro
espectáculo, esta extraña
admiración•, este horror,
este prodigio; pues nada
es más que llegar a ver,
con prevenciones tan varias,
rendido a mis pies a un padre,
y atropellado a un monarca.
Sentencia del cielo fue;
por más que quiso estorbarla
él, no pudo. ¿Y podré yo
que soy menor en las canas,
en el valor y en la ciencia,
vencerla?—Señor, levanta,
dame tu mano; que ya
que el cielo te desengaña
de que has errado en el modo
de vencerle•, humilde aguarda
mi cuello a que tú te vengues;
rendido estoy a tus plantas.

BASILIO

Hijo, que tan noble acción
otra vez en mis entrañas
te engendra, príncipe eres.
A ti el laurel y la palma
se te deben. Tú venciste;
corónente tus hazañas.

TODOS

¡Viva Segismundo, viva!

SEGISMUNDO

Pues que ya vencer aguarda

3255-3258 La idea ascética de «vencerse a sí mismo» la relaciona Marcos Villanueva con los *Ejercicios espirituales* ignacianos (*vid. La ascética de los jesuitas en los autos sacramentales de Calderón*, *op. cit.*, págs. 204-205). No olvidemos, sin embargo, que debía de ser un tópico de la moral cristiana, porque ya en Lope de Vega, Tirso y otros, también la encontramos. *Vid.*, por

mi valor grandes vitorias,
hoy ha de ser la más alta
vencerme a mí.—Astolfo dé
la mano luego a Rosaura,
pues sabe que de su honor
es deuda y yo he de cobrarla.

ASTOLFO

Aunque es verdad que la debo
obligaciones, repara
que ella no sabe quién es;
y es bajeza y es infamia
casarme yo con mujer…

CLOTALDO

No prosigas, tente, aguarda;
porque Rosaura es tan noble
como tú, Astolfo, y mi espada
lo defenderá en el campo;
que es mi hija, y esto basta.

ASTOLFO

¿Qué dices?

CLOTALDO

Que yo hasta verla

---

ejemplo, *Las paces de los reyes y Judía de Toledo* (ed. James A. Castañeda, Salamanca, Anaya, 1971, pág. 113):

y ganar tan gran vitoria
como el vencerse a sí mismo
(vv. 1472-1473).

Calderón, por su parte, tenía muy presente esta idea. Recordemos, por ejemplo, que en el Certamen que celebró el Colegio Imperial, y en el cual ganó un primer premio, el tema de la canción con la que lo consiguió decía:

Es la vida batalla
en que no se corona
quien vencedor de sí no se apellida

(*Vid.* J. Simón Díaz, *Historia del Colegio Imperial*, *op. cit.*, I, pág. 484).

3264 Alude Astolfo al supuesto origen desconocido de Rosaura, a lo que contestará rápidamente Clotaldo.

casada, noble y honrada,
no la quise descubrir.
La historia desto es muy larga;
pero, en fin, es hija mía.

ASTOLFO

Pues siendo así, mi palabra
cumpliré.

SEGISMUNDO

Pues, porq[ue] Estrella
no quede desconsolada,
viendo que príncipe pierde
de tanto valor y fama,
de mi propia mano yo
con esposo he de casarla
que en méritos y fortuna,
si no le excede, le iguala.
Dame la mano.

ESTRELLA

Yo gano
en merecer dicha tanta.

SEGISMUNDO

A Clotaldo, que leal
sirvió a mi padre, le aguardan
mis brazos, con las mercedes
que él pidiere que le haga.

[SOLDADO] 1

Si así a quien no te ha servido•
honras, ¿a mí, que fui causa
del alboroto del reino,
y de la torre en que estabas
te saqué, qué me darás?

SEGISMUNDO

La torre; y porque no salgas•
della nunca hasta morir,
has de estar allí con guardas;

que el traidor no es menester,
siendo la traición pasada.

BASILIO

Tu ingenio a todos admira.

ASTOLFO

¡Qué condición tan mudada!

ROSAURA

¡Qué discreto y qué prudente!

SEGISMUNDO

¿Qué os admira? ¿Qué os espanta,
si fue mi maestro un sueño,
y estoy temiendo en mis ansias
que he de despertar y hallarme
otra vez en mi cerrada
prisión? Y cuando no sea,
el soñarlo sólo basta;
pues así llegué a saber
que toda la dicha humana,
en fin, pasa como sueño.
Y quiero hoy aprovecharla
el tiempo que me durare,
pidiendo de nuestras faltas
perdón, pues de pechos nobles
es tan propio el perdonarlas.

cuando: aunque. Con valor concesivo.

3300-3301 Estos dos versos constituyen un verdadero tópico literario en Calderón y, en general, en la tradición que llega a él. Y sirven en cierta medida para cuestionar el tema tan debatido del «soldado rebelde». Para todo esto, *vid.* nuestra *Introducción* y, sobre todo, «La literalidad del "soldado rebelde" en *La vida es sueño*», en *Segismundo*, XI, 21-22, 1975, págs. 117-125.

3305 Este verso, exactamente igual, está pronunciado por la tirana Matilde en *Yerros de naturaleza*... (Ed. E. Juliá, v. 2070, pág. 127).

3310 *cuando*, con valor concesivo (*vid.* Keniston, 29.721, pág. 398).

NOTAS DE VARIANTES Y CRÍTICA TEXTUAL

•[1] Hartzenbusch siguió la impresión de Vera Tassis, rehizo las acotaciones, según un criterio personal, con objeto de situar lo mejor posible el texto; por eso transcribimos algunas de sus acotaciones en nota. Esta acotación la redacta así: «A un lado monte fragoso y al otro una torre cuya planta baja sirve de prisión a Segismundo. La puerta, que da frente al espectador, está entreabierta. La acción principal al anochecer.»

•[2] Hartzenbusch: «Rosaura vestida de hombre aparece en lo alto de las peñas, y baja a lo llano; tras ella viene Clarín.» En *Z:* «Suena ruido dentro, y sale Rosaura en hábito de hombre como que ha caydo.» La advertencia de Hartzenbusch («tras ella viene Clarín») es, como supone Martín de Riquer, discutible, porque el gracioso no interviene hasta el verso 23, y no parece seguro que haya hecho acto de presencia antes.

[7] *de esas.* En *QCL:* «de sus». Parece una mala lectura. En *Z:* «de essas» (pág. 127), con la que corregimos. *VT:* «destas».

[16] *«que abrasa al sol el ceño de a frente».* Así en *QCL. Z* dice, en los versos 14-16:

> *baxaré la esperanza enmarañada*
> *desde monte eminente*
> *que arruga el Sol el ceño en su frente*
> (pág. 127).

VT dice:

> *baxaré la aspereza enmarañada*
> *deste monte eminente*
> *que arruga al sol el ceño de su frente*

que nos parece mejor lectura.

Buchanan prefiere «cabeza» en el v. 14, porque se relaciona con «frente» en el v. 16, y «abrasa» a «arruga», porque parece que quiere destacar la altura de las montañas. Observa Cilveti que, según los vv. 45-48, es la hora del crepúsculo y que «ambos aspectos están mejor expresados en *Z*», pero mantener la lectura «abrasa». No vemos claramente la justificación de esta lectura a ultranza. Nosotros hemos preferido, excepcionalmente, alterarla, según los textos *Z* y *VT*, aceptando en principio el juicio detenido de Martín de Riquer, quien demuestra, en primer lugar, que el ceño es del monte y no del sol, con el testimonio de unos versos del auto *A tu prójimo como a ti:*

...el lucero
del alba sigue a la noche
sobre el arrugado ceño
de aquel monte (vv. 1455-1458),

lo que, además, le convence de que debe referirse la lectura «arruga» a «abrasa». Sloman, por el contrario, mantiene la lectura «abrasa». Nosotros preferimos una solución intermedia; considerando la poca pureza del texto *Z* en muchos momentos, no seguimos su lectura al pie de la letra (sólo aceptamos la variante «arruga»; en suma, la lectura más correcta de *VT*). Pero, teniendo en cuenta el juicio acertado y la evidente demostratividad del aserto de Martín de Riquer, en lo que se refiere a la aportación textual alegada, y también la conveniencia casi tautológica de la frase «arrugar el ceño», frente a la insólita «abrasar el ceño», dependiente además de la idea de «enmarañada», y de la mucho menor violencia de sentido en la lectura «arruga», preferimos ésta, a pesar de que conscientemente modificamos *QCL*. Morón justifica «abrasa» por «el mito de Faetonte».

[19] En *QCL*, «sus» en lugar de «tus», como parece lógico. Corregimos siguiendo lecturas de *Z* y *VT*. Una frase semejante a «con sangre escribes / su entrada en tus arenas» puede verse en el drama *Judas Macabeo:*

y con trágicas penas
mancharon con su sangre sus arenas
(Aguilar, I, pág. 45, a).

[20] Creemos que las variantes «a penas» y «apenas» no alteran el sentido del texto, que juega con el doble valor de los términos de ambas ortografías («inmediatamente» y «penosamente»); por eso, conservamos la lectura de *QCL*. Un juego de palabras parecido puede verse en *La hija del aire (Primera Parte,* vv. 2363-2364, y *Parte segunda,* vv. 1263-1264; *vid.* la excelente edición de Gwyne Edwards, Londres, Támesis Books, 1970, págs. 91 y 185, respectivamente).

[58] *el sol.* En *VT*, «al sol». Riquer dice «entiéndase "al sol"». Pero quizá no sea necesario el cambio; puede ser el sujeto de «atreverse» el sol y no el palacio. Aboga por ello la lectura de *Z:*

Rústica yaze entre eleuadas peñas
vna torre tan breue
que lince el Sol a verla no se atreue
(pág. 129).

Por otra parte, acaso sería preferible la lectura de «torre» sobre «palacio»; pensemos que se refiere a la prisión de Segismundo, señalada como torre en numerosas ocasiones: vv. 83, 740, 2188, 2228, 3295, etcétera.

63 *tocan.* En *QCL,* «toca en». En *VT,* «tocan». Preferimos esta lectura, como Sloman, que parece más lógica por la sintaxis.

70 *boca.* En *QCL,* «bola», error que corregimos con *VS. VSL* también mantiene el mismo error de lectura.

78 En *Z:* «¡Ay mísero de mí, ay infelize!» (pág. 129). Lo mismo ocurre en el v. 102. También se omite la copulativa «y» en *VT*. Para «infelice», *vid.* nota al v. 22. Esta expresión llegó a quedar estereotipada para el propio Calderón, que todavía, en uno de sus últimos autos, *El cordero de Isaías,* la utiliza (*vid.* Aguilar, II, pág. 1735).

81-86 En *Z* varía el texto notablemente:

Clarín: *¡Temerosos clamores!*
Rosaura: *Clarín, huyamos penas y rigores.*
Clarín: *En tal estado vengo,*
que ya ni para huyr ánimo tengo.
Rosaura: *Y quando le tuuieras*
la puerta no acertaras ni supieras,
como suele dezirse en frasis ruda,
que está vno entre dos luzes cuando duda.
Clarín: *Es al reués en mí.*
Rosaura: *¿De qué te assombras,*
porque yo estoy dudando entre dos sombras.
Clarín: *Ya no puedo mouer el passo elado.*
Den(tro) Segis(Mundo): ¡Ay mísero de mí, ¡Ay desdichado!
Rosaura: *Ven acá, ¿es luz aquella*
caduca exalación, pálida estrella...
(págs. 129-130).

• En *Z* se detalla algo más la descripción: «Descúbrese Segismundo, vestido de pieles, con vna cadena en el pie, de modo que pueda ponerse en pie, y andar a su tiempo, todo lo dize sentado en el suelo» (pág. 130).

126-127 En *QCL:* «o ramillete con salas, / cuando las etéreas alas». Lectura equivocada que siguen también *VS* y *VSL.* En la copia del texto *QCL* de La Sorbona, como advierte Sloman, el v. 126 dice «alas». En la ed. de Cilveti se ha deslizado un error, porque el v. 127 dice «cuando, atrevido y cruel», que debe ser transposición del 137.

La imagen «etéreas salas» parece un tópico que utilizó Calderón para designar el espacio firmamental. *Vid.* la misma metáfora, por ej., en el auto *El gran mercado del mundo,* ed. E. Frutos Cortés, Madrid, Cátedra, 1974, vol. 13, pág. 102.

[141] *distinto. Z* y *VT:* «instinto».

[160] *ida. Z* y *VT* dicen «huida». Lectura que prefiere Riquer por más sonora.

[162] *QCL:* «liberrad», evidente errata, ya corregida en *VS* y *VSL.*

[165] *sacar.* En *Z* y *VT* «arrancar».

[274] *pueden aliviarte en parte. Z,* «consolarte en parte» (pág. 132, b); *VT,* «en algo aliviarte». Como observa Sloman, parece que en este verso, como en el 33, Vera Tassis intenta romper la rima interna de las demás lecturas.

[286] *VT* prefiere la forma «prendedles, matadles». Hartzenbusch dice «Prendedles y matadles, en vez de prendedlos y matadlos; licencia poética, no muy frecuente por fortuna en Calderón». Más que licencia poética es uso común de «leísmo» que abunda a lo largo de esta misma obra. Keniston dice que era práctica frecuente en esta época (*The Syntax of Castilian Prose. The Sixtheen Century*, Chicago, 1937, 7.132).

[294] *nadie. Z, VT,* «nadie». Riquer corrige «nadie», porque le parece sorprendente que pronuncie Clotaldo un tal vulgarismo, lógico, sin embargo, en Clarín (v. 1207).

[326] *rienda.* En *QCL,* «rueda», así como en *VS* y *VSL.* Corrijo con *Z* (página 133, a). Parece un claro error; por eso, no admitimos tal lectura. También la han rechazado Sloman y Martín de Riquer.

[336] Detrás de este verso hay, en *Z,* una acotación: «encierran a Segismundo como por fuerça adonde estaua» (pág. 133, a).

[336-385] Esta tirada de 20 versos es sustituida en *Z* por una serie de variantes que alcanza el doble número de versos y que, pese a su extensión, creemos muy interesante transcribir. La escena tiene por interlocutores a Crotaldo [*sic*] y Rosaura. Dice así:

Rosaura: *Solo pido, que la guardes,*
por el dueño, que algún día
la ciñó.

(En toma[n]do Crotaldo la espada de Rosaura, ha de turbarse.)

Crotaldo: *Ya son más graues*
mis penas, y confusiones,
mis desdichas, y mis males;
válgame el cielo! qué miro,
que aun no sé determinarme,
si tantos sucessos son
ilusiones, o verdades:
quien eres?
Rosaura: *Vn estrangero.*

Crotaldo: *Bien se ve, pues ignoraste*
esta ley.
Rosaura: *Aunque supiera*
su rigor, no fuera parte
de dejarle de quebrar;
porque vn cauallo arrogante,
que entre la tierra y el viento
juró de bruto y de aue,
me arrastró hasta aquí, q[ue] el hado
no ay infeliz, que no arrastre.

Crotaldo: *De do[n]de eres?*

Rosaura: *De Moscobia.*

Crotaldo: *Tengo obligaciones grandes*
a tu nación.

Rosaura[sic]: *Y a que vienes*
voy a Polonia a vengarme
de vn agrauio.

Crotaldo: *Santos cielos!*
cada punto, cada instante
van creciendo mis desdichas.

Rosaura: *Por esta causa, que guardes*
esta espada te suplico;
porque si el hado inconstante
admite la apelación
desta sentencia, ha de darme
no sé qué secreto alcance,
ella el honor, que aunque yo
sé que alcança algún secreto,
bien puede ser que me engañe,
y la estime por ser solo
patrimonio de mi padre.
Crotaldo: *Quien fue tu padre?*
Rosaura: *Jamás*
le conocí.
Crotaldo: *De qué sabes*
que ay secreto en esta espada?
(págs. 133-134).

Este fragmento fue transcrito y analizado por M. de Toro y Gisbert (*BRAE*, VI, 1919) en el artículo titulado «¿Conocemos el texto verdadero de las comedias de Calderón?». Dice Toro que las diferencias entre esta edición y la de Joseph Calderón son demasiado importantes «para que la consideremos, como lo hace el señor Buchanan, como una edición fraudulenta *(piratical edition)*».

389 *agora*. En *VT*, «esta», quizá más correctamente.

399 «Esta espada es la que yo». En *Z* (pág. 134, b) y en *VT*, «esta es la espada que yo».

402 *trujera*. En *Z*, «truxesse» (pág. 134, b); *VT*, «traxera». La forma *truj-* del pretérito de *traer* era usada en el siglo XVII (Bello-Cuervo, 558 a, y notas, pág. 82). *Aut*. dice, refiriéndose a «truxo»: «algunos mudan también en los mismos la *a* en *u* y dicen *truxo y truxeron*, pero no hai razón para tal mudanza». En los clásicos del Siglo de Oro es muy corriente (Cervantes, Lope, etcétera).

421-422 *se arroja*. En *Z*, «sale a» (pág. 134, a); en *VT*, «se assoma». y *él así como no sabe*. En *Z*, «el coraçón que no sabe» (pág. 134, a).

427 *válgame el cielo*. En *VT*, «valedme, cielos».

448 *fácil*. En Z y *VT*, «frágil». Pueden ser equivalentes, según consta en *Aut.:* «se toma también por frágil, débil y de poca consistencia». El mismo Diccionario anota una referencia de Calderón:

> *Invicto Alexandro, a cuyo*
> *valor son materia fácil,*
> *si a tu duración aspiran*
> *el bronce, el mármol y el jaspe*
> (*Darlo todo y no dar nada*, Aguilar, I, pág. 1235).

«Fácil» no es, por tanto, error, como asegura Martín de Riquer en su edición, ni hay por qué corregirlo, como hace él.

460 que *le* mate. En *QCL*, «que *la* mate». Evidente error. Corrijo con las demás ediciones que aquí siguen una buena lectura. Clotaldo, por otra parte, no sabe todavía que el extranjero es una mujer.

516 *quedó*. En Z y *VT*, «y quedó».

548 *Aplazamos:* en *QCL*, «aplaçarnos». Por la rima, exige la lectura «aplazamos» que dan los textos de Z y *VT*. Por seguir fielmente el texto de 1636, Martín de Riquer consideró este verso defectuoso, sin hacer corrección alguna.

570-572 En *Z:*

> *Aunque sé que venys hecho*
> *a engañar, con falso trato,*
> *pues aun en esto sospecho,*
> *que os desmienta este retrato*
> *que está pendiente del pecho*
> (pág. 136, a).

615 sigs. En *Z:*

> *Cuyo sagrado desinio*
> *es tiraniçar al tiempo*
> *la jurisdición y oficio*
> (pág. 136, b).

650 En *Z,* «mi tragedia huuiera visto» (pág. 137, a).

660 *Clorilene.* Así, en el texto *QCL* de la B. N. de París; en la copia de La Sorbona, «Claribene»; y en la de la Biblioteca Apostólica Vaticana, «Clroilene». Una Clorilene, hija de Eustorgio III, ya señaló Calderón antes (vv. 515-530). Esta doble denominación, ya observada por Sloman y Riquer, pareció a este último «una confusión del autor» (pág. 83). Sloman piensa que Calderón inconscientemente imitó el modelo de *Yerros de naturaleza y aciertos de la fortuna,* considerada como la fuente más inmediata de Calderón para *La vida es sueño,* donde una Clorilene aparece como hija del rey Manfredo.

696 *escurecieron.* También en *VS* y *VSL.* En la evolución del castellano se hizo frecuente la aparición de una *e-* como apoyo de una *s* líquida latina, y por analogía esta *e-* pasó a palabras que empezaban por otra vocal átona seguida de *s* y consonante.

700-701 En *Z:*

> *En aqueste pues del Sol*
> *ya frenesf, ya delito*
> (pág. 137, a).

709 En *Z,* «de mis astrolabios miro» (pág. 137, b).

742 *desos.* En *Z,* «de dos» (pág. 138, a).

747 *editos.* En *VT,* «edictos». La primera es forma arcaica que surge de la simplificación del grupo -ct-; cf. vv. 845, 987, 1554, 1608, 3082-3083.

768 En *Z,* «es la segunda mirar» (pág. 138, b).

808 En *Z,* «la primera es, que si él» (pág. 139, a).

832 Para el cómputo silábico correcto de este verso, es necesario hacer algún hiato. Frente a este texto, *Z* nos da « juntando» y *VT* «que junto», que parecen mejores lecturas .

857 En *Z,* «Viua nuestro gran Basilio». En el Siglo de Oro podían ser usadas las dos formas, apocopada y completa (Keniston, 25, 28), ante palabra que comenzaba tanto por voca1 como por consonante.

921 *en sangre teñido.* En *Z,* «en la sangre tinto» (pág. 140).

990 *apacible,* según *VT, QCL, VSL* y *VS* ofrecen «possible», texto probablemente corrupto. Corregimos, pues, según *VT. Z* dice «con la bebida, señor» (pág. 141, a). De los significados que señala *Aut.* de la palabra «apacible», el que parece convenir aquí más es «agradable».

1030-1034 *Z* sustituye estos cuatro versos por los siguientes:

A las doctas soledades,
en cuya rústica cueua
la pulítica aprendió
de las aues y las fieras.
Si bien libros, y papeles
le han comunicado ciencias.

1038 En Z «águila generosa» (pág. 141, b).
1119 *su cadena.* En *Z,* «sus cadenas» (pág. 142, b).
1135 *esta.* En Z y *VT*, «la».
1205 *viniendo.* En *Z,* «viuiendo» (pág. 143, b), que Sloman prefiere, pero «viniendo» también parece aceptable.
1222-1223 En *Z:*

y aora estos escudos suplan
de mi cuydado la ausencia;
y quédate en mi seruicio,
hasta que enmiende tu lengua.
Cla.- *Viuas mas (y va a dezir)*
que el Fénix, es cosa vieja
y por esso no lo digo
y porque el Príncipe llega.

1232 En *QCL,* «y despertar de dormir». Igualmente, en *VSL* y *VS*. *Z* dice «yo despertar...» (pág. 144, a), que parece la lectura correcta y la que seguimos.
1251 En Z se añaden los siguientes versos:

A mí, pues huuiera ya
rebentado de alegría,
es como quiera nacer
vn libre criado, y ser
Príncipe todo vn día
(pág. 144, a).

1286 *vencellas*. En *QCL*, «vecellas», errata evidente; *VS* y *VSL* corrigen.
1295 En Z, «pues vil, infame, traydor», *VT* también sigue esta lectura.
1319 *apartad.* En Z, «apartá». «El imperativo cantad, tened, salid, alternaba con *cantá, tené, salí»,* dice Rafael Lapesa, refiriéndose al uso de este tiempo en el Siglo de Oro (*vid., Historia de la Lengua Española, op. cit.*, pág. 252).
1329 *hicistes.* En Z, «hizistis»; y en *VT*, «hizisteis». «Las personas vos del pretérito, *fuistes, matastes*, que correspondían a la desinencia *-stis,* se convirtieron por contagio en *fuisteis, matasteis»* (Lapesa, *op. cit.*, pág. 252).
1331-1339 En Z se ofrecen las siguientes variantes:

Clarín: *A mí nadie, porque quiero,*
si essa licencia esperaua

hablador continuo fuera,
pues ninguno se la diera.
Segismundo: *¿Quién soys vos?*
Clarín: *Figura rara,*
aunque mi oficio sé
Segismundo: *¿Y es?*
Clarín: *Conjuro la tristeza.*
Segismundo: *¿Pues qué oficio es mequetrefe?*
Clarín: *¿Nunca has oydo dezir*
(que nada se dixo en vano)
aquí está el señor fulano,
no me dexará mentir?
Pues el fulano soy yo,
que toda mi vida fuy
testigo de lo que vi,
o fuesse verdad o no.
Y assí aunque el dicho o el hecho
verdad de Lutero fue,
que mintiesse le dexé,
hasta quedar satisfecho
(pág. 145, a-b).

1347 *de debajo.* En *VT* y, por tanto, en Hartzenbusch: «de los senos».

1361 *de quien sois.* En *QCL*, «de quien soy». Corrijo con *Z* y *VT*, pues se trata de un evidente error.

1408 En *Z:*

Si la dize amores yo
estoy perdido.
(pág. 146 b).

1429 En *Z:* «Nadie la pudo estoruar» (pág. 146, b). En *VT*: «Idle todos a estoruar.»

1430 En *Z* se atribuye este verso a Estrella.

1445 *el.* En *Z* y *VT*, «al».

1460 *muertes.* Así en *QCL* y en *VSL.* Pero en *VS* «muerte», que quizá sea mejor. De todas formas, respeto, ante la duda, la versión del plural *(QCL).* Sloman prefiere el singular.

1504 *albedrío.* En *QCL*, «alvedtio», errata comprensible por la semejanza entre los dos tipos de imprenta de la época *(r* y *t),* corregida en las demás ediciones.

1505-1506 Según F. Ruiz Ramón todos los editores hemos puntuado mal estos versos (excepto él cuando los transcribe). Su opción es: «Si viejo y caduco estás muriéndote, ¿qué me das?» No habría inconveniente en rectificar nuestra lectura si nos pareciera plausible la suya y por lo mismo el reproche generalizado, pero después de repasar detenidamente el texto no podemos estar de acuerdo con él. Hay varias causas: la elocución poética, la puntuación de 1636 (:) (que en otros casos semejantes indica pausa grande), el sentido abstracto (herencia), frente al hipotético doble insulto, etc. Creo que no «desplazamos la coma», sino que la situamos antes de *muriéndote* con toda justificación, y no arbitrariamente, como dice el profesor Ruiz Ramón (*vid.* «El mito de Uranos en <La vida es sueño>» (en *Teatro del Siglo de Oro. Homenaje a Alberto Navarro*, Kassel, Edition Reichenbeger, 1990, pág. 557).

1546 M. de Riquer prefiere la lectura de *Z:* «de quién soy y sé que soy» (pág. 148, *b*).

1564 *a lo que*. En Z y *VT*, «lo que a».

1575 En *QCL, VSL, VS,* «juntas»; *Z,* «juntando»; *VT*, «juntos».

1576 *lumbre*. En Z y *VT*, «luz».

1601 *sus minas*. En *QCL, VSL, VS,* dice «sus ruinas», evidente errata que ha pasado de una edición a otra. *Z* y *VT* corrigen «sus minas», lectura que aceptamos.

1612 En *Z:*

Pues como entre Estrellas
piedras, plantas, y flores las más bellas
(pág. 149).

1622-1623 En *Z:*

Que si torpe se halla
la lengua, dize más el que más calla
(pág. 150).

1626 En *Z* hay versos añadidos a partir de aquí hasta el 1630:

Pues con menos violencia,
espera, pues la pides la licencia,

1643 *hacerse*. En *VSL*, «hacerle»; en *VS*, «hazerlo».

1649 En *Z* hay dos versos añadidos:

Ay hija desdichada,
ay dulce prenda, por mi mal hallada.
(pág. 150).

Se trata de un evidente recuerdo del soneto X de Garcilaso.

1650-1658 En *Z* se atribuyen estos versos a Clotaldo.

1692 En *QCL, VSL, VS* se repite «presto», pero no parece aceptable para la medida silábica del verso.

1743 *y el cielo un amago breve*. En *QCL*, «y el sol un abago breve», lo mismo en *VSL* y *VS;* corrijo con *VT*, porque es evidente descuido la repetición de esta palabra que en el verso anterior ya ha aparecido. En cuanto a la palabra «amago», Corominas dice: «amago aparece con el sentido de "imitación, remedo" en el siglo de oro». Éste debe ser su valor aquí.

1754 En *Z*, «al cuello truxistis».

1755 En *VS* y *VSL*, «llegastes» y en *VT* «llegasteis». En *Z*, «venistis».

1756 En *Z* se añaden los siguientes versos:

Astolfo: *En presencia del diamante*
el imán la fuerça pierde;
delante de la esmeralda,
qualquiera veneno muere;
cara a cara con el sol,
ningún astro resplandece.
Y assí, señora, el retrato
perdió, quando vino a verte,
fuerça, virtud, resplandor,
porque su hermosura vences.
Estrella: *Si yo lo huuiera vencido,*
huuiera, Astolfo, de verme,
porque los vencidos ven
del lugar donde los vencen.
Astolfo: *Pues yo, aunque salga dél,*
y haré que como vencido
humilde tus plantas bese.
(Perdona, Rosaura hermosa,
este agrauio, porque ausentes
no se guardan más fe que ésta
los hombres ni las mugeres).
(pág. 153, *a-b*).

1764 *que han llegado*. En *VT*, «que llegaron».

1808 *embarázame*. En *QCL*, «embaraçarame», e igual en *VS* y *VSL*, debe de ser error, por la medida del verso, que excedería una sílaba de lo correcto. Seguimos la lectura de *VT*, «embaraçame». En *Z*, dice «embaraçarme a».

1828 *primer desdicha*. En *QCL*, *VSL* y *VS*, «primera dicha», claro error por el sentido del texto y por la falta de apócope, necesario en este caso. Corrijo con *Z* y *VT*.

1877 *he de*. En *Z* y *VT*, «ha de». Ambas posibilidades pueden aceptarse.

1919 Sloman transcribe «ajustar a medir»; debe de ser errata. En *QCL*, *VSL* y *VS* dice «ajustar y medir».

1955 En *VT*, explica la acotación: «Están asidos ambos del retrato, y sale Estrella.»

1959 En *Z*, explica la acotación «Quiéresele quitar» (pág. 155, *a*).

1983 *y impaciente*. En *VS*, «e impaciente».

2027 *llama*. En *Z*, «imagen» (pág. 156, *a*).

2060 *ese lotos que bebió*. En *Z*, «aquel lotos» (pág. 156, *b*). *VT* corrige «con el opio que bebió». Martín de Riquer acepta la enmienda de *VT*, pero yo creo que ésta es equivocada, porque cambia el sentido radicalmente. Lo que perdió fuerza es el narcótico, no Segismundo; por eso, ya se le puede despertar. La enmienda de *VT*, por tanto, no tiene mucho sentido. Pudo ser inducido a ella por el hecho de no mencionarse antes el «lotos», sino el opio (*vid.* vv. 1022-1024).

2074-2075 Sloman sigue aquí la puntuación de la primera edición; es decir, coma detrás de «segundo», y punto y coma detrás de «cuadre». Sigo la de M. de Riquer, que me parece más acertada, porque lo que cuadra o conviene a la venganza de Segismundo es el triunfo sobre su padre.

2081 Todos los textos dicen «escucharte», pero algunos editores (Buchanan, Hartzenbusch, M. de Riquer) corrigen «escucharle». Sloman, siguiendo a Northup, no corrige.

Pág. 191 En *Z*, «Sale Clarín solo a escuras» (pág. 157, b).

2212-2219 En *Z:*

Más guardado que vn Domingo
en esta cárcel me veo,
y más aziago que vn Martes,
donde ni como ni beuo.
Porque aquí todos los días
al Filósofo parezco
Nicomedes, y de noche
soy el Concilio Niseno.
(págs. 157, *b* y 158, a).

2220-2227 En *Z* se sustituyen los versos 2220-2223 por los siguientes (que siguen a los citados en 2212-2219):

Clarín de Noruega soy,
si llaman santo al secreto,
y santo que es de guardar,
como en Calendario nueuo,
tan secreto para mí,
quando guardarle professo,
se haze día de trabajo,
pues le ayuno, y no le huelgo.
(pág. 158, a)

2253 En *QCL* y *VSL*, «mismo»; pero la rima exige «mesmo», que encontramos en *VS*.

2273 *segismundasteis*. En *Z*, «segismundastes».

2286 *dársela*. En *Z*, «dársele», quizá más correcto.

2296 *valido*. En *Z*, «batido».

2339 Los textos *QCL* y *VSL* dicen «mismo»; la rima, sin embargo, exige «mesmo», como en *VS*, que repongo.

2382 *presto*. En *VT*, «puesto».

2389 *crueldad*. En *VT*, «rigor».

2401 En *VT*, «el hazer bien aun en sueños», seguramente para evitar la repetición de «obrar bien» del verso anterior .

2407-2420 En Z, el texto varía notablemente:

	A mi rey vas a hazer guerra, *si en su agrauio te aconsejo,* *seré traydor contra ti;* *y pues escapar no puedo* *de traydor, dame la muerte,* *que a tus plantas estoy puesto.*
Segismundo:	*¡Villano, ingrato, inhumano!* *(Suframos el sentimiento* *que aunque la muerte le diera* *mi cólera, considero* *que es leal y no merece* *morir vn hombre por serlo.* *¡Oh, cuantas iras me ataja* *esta rienda o este freno,* *de ver que é de despertar* *y hallarme sin todo eso!*
(Soldado). 2:	*«Esas finezas, Crotaldo,* *más son bárbaros desprecios* *del bien común; los leales* *somos los que pretendemos* *que nos gouierne quien es* *natural príncipe nuestro.*
Crotaldo:	*Aquessa lealtad viniera* *muy bie(n) después del Rey muerto,* *mas viuiendo el Rey, el Rey* *es solo absoluto dueño;* *y no ay disculpa de auer* *tomado contra su imperio* *sus armas, vasallos suyos.*
(Soldado) 1:	*Presto, Crotaldo, veremos* *a quién vale essa lealtad.*
Crotaldo:	*Tenerla es el mayor premio.*
Segismundo:	*Ya basta.*
Crotaldo:	*Señor.*
Segismundo:	*Crotaldo;* *si os parece esto lo cierto,* *ydos a seruir al Rey,* *vos leal, prudente y cuerdo.*

Pero no arguyáys a nadie
si es bien hecho o mal hecho,
que todos tienen honor.
Crotaldo: *Humilde tus plantas beso.*
(vase)
Segismundo: *Vosotros tocad al arma*
y marchad en buen concierto;
caminad azia palacio.
Todos: *¡Viua el gran príncipe nuestro!*
Segismundo: *A mandar, fortuna, vamos;*
(pág. 160, *a-b*; por errata evidente, en el texto que manejamos se pagina este fragmento con 360).

Sigue el texto como en el v. 2421. Transcribe el texto anterior Toro y Gisbert, en *BRAE*, VI, 1919, págs. 322-323. Consideramos de interés absoluto estos versos para explicar el final del «soldado rebelde», como ya argumentamos en otra ocasión (*vid.* nuestro estudio preliminar).

2412 *reportarme me conviene*. En *VT*, se corrige por «el reportarme me conviene», para evitar la repetición de «me», como observa Sloman.

2430-2433 Puntúo con comas detrás de «corriente» (v. 2430), de «mar» (v. 2431) y de «monte» (v. 2433), porque considero que el sentido queda algo ambiguo sin tal puntuación. El «soberbio y despeñado» no es el «mar», sino el «río»; y el «desgajado» no es el «monte» sino el «peñasco». Sloman omite estas comas. Lo mismo hace Ciriaco Morón en la suya.

2434-2435 En *Z:*

pues todo al arte o a el valor se deue
y vn vulgo no, q(ue) a su señor se atreue
(pág. 161).

En *VT:*

pues todo fácil de parar se mira
mas que de vn vulgo la sobervia ira.

Lo que se intenta evitar, como observan Riquer y Sloman, es que coincida la rima de los últimos versos de la octava con los primeros de la que sigue.

2451 *decienda*. En *VT*, «descienda». Podían usarse las dos formas.

2472 En *Z*, «vna pira se leuanta» (pág. 161). Pirámide aparece como masculino, pero también podía utilizarse como femenino; en realidad, como en muchos helenismos, su género fue ambiguo durante mucho tiempo. El mismo Calderón vacila. También aparece en Lope de Vega como masculino (*vid.*, por ej., *El peregrino en su patria*, ed. J. B. Avalle-Arce, Madrid, Castalia, 1973, pág. 440: «Sansón de los pirámides bárbaros de Menfis»).

2488 El texto *Z* cambia estos versos:

Yo e de seguirte, y a cauallo armada,
de aquesse Sol seré rayo eminente,
pues porque no me admiren los rezelos,
voy enseñada a batallar con zelos
(pág. 162).

2489 *tuyo*. En *VT*, «suyo».

2490 En *QCL*, *VS* y *VSL*, «rendidas alas». Igualmente, en *VT*. En *Z*, como hemos visto, estos versos están cambiados. Hartzenbusch, Riquer y Sloman corrigen «tendidas». Acepto la corrección, porque el sentido del contexto parece exigirla, y sabido es lo fácilmente que se confunde la tipografía de estas dos consonantes.

2496-2531 *Ya... arrestaba*. Todos estos versos (36) son sustituidos en *Z* por estos 44 diferentes:

Ya sabes quan noblemente,
porque obligada me vi,
quién era te descubrí.
Ya conoces que obediente
mudé el traje, y en Palacio
por tu gusto seruí a Estrella,
esta mi enemiga bella,
para que con más espacio
me diese el tiempo vengança
de vn traydor: pues ya llegó
la ocasión, y ya cumplió
mi desdicha su esperança.
Astolfo (ay de mí) aunque sabe
quien soy, tal rigor preuiene
que con estrella se viene,
a un jardín de quien la llaue
conseguí; y pues obligado
a mi fama y a mi honor,
tiene con tanto valor
la palabra que me a dado.
Aquesta noche al jardín
tu persona armada venga
que yo haré que lugar tenga
de poner a todo fin.
Dando muerte a vn traydor,
pues que ya con otro medio
no halla mi vida remedio,
ni tiene enmienda mi honor.
Cro(taldo):
Cielos, qué es esto que escucho?

qué esto cielos que veo;
con mi mismo honor peleo,
con mi mismo agrauio lucho.
Que haré, mas viva el honor,
siempre honor, siempre leal,
puesto que apurar el mal,
es yr a hazerle peor.
Rosaura yo me incliné
desde el punto que te vi,
a hazer verdad por ti
quanto pudiesse mi fe.
Con este intento trataua,
como cobrar se pudiesse
tu honor perdido, aunque fuesse
tanto tu honor me obligaua.
(págs. 162-163).

2523-2524 En *QCL* repite, como vemos, «te viese». En *VS:* «porque si acaso Astolfo / te viesse en tu propio trage»; en *VSL:* «porque si Astolfo / te viesse en tu propio traje»; en *VT:* «porque si acaso te viesse / Astolfo en tu propio trage». La lectura de *VSL* es evidentemente incorrecta, y en *QCL* la repetición es innecesaria. En *Z* no existen estos versos (desde 2521 hasta 2527).

2549 efeto. Así, en *QCL, VSL, VS,* pero *VT* corrige «afecto» lectura que sigue Sloman, señalando que «efeto» debe ser confusión por «afecto»; no es confusión, sino mera variante. En cualquier caso, *Aut.* da la siguiente definición de *efecto:* «vale también aprecio, calidad, ser y estimación», que conviene aquí perfectamente. Está claro, por otra parte, que es equivalente de «afecto». Martín de Riquer también corrige. Por mi parte, ante el testimonio de *Aut.*, prefiero no hacerlo. Para un uso semejante, *vid.* además el v. 1554 y nota.

2553 *que*. En *Z* y *VT*, «a que».

2616-2619 En *VT:*

que quando desdichas siente
el Reyno, tan diuidido;
auiendo noble nacido,
no he de ser quien las aumente.

2624 En *VT:* «y assí, escoge el que te quadre», cuyo sentido parece más claro. En cualquier caso, es evidente que se refiere a la elección del «remedio» mencionado en 2620.

2654 En *VT* y *Z,* «pues si has…».

• *vaquero:* «lo que es propio de los pastores de vacas. Aplícase regularmente al sayo u vestidura de faldas largas, por ser parecido a los que los Pastores usan, y entonces suele usarse como sustantivo» *(Aut.).*

2697 En *VT*, «a las plantas y a las rosas».

2700 Riquer resalta el uso transitivo del verbo *brillar*, que le parece aquí licencia de gran belleza poética.

2714 En *VT*, «quien soy, pues las tres me viste».

2747 En *QCL*, y *VSL*, «Dánae, Cile y Europa»; en *VS*, «Dafne, Cilene y Europa», que es un evidente error, ya que confunde Dánae con Dafne, imposible esta última por el sentido que en el verso anterior se da a los disfraces de Júpiter.

En *Z:*

> *que al Metamorfosis llora*
> *lluuia de oro, Cisne o Toro*
> *de vna Cilene, y Europa.*
> (pág. 166, *b*).

Se trata de una muy mala lectura. *VT* corrige así: Dánae, Leda y Europa. Es la mejor lectura de todas. Sustituye Cilene por Leda, como parece correcto por el sentido expresado en el verso anterior. Aceptamos esta corrección, en primer lugar, porque después de nuestras pesquisas en diccionarios de mitología antiguos y modernos, no hemos encontrado la menor alusión que haga posible la relación de tal nombre con la metamorfosis de Júpiter en cisne; en segundo lugar, porque nos parece verdadera superstición textual mantener como lectura segura un texto que por el sentido parece inaceptable. Por eso, corregimos, como también habían corregido Hartzenbusch y Martín de Riquer. Por el contrario, Buchanan y Sloman aceptan como válida la versión de «Cilene», sin explicar el sentido del nombre, y mucho menos relacionarlo con la metamorfosis que expresa Calderón en el verso anterior. Sloman piensa que, si es auténtica, podría ser otro nombre de Leda, pero de esto no tenemos la menor noticia.

2769 En *QCL* y *VSL*, «toda». Corrijo con *VS*, que dice «todo».

2785 En *VT*, «de que enemigo le nombra».

2838 En *QCL, VS, VSL, VT*, «descuelgo», en *Z*, «descolgó» (pág. 176, b). Ésta es la lectura que prefieren Sloman y Martín de Riquer. Lectura que también aceptamos como preferible por el sentido textual.

2908-2912 En *VT* faltan estos versos.

2985 Entre este verso y el siguiente introduce *Z* unos versos que no están en las demás ediciones:

> *Fuera de que aunque me veo*
> *más enamorado aora*
> *de Rosaura, no sé bien,*
> *qué veneno, qué ponçoña*
> *en mi pecho ha introduzido*
> *la relación de su historia,*
> *que con amor y sin gusto*

la miro que baxa cosa
deue ser en el mundo
en materias amorosas,
amor lo que otro oluida,
o querer lo que otro goza.
(pág. 169, b).

[2995] En *VT:*

antes que la obscura sombra
sepulte los rayos de oro.

Con estas variantes cambiaría el signiificado. Los textos de las primeras ediciones parecen indicar «antes del amanecer»; *VT*, por el contrario, parece decir «antes del anochecer», que quizá sea más lógico. En *Z*, desde el v. 2993 es diferente:

ya armadas huestes, es hora
de hazer a los muros salua
las caxas del viento rompan,
las trompetas se repitan,
las vanderas se recojan,
porque é de dar la batalla
esta tarde, al arma toca.
(pág. 170, a).

[3001] En *VS, VSL, VT,* «ni». Mantengo «no» de *QCL.* Sloman y M. de Riquer corrigen, pero la proximidad de tantos «ni» (vv. 2999 y 3003) me impulsan a mantener, por eufonía, una lectura que es posible.

[3115] En *VT,* «de las peñas». *Dos* puede ser una mala lectura, como sugiere Sloman.

[3127] En *VT*, «entre las espesas matas»; quizá sea mejor lectura.

[3144] En *VT,* «¿Qué quieres?». Sin duda, como afirma Sloman, para evitar la repetición que hay en el texto de las dos ediciones.

[3168] En *VT,* «nunca engañan, nunca mienten». M. de Riquer y Sloman prefieren también la versión de la primera edición.

[3205] *que a quien...* Así en *QCL, VS, VSL.* Sloman corrige: «como a quien...»; debe de ser una errata, porque no advierte de dónde toma la variante. Cilveti, que debe de seguir el texto de Sloman, pone lo mismo, también sin justificación.

[3230] *admiración. Vid.* nota al v. 3159, en *QCL, VS, VSL,* «error» en lugar de «horror»; corrijo con texto *VT* la evidente equivocación.

[3245] *vencerle.* Así en primeras ediciones; en *VT,* «vencerla», que toma como antecedente *sentencia* (v. 3236), que parece más lógico. También cabe la posibilidad de entender que aquí sea el antecedente «cielo».

[3275] En *QCL,* «le historia», evidente errata subsanada ya en *VS* y *VSL.*

3292 En la atribución de este texto, escribe Sloman «Uno», pero está claro que es el Soldado I, tal como señala con el número *QCL*, aunque haya que sobrentender «soldado». Cilveti, siguiendo a Sloman, también pone «Uno». Ya observó esto Vitse, *Segismundo y Serafina, op. cit.*, pág. 76, nota 139.

3297-3319 Este final es notoriamente diverso en *Z:*

> *Seg.:* *Te doy*
> *la torre con que no salgas*
> *della, si solo a morir*
> *I.:* *Porqué?*
> *I.:* *Porque ya acabada*
> *la vitoria, el que es prudente*
> *del que fue traydor se guarda.*
> *Cro.:* *Grande valor!*
> *Basi.:* *Gran prudencia!*
> *Est.:* *Qué milagrosa mudança!*
> *Basi.:* *Qué trocada condición!*
> *Seg.:* *Sabed si el verme oy os espanta*
> *que fue mi maestro vn sueño,*
> *que me diez, y desengaña,*
> *que es vna dulce mentira*
> *quanto en esta vida passa:*
> *porque quando desperté,*
> *todo es viento, todo es nada.*
> *Bien como el representante,*
> *que auiendo sido vn Monarca,*
> *buelue a ser esclauo vuestro,*
> *quando la Comedia acaba;*
> *y humildemente os suplica,*
> *que le perdoneys las faltas*
> (pág. 173, *b*).

3314 En Sloman, «como un sueño», pero no lo justifica; quizá sea una errata. Las ediciones *QCL, VS, VSL, VT* dicen «como sueño».

TÍTULOS PUBLICADOS

1. Juan Ruiz, Arcipreste de Hita, *Libro de buen amor*. Edición de Jacques Joset
2. Fray Luis de León, *Poesía completa*. Edición de Guillermo Serés
3. Miguel Hernández, *Antología poética. El labrador de más aire*. Edición de José Carlos Rovira
4. Gustavo Adolfo Bécquer, *Rimas. Leyendas escogidas*. Edición de Rubén Benítez
5. Luis de Góngora, *Poesía selecta*. Edición de Antonio Pérez Lasheras y José María Micó
6. Juan García Hortelano, *Nuevas amistades*. Edición de Juan Cano Ballesta
7. José de Espronceda, *Antología poética*. Edición de Rubén Benítez
8. Juan Valera, *Pepita Jiménez*. Edición de Enrique Rubio Cremades
9. Leopoldo Alas «Clarín», *Su único hijo*. Edición de José M.ª Martínez Cachero
10. Gaspar Melchor de Jovellanos, *Poesía. Teatro. Prosa literaria*. Edición de John H. R. Polt
11. *Poesía castellana de la Edad Media*. Edición de Francisco López Estrada y M.ª Teresa López
12. Gabriel Miró, *Las cerezas del cementerio*. Edición de Miguel Ángel Lozano
13. *Teatro castellano de la Edad Media*. Edición de Ronald E. Surtz
14. Gerardo Diego, *Poesía española contemporánea*. Edición de Andrés Soria Olmedo
15. José Zorrilla, *Don Juan Tenorio. El capitán Montoya*. Edición de Jean Picoche
16. Emilia Pardo Bazán, *La madre Naturaleza*. Edición de Ignacio Javier López
17. Miguel de Cervantes, *Los baños de Argel. Pedro de Urdemalas*. Edición de Jean Canavaggio
18. Pedro Calderón de la Barca, *La vida es sueño*. Edición de Enrique Rull

ESTE LIBRO SE TERMINÓ DE IMPRIMIR EN LOS
TALLERES GRÁFICOS DE ROGAR, S. A., EN
FUENLABRADA (MADRID), EN EL MES DE
OCTUBRE DE 1992